ISABEL MORF
Satzfetzen

ZÜRCHER AFFÄREN Die Kantonsrätin Angela Legler, Vertreterin der Mitte-Partei CVP, ist eine umstrittene Politikerin. Bei den Linken macht sie sich beliebt, indem sie ein Fahrradwegkonzept für den Kanton ausarbeiten lässt. Sie lässt sich jedoch von einem bürgerlichen Gewerbevertreter bestechen. Durch eine Verwechslung von zwei Mappen landen die 7.000 Franken Bestechungsgeld bei Lina Kovàts, die jetzt als Protokollführerin für den Kantonsrat arbeitet. Sie schließt das Geld in ihrer Pultschublade ein. Auf dem Heimweg wird ihr ihre Handtasche entrissen. Am nächsten Tag ist die Pultschublade aufgebrochen, das Geld ist weg. Lina sagt bei der Polizei aus, Angela Legler streitet alles ab. Am Tag darauf wird Angela Legler erstochen aufgefunden. Hat der Mord ein politisches Motiv? Oder ist es die Tat eines betrogenen Ehemanns? Schließlich hatte die verheiratete Kantonsrätin eine Affäre mit einem Mitarbeiter …

Foto: Stefan Jäggi

Isabel Morf, geboren 1957 in Somvix im Kanton Graubünden, absolvierte ein Germanistikstudium in Zürich und Wien. Sie arbeitete in Zürich als freie Journalistin für verschiedene Zeitungen, Zeitschriften und Sachbuchverlage. Heute ist sie in Bern als Redaktorin für das Parlament tätig. »Satzfetzen« ist nach zahlreichen Veröffentlichungen in Literaturzeitschriften und der Buchpublikation »Frauen im kulturellen Leben der Schweiz« ihr zweiter Kriminalroman. Ihr Erstling »Schrottreif« wurde für den Zürcher Krimipreis 2009 nominiert.

Bisherige Veröffentlichungen im Gmeiner-Verlag:
Schrottreif (2009)

ISABEL MORF

Satzfetzen

Kriminalroman

GMEINER *Original*

Website der Autorin:
www.isabelmorf.ch

Besuchen Sie uns im Internet:
www.gmeiner-verlag.de

Im Ehnried 5, 88605 Meßkirch
Telefon 07575/2095-0
info@gmeiner-verlag.de

3. Auflage 2011

Lektorat: Claudia Senghaas, Kirchardt
Herstellung: Julia Franze
Umschlaggestaltung: U.O.R.G. Lutz Eberle, Stuttgart
unter Verwendung eines Fotos von Ingrid Kaufmann
Druck: Fuldaer Verlagsanstalt, Fulda
Printed in Germany
ISBN 978-3-8392-1132-8

*Personen und Handlung sind frei erfunden.
Ähnlichkeiten mit lebenden oder toten Personen
sind rein zufällig und nicht beabsichtigt.*

SAMSTAG

Als Valerie Gut einen gebräunten Toast aus dem Toaster fischte, kam ihr plötzlich in den Sinn, was sie geträumt hatte. Merkwürdig, dachte sie irritiert, bestrich das Brot mit Butter und Orangenkonfitüre und hatte den Traum gleich wieder vergessen. Erst in zwei Wochen sollte sie sich wieder daran erinnern. Sie nahm einen Schluck Kaffee, schwarz und süß. Samstagmorgen und sie hatte frei. Ein seltener Luxus für sie, denn normalerweise stand sie samstags in ihrem Fahrradgeschäft FahrGut. Aber jetzt, im November, lief wenig im Laden.

»Willst du auch noch einen?« Sie hielt Beat, der ihr gegenübersaß, einen warmen Toast hin.

Auch Beat Streiff hatte heute frei. Das war ebenfalls nicht selbstverständlich für einen Polizisten, einen Kriminalbeamten im Kommissariat Ermittlung. Wenn ein Gewaltverbrechen geschah, wenn er an einem Fall arbeitete, konnte er sich am Wochenende oft nicht einfach gemütlich zurücklehnen, sondern musste am Ball bleiben.

»Klar, gern.« Er bestreute den Toast mit Zucker und Zimt, eine Vorliebe, die er von einem Besuch in Wien mit nach Hause gebracht hatte. Valeries Hund, der graue Pudelmischling Seppli, lag unter dem Tisch und schnupperte. Er wusste, dass er bei Tisch nichts abkriegte.

»Wollen wir nachher einen Bummel über den Kanzlei-Flohmarkt machen?«, schlug Beat vor.

Valerie kicherte. »Ja, unbedingt. Solange es ihn noch gibt. Falls du keine Angst hast, Diebesgut zu entdecken und amtlich tätig werden zu müssen.«

»Vielleicht stoße ich ja auf ein günstiges Fahrrad«, gab er belustigt zurück.

Seit zwei Wochen war der Kanzlei-Flohmarkt dauernd in den Schlagzeilen der Zürcher Lokalzeitungen. Anlass dafür war ein Vorstoß der CVP-Kantonsrätin Angela Legler. Sie wollte, dass der Flohmarkt geschlossen wurde, weil es immer wieder vorkam, dass dort Diebesgut verhökert wurde. Auf den Leserbriefseiten gingen die Wogen hoch. Die einen Schreiber stimmten ihr aus tiefstem Herzen zu: Gesindel triebe sich dort herum, Randständige, ein Pack, das nicht arbeitete, sondern die fürstliche Sozialhilfe mit dem Verkauf von wertlosem Müll oder geklauten Sachen aufbesserte. Die Empörung der anderen Seite war nicht geringer: Der Flohmarkt sei ein kleiner Freiraum im kapitalistischen Getriebe, eine Notwendigkeit für Leute, die in der Wirtschaftskrise unter die Räder geraten seien, dazu ein lebendiger Multikulti-Ort. Und es werde eben gerade verhindert, dass Dinge zu Müll würden, indem sie verkauft statt weggeworfen wurden.

Valerie hatte die Diskussion amüsiert verfolgt. Im Gegensatz zur Öffentlichkeit wusste sie, dass Angela Legler höchstselbst vor vier Jahren auf dem Flohmarkt ein gestohlenes Rad erstanden hatte. Geklaut worden war es in Valeries Veloladen an der Schmiede Wiedikon. Es war für Legler, damals noch nicht Politikerin, eine sehr peinliche Geschichte gewesen.

Valerie hatte sich nicht wirklich daran erfreuen können, denn jene Zeit war überschattet gewesen von einem Mord, der in ihrem Geschäft geschehen war. Valerie dachte ungern daran zurück, an jenen langen Monat, in dem ihre Welt in Stücke zu gehen schien. Im Allgemeinen war sie ein optimistischer Mensch und meist voller Elan. Mit viel Arbeit und guten Ideen hatte sie das kleine Fahrradgeschäft ihres Vaters, das sie vor 15 Jahren übernommen hatte, zu einem Laden aufgebaut, der in der ganzen Stadt einen ausgezeichneten Ruf hatte. Als sie vor vier Jahren aus heiterem Himmel Drohbriefe erhalten hatte, als ein Kunde ermordet und ihre Schaufenster mit hässlichen Parolen verschmiert worden waren, hatte sie das tief verletzt und verunsichert. Aber jetzt war wieder alles im Lot. Seit drei Jahren arbeitete Priska Betschart bei ihr, eine junge, frische, engagierte Mechanikerin. Luís Zafar hatte seine Ausbildung abgeschlossen und war von Alban Tihic abgelöst worden. Immer noch kamen die jüdischen Kinder aus dem Quartier bei ihr vorbei, um den alten Veloanhänger auszuleihen, und sogar Adele Goldfarb, die jetzt 14 war und ins Gymnasium ging, schaute ab und zu herein. Auch sie hatte bei jenen Ereignissen eine Rolle gespielt. Nie mehr kommen würde Salome Zweifel, die alte Frau, die im selben Haus gewohnt und sich bemüht hatte, Valerie zu helfen. Sie war gestorben. Es tat Valerie nicht mehr weh, wenn es ihr in den Sinn kam. Das war nun einfach Vergangenheit.

Zur Gegenwart gehörte Beat Streiff. Er hatte damals in jenem Mordfall ermittelt, und so waren Valerie und er, die früher einmal eine kurze Affäre gehabt hatten, wieder in Kontakt gekommen. Nach der Aufklärung des Falls, an der Valerie insofern beteiligt gewesen war, als sie zuerst entscheidende Informationen aus Trotz zurückgehalten und sie dann endlich doch rausgerückt hatte, hatte Streiff sie zum Essen eingeladen, sich in Schale geworfen und ihr Blumen mitgebracht. Nachdem er sie ein paar Wochen mit einer Mischung aus Ernsthaftigkeit, selbstironischen Kommentaren und sparsam dosierten Anzüglichkeiten umworben hatte, hatte Valerie ihm nachgegeben. Seither waren sie ein Paar.

»Im Ernst«, fragte Beat, »wie kommt die Frau dazu, einen solch hirnrissigen Vorstoß zu machen? Du kennst sie doch. Was bezweckt sie bloß damit?«

Valerie kannte Angela Legler schon seit Jahren. Sie hatte sie als unverschämte Kundin im Laden gehabt und sie nach einer lautstarken Szene hinausgeschmissen. Seit einiger Zeit saßen sie sich regelmäßig an den Sitzungen der Arbeitsgruppe Kantonales Velowegkonzept, kurz AG KVK, gegenüber. Legler, Mitglied der Verkehrs- und Umweltkommission des Kantonsrates und selbst überzeugte Radfahrerin, hatte die AG KVK initiiert, um ein Radwegnetz für den ganzen Kanton Zürich auszuarbeiten. Neben Kantonsräten und Verwaltungsvertretern waren auch externe Experten in der Kommission. Unter anderem die Fahrradhändlerin Valerie Gut. Wie sie zu dieser Ehre gekommen war, war ihr nicht ganz klar. Ganz sicher war es nicht Leglers Vorschlag gewesen. Vermutlich hatte diese widerstrebend zugestimmt, weil ihr kein guter Vorwand eingefallen war, Valeries Mitwirkung zu verhindern, und weil sie keine schlafenden Hunde wecken wollte.

»Ich vermute, sie will sich einfach profilieren, sich in die Medien bringen«, meinte Valerie. »Sie ist ehrgeizig und der Typ, der polarisiert. Da sie in einer Mitte-Partei ist, muss sie Gegensteuer geben, auffallen. Aber sie macht es so, dass niemand schlau wird aus ihr und sie es sich am Schluss mit allen verdirbt. Mit ihrem Engagement für das Velowegkonzept kann sie bei den Grünen und den Linken punkten. Mit der Kampfansage an den Flohmi will sie bei den Rechten Stimmen holen. Unabhängig politisieren, nennt sie das. Aber ich glaube, unter dem Strich macht sie sich vor allem unbeliebt. Nur merkt sie das nicht, dafür ist sie viel zu sehr von sich selbst überzeugt.«

Valerie zuckte die Schultern und schob sich den Rest ihres Toasts in den Mund. Dann spekulierte sie: »Vielleicht will Angela mit der Schließung des Flohmarkts quasi ihren Sündenfall aus der Welt schaffen. Das wäre die psychologische Erklärung.«

»Das tönt eher biblisch«, meinte Beat.

»Würde auch passen«, gab Valerie zu. »Fritz Legler, ihr Mann, ist ja Pfarrer. Bisschen hardcore.«

»Hardcore?«, fragte Beat verständnislos.

»Na ja, ein Fundi. Evangelikal. Streng moralisch, aber auch schwärmerisch. Würde man auf den ersten Blick gar nicht denken. Er versucht ja, die Jungen zu gewinnen mit seinen Velogottesdiensten in freier Natur. Kleine Radtour aufs Land, dort Predigt, Gesänge und

Gebete. Nachher Picknick. Aber die Predigten haben es in sich, hab ich gehört. Aufrufe zu Reue und Buße. Keine Ahnung, was Angela an dem findet.«

»Ist mir auch egal«, brummte Beat. Er hatte eine kleine geheime Privatfehde mit der Politikerin. Er nahm es ihr übel, aber das sagte er Valerie natürlich nicht, dass sie dazu beigetragen hatte, dass der Mutterschaftsurlaub für Kantonsangestellte verlängert worden war. Das bedeutete nämlich, dass er länger auf seine Mitarbeiterin Zita Elmer verzichten musste, die vor drei Monaten ein Baby bekommen hatte. Man hatte ihm zwar einen Ersatz angeboten, aber Streiff konnte mit dem übereifrigen, ungeschickten jungen Schnösel, Melchior Zwicky hieß er, nicht viel anfangen. Er vermisste die robuste, gescheite Elmer. Ob sie wirklich so gescheit war?, zweifelte Streiff manchmal schlecht gelaunt, wenn ihm die Arbeit wieder mal über den Kopf wuchs. Warum hatte sie sich dann ein Baby zulegen müssen? War doch gar nicht der Typ dafür. Na ja, vermutlich die Hormone. Er war froh, dass sich diese Frage bei Valerie und ihm nicht stellte; sie war 48, er bald 52.

Dafür stellte sich ihm ab und zu eine andere Frage. Seit vier Jahren waren Valerie und er jetzt zusammen, beide hatten sie ihre Wohnung behalten, mal waren sie bei ihm, mal bei ihr. Valerie schien mit der Situation zufrieden zu sein, sie hatte das Thema nie angeschnitten. Er auch nicht. Aber manchmal dachte er, ob es nicht vielleicht auch ganz schön wäre zusammenzuwohnen. Er hätte gern gewusst, wie sie darüber dachte. Aber er hatte sie bis jetzt nicht fragen mögen. Vielleicht fühlte sie sich dann eingeengt und das wollte er nicht. Oder erwartete sie im Gegenteil, dass er das Thema aufs Tapet brachte? Und wie würde man das dann bewerkstelligen? Würde er bei ihr einziehen? Sicher nicht. Nicht in die Wohnung, in der sie mit Lorenz Stucki, dem Quacksalber, wie er ihn bei sich nannte, zusammengelebt hatte. Oder würde sie zu ihm ziehen? Würden sie zusammen eine neue Wohnung suchen? In Zürich eine schöne und bezahlbare Wohnung zu finden, war in den letzten Jahren immer schwieriger geworden. Beat schob den Gedanken wieder einmal beiseite.

»Komm«, sagte er stattdessen, »trink deinen Kaffee aus, dann können wir gehen. – Ja, du kommst auch mit«, wandte er sich an Seppli, der an Beats Tonfall erkannt hatte, dass der Tag nun in Schwung kam, und eilends unter dem Tisch hervorsprang. Sollte ihm ja nicht passieren, dass man ihn etwa vergaß.

Valerie band rasch ihre braunen Locken zusammen und steckte sie unordentlich am Hinterkopf fest. Sie war soweit ganz zufrieden mit ihrem Spiegelbild. In den letzten paar Jahren hatte sie drei Kilo zugenommen, aber das stand ihr gar nicht schlecht, fand sie. Sie mochte ihre braunen Augen, ihren wachen Blick. Manchmal schienen ihr ihre Gesichtszüge etwas zu weich zu sein, aber Beat hatte erklärt, bei ihrem Temperament schade es nichts, auch etwas Sanftes an sich zu haben. Sie schlüpfte in ihre moosgrüne Lederjacke und sagte: »Weißt du, ich möchte einen schönen, hohen Kerzenständer finden. Wäre doch gemütlich für lange Winterabende.«

»Und ich brauche eine neue Kaffeemaschine«, meinte er.

»Neu ist gut. Das ist doch gefährlich. Eines Tages wird dir so ein Secondhand-Ding einen tüchtigen elektrischen Schlag versetzen. Wenn du sie wenigstens nach dem Kauf zur Überprüfung zu einem Elektriker bringen würdest.« Sie begriff seine Vorliebe für Kaffeemaschinen, CD-Player und TV-Geräte vom Flohmarkt nicht.

Valerie und Beat schlenderten die Stauffacherstraße hinauf, vorbei am Volkshaus, und überquerten die Straße. Valerie fand es umständlich, Bus oder Tram zu nehmen, während Beat nicht gern Rad fuhr. Deshalb waren sie zusammen oft zu Fuß in der Stadt unterwegs, ein Arrangement, das auch der Hund schätzte. Eine ältere Frau kam ihnen entgegen. Sie grüßte Beat mit Namen, nickte Valerie freundlich zu und machte Anstalten stehenzubleiben. Beat grüßte mit einem halben Lächeln kurz zurück und wollte weitergehen. Aber Valerie blieb stehen und wechselte mit der Frau ein paar Worte, während Beat stumm daneben stand.

»Haben Sie den Lärm letzte Nacht auch gehört?«, wandte sich die Frau jetzt Beat zu. »Ich glaube, es war Elmiger vom vierten Stock, der Besuch hatte. Um halb drei sind seine Gäste das Treppenhaus heruntergepoltert.«

Valerie schien, dass Beat aufatmete. Was hat er nur, dachte sie.

»Nein«, sagte Beat jetzt, »ich war letzte Nacht gar nicht da.«

»Na, dann haben Sie Glück gehabt«, meinte die Frau, wünschte ein schönes Wochenende und verabschiedete sich.

»Was hattest du denn?«, fragte Valerie. »Du hast zuerst so unfreundlich gewirkt. Frau Luchsinger ist doch nett.«

»Ach, manchmal ist sie so geschwätzig«, erwiderte Beat. »Ich dachte, wenn wir stehen bleiben, kommen wir nie wieder weg.«

Aber das war eine glatte Lüge. Es war Beat Streiffs bestgehütetes Geheimnis, dass er an Prosopagnosie litt. Zum Glück nur an einer sehr milden Form. Die meisten Gesichter konnte er problemlos wiedererkennen, aber bei manchen hatte er Mühe. Dummerweise konnte er sich gerade das Gesicht seiner Nachbarin, Else Luchsinger, einfach nicht merken, obwohl sie schon einige Jahre im gleichen Haus wohnten. Traf er sie im Treppenhaus oder in der Waschküche an, wusste er, dass sie es war, denn sie war die einzige ältere Frau im Haus. Allerdings gab es auch da Fallstricke. Einmal hatte er eine Frau mit ›Guten Tag, Frau Luchsinger‹ begrüßt, aber da war es die Mutter von Elmiger gewesen. Außerhalb des Hauses hatte er keine Chance, die Frau zu erkennen. Erst als sie den Nachbarn im vierten Stock erwähnt hatte, war ihm aufgegangen, wer sie war. Nicht einmal Valerie wusste von seiner Schwäche und bei der Polizei selbstverständlich auch niemand. Obwohl es ihm durch langjährige Übung gut gelang, dieses Manko zu überspielen und zu kompensieren, machte es ihn innerlich oft unsicher, wodurch er dann unfreundlich wirkte. Aber das schien ihm das kleinere Übel zu sein.

Valerie und er näherten sich dem Kanzlei-Areal.

»Guck mal, da ist doch etwas im Gange!«, sagte Valerie.

Es herrschte nicht das übliche lebhafte, laute, aber friedliche Durcheinander, das normalerweise den Flohmarkt prägte. Die Stände, die am Rand lagen, waren verlassen. Niemand schien sich im Moment für zerfledderte Comics, Handys der vorletzten Generation oder Lammfelljacken aus den 70er-Jahren zu reißen. Eine unruhige Menschenmenge drängte sich im Zentrum zusammen, es waren Buhrufe zu hören, die Stimmung schien angespannt bis aggressiv. Valerie spürte, wie Beat sich in Streiff verwandelte. Es waren nur Winzigkeiten, die sich in seinem Blick, seiner Haltung, seinem Schritt veränderten. Jetzt war er der Polizist, der eine Situation zu analysieren hatte, abzuschätzen versuchte, ob da etwas aus dem Ruder lief. Sie gingen auf die Menschenmenge zu. Streiff drängte sich hindurch.

In der Mitte, umringt von warm eingepackten Flohmarkthändlern und Kunden, es war ja schon November und morgens ordentlich kalt, stand – Angela Legler. Allein. In einer ziemlich ungemütlichen Situation und nicht einmal besonders warm angezogen.

»Lassen Sie mich durch!«, rief sie. »Sofort. Das ist ein öffentlicher Ort. Ich habe das Recht, hier zu sein.«

Buhrufe und höhnisches Gelächter antworteten ihr.

»Was fällt dir ein hierherzukommen!«, schrie

eine ältere, pummelige Frau mit grauen Locken, die, so glaubte sich Valerie zu erinnern, einen Stand mit gebrauchten Kleidern und Schuhen hatte. »Das ist unser Ort und du willst ihn kaputtmachen.«

»Jetzt stehst du uns Red und Antwort!«, rief ein anderer Flohmarkthändler, ein hagerer, kahler Mann um die 40, der jeweils Geschirr und Pfannen, aber manchmal auch elektronische Geräte feilbot. »Was spielst du da für ein schmutziges Politspielchen? Wem willst du in den Arsch kriechen? Kriegst du das bezahlt?«

Legler hatte ihre Überlegenheit noch nicht verloren. Sie straffte sich. »So diskutiere ich nicht mit Ihnen!«, rief sie. »Ich bin Politikerin. Ich bin mitverantwortlich dafür, dass Gesetze eingehalten werden. Und das hier ist ein rechtsfreier Raum. Das geht einfach nicht!«

Wieder Buhrufe. Die Leute kamen ihr näher. Sie wich einen Schritt zurück. Aber auch hinter ihr war eine Wand von Menschen. Nun schien sie nervös zu werden, sie fuhr sich mit der Hand durch die dunklen, kurzen Haare. Ihr Gesicht, selbst im November noch gebräunt, wurde um eine Schattierung blasser.

Valerie, die mit dem Hund am Rand stehen geblieben war und durch die Menschenmenge spähte, schüttelte für sich den Kopf. Diese Legler war ja sträflich naiv. Die begriff nicht, was hier abging. Es war ihr überhaupt nicht klar, was sie mit ihrer Forderung, den Flohmarkt zu schließen, ausgelöst hatte, sonst wäre sie nicht hergekommen. Jedenfalls nicht ohne Begleitung. Und es kam ihr offenbar auch nicht in den Sinn, dass sie in Gefahr sein könnte. Die Stimmung war explosiv.

Hoffentlich hält sie endlich den Mund, dachte Valerie nervös, nicht dass irgendein Choleriker ausrastet und sie tätlich angreift.

Sie drehte sich um und warf einen Blick auf die verlassenen Marktstände. Da bemerkte sie einen jungen Mann, der die Gelegenheit nutzte, sich ein kleines Fernsehgerät von einem Tisch griff und sich damit davonmachte. Man muss die Feste feiern, wie sie fallen, dachte Valerie schulterzuckend. Dann wandte sie sich wieder dem Knäuel von aufgebrachten Leuten zu und suchte mit den Augen Beat in der Menge. Er war nicht besonders groß, aber an seinem roten Haarschopf zuverlässig zu erkennen. Sie sah, dass er sich zu Angela Legler durchgearbeitet hatte und sie am Arm fasste.

»Stopp«, rief er, »Polizei! Sie lassen die Frau jetzt passieren.«

Geraune erhob sich, aber es wurde ruhiger, einige Leute zogen sich zurück.

»Bullenstaat!«, rief jemand vom Rand her. Streiff drehte nicht einmal den Kopf. Er hielt seinen Blick auf die ihm gegenüberstehenden Leute gerichtet, die jetzt langsam und widerwillig den Weg freigaben. Er fühlte, dass Legler zitterte. Offenbar war ihr die Situation jetzt bewusst geworden und sie hatte ihre Sicherheit eingebüßt. Bevor er sie hinausführen konnte, riss sie sich los und rannte davon. Huhn, dachte er ärgerlich. Die Menge johlte hinter ihr her. Dann ging es sehr schnell. Aus dem Augenwinkel nahm Streiff eine Bewegung wahr, die Bewegung eines Arms in einem farbigen Pulloverärmel, der etwas schleuderte, kaum konnte er den Stein sehen, der durch die Luft flog. Dann sah er Angela Legler stürzen und hörte ihren Schrei. Er sah sich nach der Person um, die den Stein geworfen hatte, konnte aber nicht ausmachen, wer es gewesen war. Kein bunter Pullover war zu sehen. Es wurde sehr still. Die Politikerin lag am Boden, reglos. Die Flohmarkthändler und Kunden zogen sich langsam zurück. »Scheiße«, sagte einer, »na und?« ein anderer.

Bevor Streiff Legler erreicht hatte, kniete schon jemand bei ihr.

»Ich bin Arzt«, sagte er, zu Streiff aufschauend.

Streiff drehte sich zu den Umstehenden. »Wer hat den Stein geworfen?«, fragte er scharf.

Natürlich sagte niemand etwas. Er wandte sich an die ältere Frau, die die Politikerin angeschrien hatte: »Haben Sie etwas gesehen?«

»Nein, gar nichts.«

»Das war eine Straftat, eine Körperverletzung. Sie sind verpflichtet, es zu sagen, wenn Sie etwas bemerkt haben.«

Er fixierte den Mann, der den Stand mit den Elektronikgeräten hatte. Er hatte bei ihm schon einmal ein Handy gekauft. Der zuckte die Schultern, schaute weg und wandte sich seinem Stand zu. Gleich darauf hörte man ihn schimpfen: »Mir ist ein Fernsehgerät weggekommen. Verdammt, hat jemand etwas gesehen?«

Streiff hätte beinahe gelacht. »Meinen Sie mich?«, fragte er höflich. »Leider nicht.«

Der Mann warf ihm einen bösen Blick zu.

Der Arzt untersuchte Angela Legler. Sie war bei Bewusstsein.

»Ich glaube, Sie sind nicht ernsthaft verletzt«, sagte er. »Der Stein hat Sie nur gestreift. Es blutet zwar, aber das hört bald auf. Haben Sie Kopfschmerzen? Ist Ihnen übel?«

»Nein.« Angela Legler setzte sich auf. Ignorierte heroisch das Blut, das ihr von der Schläfe die Wange hinabrann. Ihr Schrecken hatte offenbar bereits in Wut umgeschlagen. »Nun erst recht«, erklärte sie. »Dieser Hort für Kriminelle muss geschlossen werden. Und Sie«, sie wandte sich anklagend an Streiff, »wenn Sie schon Polizist sind, warum sind Sie nicht imstande, eine unbescholtene Bürgerin zu schützen? Wissen Sie, wer ich bin? Angela Legler, Kantonsrätin.«

»Sehr erfreut«, konterte Streiff sarkastisch.

Der Arzt warf seiner Patientin einen zweifelnden Blick zu, murmelte etwas von »doch besser einen Krankenwagen rufen und genauer untersuchen« und hängte sich ans Handy.

»Legen Sie sich besser wieder hin«, riet er Legler mit ärztlicher Sachlichkeit, »Sie haben einen Schock erlitten.«

»Dieser Vorfall wird am Montag im Kantonsrat diskutiert werden«, erklärte Legler drohend, als ob der Arzt schuld am Ganzen wäre.

»Ja, ganz sicher«, meinte dieser beruhigend.

»Ich habe Drohbriefe erhalten«, fuhr Legler fort, wieder zu Streiff gewandt. »Man will mich fertigmachen.«

»Drohbriefe?« Beat wurde aufmerksam.

»Ja, aber ich habe sie nicht hier.«

»Ich werde mich mit Ihnen in Verbindung setzen«, versprach Streiff. Es hatte keinen Sinn, jetzt mit einer Befragung zu beginnen. Vielleicht fantasierte sie ja nur. Er bestellte per Handy eine Streife her, die die Leute zu dem Vorfall befragen sollte. Das war ja eigentlich nicht sein Gebiet und außerdem hatte er frei.

Valerie hatte der Szene aus einiger Entfernung zugesehen. Lorenz. Sie erkannte ihn sofort, seine große, schlanke, fast magere Gestalt; offensichtlich hatte er keinen Bauch angesetzt wie die meisten Männer seines Alters, aber sein früher dunkelblondes Kraushaar war ziemlich grau geworden. Sie hatte ihn schon seit Jahren nicht mehr getroffen. Nach ihrer Trennung vor, sie rechnete, etwa vor acht Jahren, hatten sie sich aus den Augen verloren. Und doch waren sie sich lange Zeit nahe gewesen. Vor ein paar Jahren waren sie sich zufällig über den Weg gelaufen. Das war wenige Monate nach dem Mord im FahrGut gewesen. Valerie hatte sich noch nicht wirklich von jenen Ereignissen erholt gehabt, aber sie war frisch verliebt in Beat und sie hatte sich gefreut, Lorenz anzutreffen. Aber er war kühl gewesen und hatte ganz reserviert getan. Hatte überhaupt nicht gefragt, wie es ihr ginge, dabei musste er doch aus den Medien erfahren haben, was ihr zugestoßen war. Offenbar wollte er wirklich gar nichts mehr mit ihr zu tun haben.

Deshalb zögerte sie jetzt. Sollte sie hinübergehen oder hier mit Seppli warten, bis die arme Angela abtransportiert und Lorenz gegangen war? Ach was, das wäre doch blöd. Sie war mit Streiff hier und hatte keinen Grund, sich zu verstecken. Und einen freundlichen Satz zu Angela würde sie sich wohl noch abringen können. Auch wenn ihr Verhalten denkbar unvernünftig gewesen war, war es nicht in Ordnung, dass sie so drangekommen war. Sie schlenderte mit ein wenig Herzklopfen zu dem Grüppchen.

»Hallo, Lorenz.«

Streiff zuckte zusammen. Stucki. Valeries Quacksalber. Ausgerechnet. Sie waren sich noch nie begegnet und Stucki hatte auch nie von der Affäre zwischen Valerie und ihm erfahren.

»Valerie!«, rief Stucki. Stand rasch auf und strahlte sie an. »So eine Überraschung. Schön, dich zu sehen. Gehts dir gut?«

Valerie nickte, ein wenig verwirrt und verlegen. Das waren ja völlig neue Töne. »Dir auch?«

»Ja, bestens. Aber du weißt, ein Arzt hat nie richtig frei.«

Ein Polizist auch nicht, dachte Valerie. Offenbar gerate ich immer an Männer, auf deren jederzeitige Einsatzbereitschaft die Welt nicht verzichten kann.

Sie kauerte bei Angela Legler nieder. »Hi, Angela. Tut mir leid, was da passiert ist.«

Das klang hölzern, sie wusste es. Aber mehr als ein unpersönliches Mitgefühl brachte sie für die Frau nicht auf.

Die lag jetzt still da, offenbar nicht mehr in der Stimmung, groß aufzutrumpfen. Sie war blass, ihre Wange blutverschmiert, die Frisur in Unordnung. Seppli schnupperte interessiert. Valerie riss ihn weg, bevor er etwa auf die Idee kam, Angela das Blut wegzulecken. Bei diesem Hund wusste man nie.

Glücklicherweise kam jetzt der Krankenwagen hergefahren, Stucki orientierte die Pfleger, die Angela Legler behutsam einluden.

»Sie ist übrigens Kantonsrätin.« Diese Anmerkung kam von Streiff. Valerie unterdrückte ein Lachen.

Die beiden jungen Pfleger sahen ihn empört an. »Wir behandeln alle Patientinnen und Patienten gleich«, erklärte der eine dezidiert. Dann fuhren sie weg.

Stuckis Handy flötete. »Na, ich muss«, sagte er, »habe heute Notfalldienst. Valerie, stehst du im Telefonbuch? Ich ruf dich mal an, okay?« Ohne eine Antwort abzuwarten, drückte er sich das Handy ans Ohr und entfernte sich. Der Streifenwagen traf ein. Streiff informierte die beiden Beamten, die ohne Begeisterung ihre Notizbücher zückten und zu den Befragungen schritten.

Valerie und Beat sahen sich an. »Und dabei wollten wir doch nur einen gemütlichen Flohmarktbummel machen und einen Kerzenständer kaufen«, meinte Valerie.

»Und eine Kaffeemaschine«, ergänzte Beat.

Sie schauten sich um. Auf dem Flohmarkt ging es zu wie immer. Ein Gewusel von Menschen, die von Stand zu Stand flanierten, einander etwas zuriefen, feilschten, sich stritten, lachten, sich über einen gelungenen Kauf oder Verkauf freuten. Der Aufruhr schien vergessen, obwohl, da war sich Streiff sicher, er heute noch viel Gesprächsstoff abgeben würde. Aber wohl nicht, solange die Polizei vor Ort war. Streiff ließ seinen Blick nochmals über die Leute schweifen. Aber es gab keine Chance, den Steinewerfer zu entdecken. Der war sicher längst weg. Und verraten würde ihn hier keiner.

»Das ist das einzig Gute an der Sache«, stellte Valerie fest, »dass du heute kein lebensgefährliches Ding heimträgst. Wir kaufen dir nachher in einem Fachgeschäft eine Kaffeemaschine. Hier bleiben mag ich nicht. Für einen Kerzenständer schaue ich ein anderes Mal.«

»Das war jetzt also Lorenz«, sagte Beat.

»Ja. Stimmt, du kennst ihn ja gar nicht. Ist auch nicht nötig. – Ist was?«

»Nein, wieso? Hat sich enorm gefreut, dich zu treffen.«

»Sag mal, bist du eifersüchtig?«

»Nein. Das heißt, früher schon. Als du nach unseren Treffen immer zu ihm nach Hause gegangen bist.«

»Ach, das hast du aber damals gut verborgen. Komm, wir gehen ins Celia rüber und trinken eine heiße Schokolade. Ich friere. Komm, Seppli.«

Valerie hängte sich bei Beat ein und zog ihn über die Straße. Mit diesem Stucki hat sie also zusammengewohnt, dachte er. Sie fanden im Café einen Fensterplatz und bestellten Schokolade und Kaffee.

»Ein freier Samstag«, meinte Valerie, »es kommt mir vor, als ob ich Ferien hätte.«

»Wird dir im Winter nicht langweilig im Geschäft?«, fragte Beat.

»Nein. Ich bin froh, dass wir nicht mehr den Stress haben wie im Sommer. Aber ich habe trotzdem genug zu tun. Priska und ich können uns mehr um Alban kümmern. Und nächste Woche will ich mich ans Budget fürs nächste Jahr machen.« Sie kniff die Augen zu schmalen Schlitzen zusammen und schaute an Beat vorbei auf die Straße.

»Ich bin am Überlegen, ob ich Miniscooters ins Angebot nehmen soll. Oder ob ich wieder einmal ein Kinderfest veranstalten soll, um die Kindervelos und -anhänger mehr zu propagieren.«

Beat hörte gespannt zu. Valerie war eine gewiefte Geschäftsfrau. Sie war nicht der Typ, der sich auf den Lorbeeren ausruhte.

»Oder ich könnte«, fuhr sie fort, laut zu denken, »Sonderanfertigungen machen, zum Beispiel Räder für besonders große Männer. Das könnte ankommen, aber ich habe es noch nicht berechnet.«

Dann wandte sie sich ihm zu. »Und du? Ist dir nicht langweilig? Du hattest doch schon länger keinen richtig verzwickten Fall mehr. Bei den letzten paar Tötungsdelikten in der Stadt Zürich war es doch ziemlich schnell klar, wer es gewesen war. Du bräuchtest mal wieder einen richtig raffinierten Mörder, an dem du deine Hirnzellen messen kannst.«

Angela Legler betastete das dicke Pflaster, das an ihrer linken Schläfe klebte. Sie war eben erwacht, zwei Stunden hatte sie geschlafen. Ihr Kopf schmerzte ein wenig, aber nicht allzu stark. Am frühen Nachmittag war sie aus dem Spital entlassen worden. Sie hatte keine Gehirnerschütterung und auch sonst keine Verletzungen außer einer tüchtigen Schramme. Sie solle sich übers Wochenende schonen, hatte ihr die Ärztin geraten, dann könne sie am Montag wieder arbeiten. Angela stand auf und ging ins Badezimmer. Der Spiegel zeigte ihr ein etwas blasses Gesicht, ihre dunklen, kurzen Haare waren zerwühlt, sonst sah sie okay aus.

Aber innerlich fühlte sie sich nicht okay, ganz und gar nicht. Sie war aufgewühlt und wütend. Dass jemand es wagen konnte, sie anzugreifen! Sie, die Kantonsrätin Angela Legler! Was waren das für Zustände! Dieser Flohmarkt musste geschlossen werden, jetzt erst recht. Nicht nur Diebe und Hehler trieben sich da herum, sondern auch Gewalttäter; Leute, die sich der demokratischen Ordnung nicht fügen wollten. Aber ihre Erschütterung ging tiefer. Sie ganz persönlich war angegriffen worden, nicht nur die Politikerin, sondern die Person Angela Legler. Was hatte das zu bedeuten? Wurde ihre Autorität nicht anerkannt? Konnte man so mit ihr verfahren, weil sie eine Frau war? Sie hatte es zu etwas gebracht, sich durchgesetzt, und das würde sie sich nicht nehmen lassen. Sie ging ins Schlafzimmer zurück, setzte sich in den Sessel, der am Fenster stand, und schaute in den Garten hinaus. Der Apfelbaum hatte seine Blätter schon verloren, über der Stadt hing zäher Hochnebel.

Seit zwei Jahren war sie im Kantonsrat und war alles andere als eine Hinterbänklerin, sie hatte eine Position in der Fraktion und im Rat – und sie hatte eine gute

Medienpräsenz. Es hatte sie jahrelang geärgert, dass sie nicht studiert, sondern nur eine kaufmännische Lehre absolviert, einen Beruf hatte, bei dem die Aufstiegschancen sehr beschränkt waren. Und Pfarrersfrau zu sein, sich gemeinnützig um die Schäfchen ihres Mannes zu kümmern, war nicht ihr Ding. Das hatte sie Fritz schon am Anfang ihrer Ehe klargemacht. Mit den Jahren war sie mehr und mehr unzufrieden geworden mit ihrem Leben und hatte mit Mitte 30 beschlossen, dass sich etwas ändern musste. Sie hatte Weiterbildungen erwogen, sich aber schließlich für die Politik entschieden. Es war gut gelaufen. Die CVP arbeitete daran, sich ein frauenfreundliches Image zu geben und eine energische, engagierte Newcomerin, die bereit war, sich in Dossiers zu knien, und auch auf einem Podium eine gute Figur machte, war willkommen. Man muss nur wollen, dachte sie, dann erreicht man auch etwas. Aber ein Steinwurf passte nicht in ihr Programm. Sie hatte zäh gearbeitet, sich ein parteiübergreifendes Netz von Kontakten geschaffen, sich profiliert. Man musste flexibel sein: hier kleine Kompromisse machen, dort sich knallhart durchsetzen. Mit den linken Frauen hatte sie zusammengespannt, als es um die Verlängerung des Mutterschaftsurlaubs ging. Ein bürgerliches Thema hatte sie mit dem Vorstoß, den Flohmarkt zu schließen, besetzt. Mit dem Präsidium der AG KVK hatte sie sich im Umweltbereich gut positioniert. Aber dort wollte sie auch die Interessen von Wirtschaft und Gewerbe einbringen. Ein Spagat? Selbstverständlich, Politik war immer ein Spagat. Kritik, die in den Medien ab und an geäußert wurde, bestärkte sie. Sie verfolgte eben ihre eigene Linie. Der Vorfall von heute Morgen war der erste empfindliche Dämpfer in ihrer politischen Karriere. Das war eine Grenzverletzung, die es nicht geben durfte. War sie verwundbar? Ganz unvermutet tauchte dieser Gedanke auf. Er erschreckte sie und sie schob ihn rasch beiseite. Angela Legler war nicht der Typ, der sich groß darüber Gedanken machte, ob man sie mochte, ob sie beliebt war. Zeitverschwendung, fand sie. Sie war ehrgeizig, sie hatte Erfolg, selbstverständlich gab es da Neid und Eifersucht. Man hatte Gegner, aber man hatte auch Anhänger, Wähler, nicht nur aus ihrer Partei, die ihr schrieben, ihr gratulierten zu ihrer Unerschrockenheit.

Angela hörte, wie unten die Tür aufgesperrt wurde. Fritz kam nach Hause. Ob er es schon gehört hatte? Das Lokalradio hatte eine kurze Meldung gebracht. Er rief nicht nach ihr, vermutlich dachte er, sie sei nicht da. Auch sie gab kein Zeichen. Fritz, dachte sie, und nicht zum ersten Mal kam ihr als Bild für ihre Ehe der Mathematikunterricht ihrer Jugend in den Sinn. Mengenlehre. Zwei Kreise, die sich überschnitten. Der gemeinsame Bereich war die Schnittmenge. Dieses Oval war in ihrer Ehe im Laufe der Jahre immer magerer geworden. Woraus bestand diese Schnittmenge noch? Sie verbrachten die bei beiden spärliche Freizeit und die Ferien miteinander. Sport. Velotouren. Das Häuschen in den Bergen. Dabei verstanden sie sich ganz gut. Beide waren ehrgeizig und ausdauernd, wenn sie einen Pass hinaufpedalten, beide wollten das Rennen gewinnen. Und es war gar nicht immer Fritz, der die Nase vorn hatte, denn Angela war, obwohl eher klein, muskulös und zäh. Aber im Alltag drifteten sie immer mehr auseinander. Er hatte seine Gemeinde, sie die Politik. Gemeinsame Freunde hatten sie kaum. Selten begleiteten sie einander zu Anlässen. Beide führten sie ihr eigenes Leben und trafen sich manchmal zu einem improvisierten Abendessen am Küchentisch. Sie erzählten einander nicht viel. Angela hatte den Eindruck, dass Fritz ihre politische Arbeit nicht ganz ernst nahm. Und er war ihr in seiner beruflichen Entwicklung fremd geworden. Aus dem wissbegierigen, offenen Theologiestudenten war ein moralisch strenger evangelikaler Pfarrer geworden, der sich von der Landeskirche abgewandt hatte und in eine Freikirche übergetreten war, die eine schwärmerische und autoritätsgläubige Religiosität pflegte. Was war da bloß in ihm vorgegangen? Sie redeten nie darüber. Sie sprachen über Fahrradausrüstungen, über die Heizung ihres Häuschens in den Bergen, über Urlaubstermine. Manchmal fragte Angela sich, ob es anders gekommen wäre, wenn sie Kinder gehabt hätten. Ob er enttäuscht war, weil es nicht geklappt hatte? War sie enttäuscht? Es war müßig, darüber nachzudenken. Sie hatte jetzt andere Sorgen.

Sie erhob sich und ging langsam hinunter. Fritz saß im Wohnzimmer.

»Was ist denn mit dir passiert?«, fragte er, als er ihr Pflaster sah. Angela erzählte es ungern, es kam ihr vor wie das Eingeständnis einer Niederlage. Gleichzeitig ärgerte sie sich darüber, dass sie es so empfand.

»Irgendein … ein Krimineller hat einen Stein nach mir geworfen, auf dem Flohmarkt«, rief sie. Tränen des Zorns stiegen ihr in die Augen. »Muss ich mich so behandeln lassen?«

»Du musst Anzeige erstatten«, riet ihr Mann.

»Habe ich natürlich gemacht.«

»Hast du dir überlegt, dass das ein Zeichen sein könnte?«, fragte er.

»Ein Zeichen?« Sie sah ihn verständnislos an.

»Ich zweifle schon seit einiger Zeit daran, ob es das Richtige ist, was du machst, diese Politik«, sagte er. »Tut dir das wirklich gut? Ist es das, was Gott mit dir vorhat?«

Angela starrte ihn an. Ihr Kopf begann plötzlich heftiger zu schmerzen.

»Spinnst du?«, rief sie. »Das erste Mal in meinem Leben mache ich etwas wirklich Spannendes. Wie kannst du?«

Er blieb ganz ruhig, beobachtete sie. »Ich habe den Eindruck, dass du überlastet bist, du hast keine Zeit mehr, du entziehst dich mir, du hast keinen festen Boden mehr unter den Füßen.«

»So ein Unsinn! Mir gehts prima. Mein Problem ist, dass ich angegriffen worden bin, nichts anderes!« Sie schwieg. Es stimmte, dass sie sich ihrem Mann entzog. Aber hatte sie kein Recht auf ein eigenes Leben, das sie ausfüllte?

»Gönnst du mir meine Karriere nicht?«, fragte sie misstrauisch. »Du wolltest schon immer im Mittelpunkt stehen, mich dominieren. Und jetzt nimmst du diesen

Angriff zum Anlass, mich kleinzumachen, statt dass du zu mir hältst.« Ihre Schläfe pochte.

Sein Blick war durchdringend. »Selbstverständlich halte ich zu dir. Du bist meine Frau. Aber ich glaube, dass du auf einem falschen Weg bist.«

»Was sollte ich denn deiner Ansicht nach tun? Wieder als Sekretärin arbeiten? Musik auflegen auf deinen Jugendpartys? Oder Taschentücher verteilen, wenn die Jugendlichen ihre Bekehrungserlebnisse haben?« Sie brach ab. So verächtlich hatte sie sich noch nie über seine Arbeit geäußert.

»Es wäre sicher nicht die schlechteste Aufgabe für eine Ehefrau, ihren Mann bei seiner Arbeit zu unterstützen«, gab er ungerührt zurück. Sie fühlte sich schwindlig und er schien es zu bemerken.

»Komm, leg dich wieder hin«, sagte er sanfter, »ich mache dir einen Tee.«

Angela legte sich aufs Sofa. Soll ich mich von ihm trennen, fragte sie sich. Nein, das würde sich nicht gut machen, eine geschiedene CVP-Politikerin. Die Situation ist so schon kompliziert genug. Fritz stellte ihr eine Tasse Tee und ein Tellerchen mit Zwieback hin. Einen Moment lang kam ihr die Szene ganz unwirklich vor und sie fragte sich, ob er fähig wäre, ihr Gift in den Tee zu schütten. Meine Nerven sind wirklich überreizt, dachte sie und nahm einen Schluck. Er schaltete den Fernseher ein.

MONTAG

Lina Kováts saß an ihrem Pult im Kantonsratssaal. Sie hatte die Tonaufnahme der Debatte in Gang gesetzt, die Liste der Ratsgeschäfte, die an diesem Tag behandelt wurden, lag vor ihr, vor einer Viertelstunde hatte die Ratssitzung begonnen. Das Thema, es ging um Steuersenkungen für Kleinbetriebe, interessierte sie nicht besonders. Sie gab sich keine Mühe, sich zu konzentrieren, ohnehin würde sie das alles in den folgenden Tagen nochmals hören, ab CD, wenn sie es schrieb und redigierte. Lina arbeitete seit einem Jahr nicht mehr als Zeitungskorrektorin, sondern als Protokollführerin im Kantonsrat. Nun musste sie nicht mehr dauernd bis spät abends arbeiten, sondern hatte Zeit, nach dem Job in ihrem Atelier zu malen. Sie ließ ihren Blick über die Reihen schweifen. Die meisten Plätze waren besetzt, was nicht hieß, dass alle Ratsmitglieder auch zuhörten. Einige lasen Zeitung, andere tippten etwas in ihre Laptops oder hackten eine Kurznachricht ins Handy, ordneten Unterlagen oder zwängten sich durch die engen Sitzreihen, um mit einem Kollegen flüsternd etwas zu besprechen. Anfangs hatte Lina diese Undiszipliniertheit verwundert, bis sie verstanden hatte, dass hier nicht die eigentliche politische Arbeit gemacht wurde. Die Knochenarbeit, die Erarbeitung von Gesetzen, wurde in den Kommissionen geleistet. Der Ratssaal, so sah es Lina, war die Bühne für die Öffentlichkeit, die montägliche Sitzung das Stück, das über die politische Arbeit Auskunft und den Darstellern die Gelegenheit gab, sich ins rechte Licht zu rücken. Man musste ja alle vier Jahre wiedergewählt werden. Der Saal gab eine würdige Bühne ab. Ein hoher Raum in einem schönen Renaissancebau, die Wände mit Porträts von ehemaligen Bürgermeistern von Zürich und einem hellblauen Wandteppich geschmückt, der das Kantonswappen, flankiert von zwei Löwen, zeigte. Durch die Fenster auf der einen Seite sah man die Limmat vorbeifließen.

Lina wurde aufmerksam auf das Geschehen. Eine Sprecherin hatte geendet, die Ratspräsidentin erteilte einem anderen Kantonsrat das Wort, der zu reden begann, ohne sein Mikrofon einzuschalten.

»Mikrofon!«, rief Lina. Typisch, dachte sie. Hefti. Ein junger Grüner, dessen Vater in Wiedikon eine Hausarztpraxis führte. Der war so eifrig darauf aus zu reden, dass er es jedes zweite Mal vergaß.

»Ach ja, Tschuldigung«, lachte Hefti fröhlich zurück, drückte den Knopf und begann, sein Manuskript abzulesen. Immerhin. Er redete nicht frei wie andere, die dachten, das mache einen souveränen Eindruck, sondern kannte seine Grenzen und trat gut vorbereitet zu seinen Voten an. Seine Grenzen traten zutage, wenn er spontan auf einen Antrag reagierte oder eine Frage stellte. Dann verhedderte er sich heillos in einem Wust von Haupt- und Nebensätzen, Appositionen, Ellipsen, verunglückten Metaphern und verwechselten Fremdwörtern. Es war dann hinterher Linas Aufgabe, das in Ordnung zu bringen, dem Ganzen eine Syntax zu unterlegen, zu spüren, was Hefti inhaltlich hatte sagen wollen, und das, behutsam seinen eigenen Wörtern entlang balancierend, aber ohne in die von ihm aufgerissenen Gräben abzustürzen, zu formulieren. Hefti dankte es ihr. Wenn die redigierten Voten vor dem Ratssaal zur Einsicht auflagen, fischte er sich seine heraus, kam bei ihr vorbei und strahlte: »Super haben Sie das wieder geschrieben, Frau Kováts, super! Nicht wahr, Deutsch müsste man können«, und er zwinkerte ihr zu. Lina lächelte jeweils höflich und dachte: in der Tat. Aber im Grunde genommen mochte sie Hefti.

Heute war die Stimmung im Ratssaal unruhiger als sonst. Vor Sitzungsbeginn hatte der Angriff auf Angela Legler Gesprächsstoff gegeben. Diese saß tapfer im Saal, an der linken Schläfe ein großes Pflaster, mit geradem Rücken, als ob sie ein Brett verschluckt hätte, und mit einem Blick, der sagte: Ich lasse mich nicht mundtot machen. Der Fraktionspräsident hatte eine Debatte zum Vorfall vom Samstag verlangt, was aber von der Ratspräsidentin abgelehnt worden war. Sie hatte ihm nur eine kurze Erklärung zugestanden, in der er die Attacke verurteilte, ohne genauer auf die Ursache und den Kontext einzugehen. Es war eine heikle Angelegenheit, denn die CVP stand mehrheitlich gar nicht hinter Leglers Vorstoß, den Flohmarkt zu schließen, und war nicht glücklich über das Sonderzüglein, das sie in dieser Sache fuhr.

Die Debatte plätscherte weiter, noch immer ging es um die Steuersenkungen. Lina sah sich um. Wen sollte sie sich heute aussuchen? Vielleicht – ja, Ruth Noser.

Die hatte ein interessantes Gesicht. Wenn Lina sich langweilte, fertigte sie manchmal kleine Bleistiftskizzen von den Kantonsräten an, keine Karikaturen, sondern Porträts, in denen sie versuchte, Stimmung und Ausdruck einzufangen. Obwohl sie diskret vorging, war das nicht verborgen geblieben. Es gab Ratsmitglieder, die misstrauisch darauf reagierten, im Vorbeigehen einen Kontrollblick warfen, um zu schauen, ob etwa sie das Opfer waren, aber auch andere, die ganz versessen darauf waren, von Lina gezeichnet zu werden, und ihr anboten, ihr Porträt zu kaufen. Denn es war bekannt, dass Lina Kováts auch Malerin war; eine kleine Galerie in Zürich stellte regelmäßig ihre Bilder aus. Lina fasste Ruth Noser ins Auge und begann, die Form ihres Kopfes zu skizzieren.

Kurz vor 10 Uhr betrat Streiff das Rathaus. Um 10 Uhr war Sitzungspause und er war mit Angela Legler verabredet, die ihm die Drohbriefe zeigen wollte, die sie in Sachen Flohmarktschließung erhalten hatte. Punkt 10 Uhr gingen die Türflügel des Ratssaals auf und die Politiker strömten heraus – in Richtung Café. Eine Frau mit einem dunklen Pagenkopf ging an ihm vorbei und grüßte ihn. Streiff nickte unverbindlich zurück. Wer war das bloß? Ach ja, vielleicht Lina Kováts, Valeries beste Freundin. Die arbeitete doch hier. Mit ihr kam er gar nicht gut zurecht, ihre oft wechselnden Haarfarben überforderten ihn heillos. Er war froh, dass Valerie und Lina keinerlei Neigung zeigten, ihre Freundschaft auf die zugehörigen Männer, ihn und diesen Hannes Neubauer, auszudehnen. Er schaute ihr nach. Sie ging auf einen Mann zu, der die Treppe hinaufkam. »Carlo«, rief sie, »kann ich rasch etwas mit dir besprechen?« Er hörte, dass der Mann sie mit Lina ansprach und wandte sich ab. Da erschien auch schon Angela Legler. Streiff hoffte, dass sie sich nicht mehr an seinen Sarkasmus vom Samstag erinnerte. Er fragte nach ihrem Befinden, aber Legler hatte keinen Sinn für Konversation.

»Kommen Sie«, sagte sie, »dort drüben sind wir ungestört.«

Er folgte ihr und sie reichte ihm zwei Briefe. Der eine war von Hand geschrieben, eine leicht lesbare, flüssige Schrift, der Brief gut formuliert. In deutlichen Worten wurde der Politikerin vorgeworfen, dass sie ein wichtiges Stück Alternativkultur abwürgen wolle, dass sie sich nicht schere um die Bedürfnisse der finanziell Minderbemittelten in dieser Stadt, dass ihr der direkte Draht zur Bevölkerung fehle. Der Brief war unterschrieben und mit einer Absenderadresse versehen.

»Das ist doch gar kein Drohbrief«, bemerkte Streiff. Hat die mich deswegen antraben lassen, fragte er sich gereizt.

»Bitte«, Legler hielt ihm einen zweiten Brief hin.

Dieser war auf dem Computer geschrieben und trug keine Unterschrift. Sie solle ihre Pfoten vom Flohmi lassen, wurde der Politikerin grob beschieden, sonst werde etwas passieren …

Streiff nahm die Briefe an sich und versprach, der Sache nachzugehen. Besonders beeindruckt war er nicht, es gab erstaunlich viele Leute, die ihrem Unmut über behördliche oder politische Entscheide in anonymen Briefen Luft machten. Aber immerhin, Angela Legler war am Samstag ein Stein nachgeworfen worden.

»Haben Sie einen konkreten Verdacht, von wem der Drohbrief stammen könnte?«, fragte er.

Sie schüttelte den Kopf. »Mit Leuten von diesem Niveau verkehre ich nicht«, stellte sie klar. »Meine Wählerschaft benimmt sich anders.«

Streiff ging darauf nicht ein. »Haben Sie am Samstag auf dem Flohmarkt jemanden bemerkt, der den Stein geworfen haben könnte? Haben Sie jemanden in einem bunten Pullover gesehen?«

»Jeder aus dieser unerzogenen Bande könnte mich angegriffen haben«, fuhr Legler auf. Wirklich weiterhelfen konnte sie nicht.

»Haben Sie Angst? Fühlen Sie sich persönlich bedroht?«, fragte er.

»Ich lasse mich nicht einschüchtern«, erklärte Legler stolz. »Ich habe einen Wählerauftrag.«

»Bei der Flohmarktschließung haben Sie aber vor allem Unterstützung von der SVP, nicht von Ihrer Partei«, konnte sich Streiff nicht verkneifen anzumerken.

»Das geht Sie gar nichts an«, klemmte sie ihn ab. »Sorgen Sie dafür, dass man sich in dieser Stadt frei bewegen kann, ohne zusammengeschlagen zu werden.« Sie wandte sich ab.

»Zu Befehl«, murmelte Streiff.

Die Pause ging dem Ende zu. Die Parlamentarier kamen grüppchenweise aus der Kaffeepause zurück.

Ein großer massiger Mann mit Bürstenschnitt ging auf Angela Legler zu. »Na, geht es besser, Kiwi?«, fragte er.

Kiwi? Streiff wunderte sich.

»Sicher, so schnell lasse ich mich nicht unterkriegen«, hörte Streiff sie antworten. Offenbar fand sie es völlig in Ordnung, Kiwi genannt zu werden.

Lina Kováts setzte den Kopfhörer auf und drückte auf die Playtaste. Die Kantonsratssitzung war zu Ende, sie hatte von der Tonaufnahme der Sitzung noch im Rathaus eine CD gebrannt und ging nun in ihrem Büro im Kaspar-Escher-Haus daran, das Protokoll zu schreiben. Nach einleitenden Worten der Präsidentin, der Ansage, welches Geschäft behandelt wurde, war der erste Redner dran, der sich zur Steuersenkung äußerte. Lina hörte Heinrich Leuzinger, einen SVP-Vertreter: »Das Rezept der Linken, mit dem man die finanzielle Situation des Kantons beheben soll, lautet, sie zu erhöhen.« Lina brauchte nicht lange für die Korrektur, sie schrieb: Das Rezept der Linken, mit dem sie die finanzielle Situation des Kantons verbessern wollen, lautet, die Steuern zu erhöhen. Sie konnte sich noch daran erinnern, dass er den Satz gesagt hatte. Manchmal kam sie sich bei ihrer Arbeit vor wie in einer Art Zeitschleife. Das erste Mal erlebte sie die Situation live, in Echtzeit, mit Bild und Ton, das zweite Mal auf den Ton reduziert, der aus dem Kopfhörer in ihren Kopf strömte, und das dritte Mal in abstrahierter Form, als Text auf dem Bildschirm oder als Papierausdruck. Jedes Mal war sie ein Stück weiter davon entfernt. Aber innerlich konnte sie sich die Stimmen der Ratsmitglieder auch noch vergegenwärtigen, wenn sie den redigierten Text auf Papier Korrektur las. Es war, als könnte sie die Sprechenden in einem bestimmten Moment in ihrer Vergangenheit festhalten, obwohl diese in ihrer Gegenwart schon ganz woanders waren und nicht ahnten, dass sie auf Linas CD gefangen waren in einem ewigen Montagmorgen.

Sie korrigierte die Unvollkommenheit des gesprochenen Wortes. Druckreif reden – darüber konnte sie nur lächeln. Das hatte sie nur ein einziges Mal erlebt. Das Normale waren, auch bei Rednern, die gut rüberkamen und sich verständlich ausdrückten, angefangene Sätze, die syntaktisch im Nirgendwo endeten, Kaskaden von verschachtelten Nebensätzen, die abrupt geschnitten wurden von einer ganz anderen Konstruktion. Präpositionen, die ihr Verb im Stich ließen, Verben, die sich davongemacht hatten, als Nominative verkleidete Akkusativobjekte, falsche Bezüge, hinkende Vergleiche, Aussagen, die sich verzweifelt durch eine aus dem Ruder laufende Grammatik kämpften. Lina liebte das. Sie ging mit einer Mischung aus kühlem Sachverstand und Fürsorglichkeit ans Werk, verbesserte Verbformen und Fallfehler, glättete behutsam Holprigkeiten, strukturierte endlos lange Sätze, rückte ein schiefes Sprachbild gerade, fügte ein fehlendes ›nicht‹ ein, strich Füllwörter oder fügte eines ein, um eine akustische Betonung, die im Schriftlichen nicht direkt abzubilden war, nachzuvollziehen, stellte Satzteile um, um den Satz flüssiger zu machen. »Es gibt Überflüssiges, das nicht immer seinem Zweck zugeführt wird«, hörte sie aus dem Kopfhörer. Solche seltenen sprachlichen Kostbarkeiten gefielen ihr besonders. Unbeabsichtigte Paradoxa, die in der Debatte untergingen, aber bei ihr zum Vorschein kamen und die nur sie zu würdigen wusste. Was sie daraus machen sollte? Vielleicht würde sie es stehen lassen, einfach, weil sie es schön fand.

Aber jetzt war es 15.30 Uhr. Kaffeepause, ihr Arbeitskollege Carlo Freuler hatte seinen Kopfhörer bereits abgestreift und stand auf. Nach der Pause musste sie noch zu einer kurzen Sitzung der AG KVK, um das Protokoll zu schreiben. Darauf freute sie sich, denn da würde sie Valerie treffen, die als Expertin in dieser Arbeitsgruppe saß; Valerie und sie waren seit Schulzeiten miteinander befreundet. Es gab im Kaspar-Escher-Haus für die Mitarbeitenden der Parlamentsdienste keinen eigentlichen Pausenraum, nur eine winzige, düstere Teeküche, an deren Tür die Farbe abblätterte, und auf dem Flur zwischen den Büros standen ein paar Tischchen und ein Getränkeautomat. DDR hatten sie dieses Gebiet getauft, bis vor einiger Zeit eine futuristisch aussehende Raucherkabine installiert worden war. Nun passte dieser Name nicht mehr ganz. Sie fanden sich bei der Teeküche zusammen, Carlo Freuler, der zweite Protokollführer, Mario Bianchera, der Kommissionssekretär der Parlamentsdienste, der Sitzungen organisierte und Berichte für die Kommissionen schrieb, und Raffaela Zweifel, die erst seit zwei Monaten da war. Sie ersetzte im Rahmen eines Beschäftigungsprogramms für Arbeitslose des RAV die ständige Administrativsekretärin, die einen unbezahlten Urlaub genommen hatte, um in England einen Sprachkurs zu besuchen. Die junge Frau hatte es nicht ganz einfach im Sekretariat. Die anderen wunderten sich, warum Angela Legler, die Präsidentin der Verkehrs- und Umweltkommission und Ratslektorin und deshalb häufig auf dem Sekretariat anzutreffen war, so unfreundlich mit ihr umging. Lina, die es wusste, sagte nichts. Legler war ohnehin nicht die Herzlichkeit in Person, sondern eher der raubeinige Typ, aber Raffaela wurde von ihr regelrecht schikaniert. Gut, sie war kein Mäuschen, wusste sich schon zu wehren und konnte Legler recht spöttisch anblicken, aber oft sagte sie nichts, wenn diese an ihrer Arbeit herumkrittelte. Sie konnte nicht das Risiko eingehen, rausgeworfen zu werden, denn das hätte ihr bei der weiteren Stellensuche geschadet.

Carlo hatte ein Protokoll einer Sitzung der Verkehrskommission, die über Mittag stattgefunden hatte, in Arbeit.

»Die Noser hat ja keine Ahnung«, regte er sich auf. »Hat einen ellenlangen Antrag vorgetragen und nicht gemerkt, dass sie da etwas verwechselt hatte und er überhaupt nicht zum Thema passte. Was soll ich damit jetzt machen?«

»Einfach streichen«, meinte Lina friedlich und nahm einen Schluck Tee.

Aber Carlo hörte ihr gar nicht zu. »Und die Legler ist ja komplett unfähig, eine Sitzung zu leiten«, schimpfte er weiter, »keine Ahnung, wie man eine Diskussion strukturiert.«

Lina sagte nichts, Raffaela kräuselte spöttisch die Lippen.

»Also komm, die ist doch mit den Nerven runter wegen der Geschichte vom Samstag«, verteidigte sie nun Mario. »Da wäre jeder etwas mitgenommen.«

Mario Bianchera war ein liebenswürdiger Mensch, der sich nie über andere das Maul zerriss. Er war Mitte 30, dunkelhaarig, etwas rundlich, von Beruf Politologe und Historiker. Seit seiner Scheidung vor zwei Jahren, die ihm arg zugesetzt hatte, lebte er allein. Seine achtjährige Tochter sah er am Wochenende. Er war ein Familienmensch und hatte Mühe gehabt, sich an diese Situation zu gewöhnen. Nachdem er längere Zeit melancholisch und still gewesen war, war er seit einigen Monaten wieder fröhlicher, momentweise fast übermütig. Ab und zu bekam er ein SMS, das, seiner Reaktion nach zu schließen, nicht von seiner Tochter stammte. Er liebte sie zwar zärtlich, aber das verträumte Lächeln deutete auf etwas anderes hin. Lina hatte sich gefragt, ob er wieder verliebt war. Sie hätte es ihm gönnen mögen. Hoffentlich ist es eine Frau, die zu ihm passt, hatte sie gedacht. Denn so umgänglich und friedfertig Mario war, hatte er doch auch seine Ecken und Kanten. Er hatte eine fast strenge Liebe zur Wahrheit. Notlügen oder Lügen aus Höflichkeit, mit deren Hilfe sich ja die meisten Menschen durch ihr Sozialleben hangelten, kamen für ihn nicht infrage. Wenn er einen Fehler gemacht hatte, stand er dazu, und wenn er Kritik anzubringen hatte, tat er es, zwar sacht, aber klar, auch wenn es sich um den Ratspräsidenten oder ein Regierungsmitglied handelte. Auch seine kleine Tochter erzog er zur Ehrlichkeit. Lina hatte ihr einmal einen Lebkuchen geschenkt. Die Kleine hatte sich bedankt und dann hinzugefügt: »Es ist schade, dass ich Lebkuchen nicht so gern esse.« Das hatte sie in einer Mischung aus Ernsthaftigkeit und Charme gesagt, sodass Lina ganz beeindruckt gewesen war. Mario war allgemein beliebt, aber, mutmaßte Lina, in einer Beziehung mochte Marios Hang zu Offenheit und Gerechtigkeit vielleicht manchmal auch anstrengend sein. Jeder war doch darauf angewiesen, dass man einmal fünf gerade sein ließ, dass man etwas ein bisschen zurechtbog, verschwieg oder im Unklaren beließ. Jedenfalls hatte Mario durchaus Verständnis für menschliche Schwächen und war der Einzige, der Angela Legler in Schutz nahm.

Carlo zuckte die Schultern. »Dann soll sie sich krankschreiben lassen. Wäre eh eine Wohltat für alle«, brummte er.

Es war nichts Neues, dass Carlo in Rage geriet. Nicht nur wegen Angela Legler, aber wegen ihr besonders. Er hasste seine Arbeit, und mit Legler war er in einen zähen Kleinkrieg verwickelt, in dem beide einander nichts schenkten. Legler war Ratslektorin, was bedeutete, dass sie es war, die das fertige Ratsprotokoll nochmals las und letzte Korrekturen anbrachte, die Lina oder Carlo dann ausführen mussten. In dieser Funktion, das war auch Lina klar, war sie eine Fehlbesetzung. Sie hatte kein Sprachgefühl, keine soliden Grammatikkenntnisse, dafür ein großes Durcheinander mit der neuen Rechtschreibung im Kopf. Das hatten Carlo und Lina zwar nach dem Hin und Her der letzten Jahre mittlerweile ebenfalls, aber im Unterschied zu Madame Legler waren sie nicht zu stolz, in Zweifelsfällen den Duden zu konsultieren. Die Politikerin war rechthaberisch und stur und da man kein fehlerhaftes Ratsprotokoll im Internet wollte, war es immer wieder eine heikle diplomatische Mission, sich einvernehmlich auf die richtige Lösung zu einigen. Eine Mission, die immer öfter Lina übernehmen musste. Denn von Carlo Freuler ließ sich Angela Legler gar nichts sagen. Das, zusammen mit deren Falschkorrekturen, trieb Carlo zur Weißglut. Lina nahm das Ganze nicht so persönlich und sie wurde nicht ganz so von oben herab behandelt, aber angenehm war der Job auch für sie nicht.

Lina und Carlo hatten einmal Esther Jenny, die Leiterin der Parlamentsdienste, um Vermittlung gebeten. Aber sie, kurz vor der Pensionierung stehend, hatte keine Lust gehabt, sich in fremde Händel einzumischen.

»Der Geschäftsleitung einen Antrag stellen, Frau Legler als Ratslektorin abzusetzen?«, hatte sie entsetzt gerufen. »Kinder« – Carlo war 55 und Lina immerhin 48 – »nein, das können wir unmöglich machen. Dafür sind wir überhaupt nicht zuständig. Seid einfach höflich zu ihr und zeigt ihr, was im Duden steht.«

Also schlugen sich Carlo und Lina irgendwie durch.

Carlo trank seine Ovomaltine aus und wandte sich an Lina: »Du gehst doch nachher noch auf diese Sitzung der AG KVK.«

Lina wusste, was kommen würde.

»Könntest du nicht diesen Protokollauszug da mitnehmen und Legler vorlegen? Sie sagt hier oben auf der Seite das Gegenteil von dem, was sie hier unten behauptet. Kannst du das mit ihr klären?«

»Okay, mach ich.«

Insgeheim hielt Lina auch Carlo für eine Fehlbesetzung in diesem Job und fragte sich, warum er ihn nicht einfach aufgab. Seine Frau war eine Zahnärztin mit einer gut laufenden Praxis. Sie verdiente sicher genug für die ganze Familie. Carlo, der Philosophie studiert hatte, war eigentlich Schriftsteller. Er schrieb seit Jahren an einem Roman, der immer dicker, aber nie fertig wurde. Er wäre sicher glücklicher, dachte Lina, wenn er den ganzen Tag unbehelligt in seiner Klause sitzen und schreiben könnte. Die Arbeit im Kantonsrat betrachtete er als eine Zumutung, als eine ständige Beleidigung seiner Fähigkeiten. Es machte ihm keine Freude, abgestürzte Sätze zu retten, aus einem unbeholfenen Sprachgebilde etwas Schönes zu machen, aus unzusammenhängenden Sprachfetzen einen Sinn herauszuschälen. Er verachtete die Ratsmitglieder, die er allesamt für strohdumm hielt. Es kränkte ihn tief, hierarchisch unter ihnen zu stehen und für sie eine Dienstleistung erbringen zu müssen, die sie nicht einmal zu würdigen wussten.

Aber vielleicht brauchte es Carlo für sein Selbstwertgefühl, auch etwas zum Familienunterhalt beizutragen. Jedenfalls sprach Lina nie mit ihm darüber, es ging sie ja nichts an. Sie packte ihre Sitzungsunterlagen und den Protokollauszug von Carlo in eine Kartonmappe, klemmte sich den Laptop unter den Arm und machte sich auf den Weg zum Sitzungszimmer.

Es ging gegen 17.30 Uhr. Die Luft im Sitzungszimmer war verbraucht. Angela Legler, die als Präsidentin der AG KVK oben am Tisch saß, sah sich um.

»Noch Wortmeldungen?«

Niemand sagte etwas.

»Dann sind die Meinungen also gemacht. Wir stimmen ab.«

Die Kommission hatte die Linienführung des Fahrradwegs durch das Seefeldquartier diskutiert. Auf der mehrspurigen, dicht befahrenen Bellerivestraße kam ein Radweg nicht infrage. Es musste also entweder in der Dufourstraße oder der Seefeldstraße eine Lösung gefunden werden. Einfach war es nicht. Die Fläche, die zur Verfügung stand, war gegeben, Fußgänger, Autos, Räder mussten irgendwie aneinander vorbeikommen. Peter Spälti vom Raumplanungsamt hatte anhand von Skizzen erläutert, welche Varianten möglich waren. In der Seefeldstraße war der Platz auch wegen der Tramgleise eng. Besser sah es in der Dufourstraße aus. Aber die zweispurige Straße war nicht besonders breit, das Trottoir auch nicht, links und rechts hatte es, vor allem im oberen Teil, Restaurants, Geschäfte und Firmensitze. Der Zankapfel waren die Parkplätze. Würde man die aufheben, wäre Platz für einen Veloweg. Valerie Gut erklärte, wie wichtig es sei, in diesem langgezogenen Wohnviertel, in dem viele Familie lebten, eine durchgehende, sichere Radwegverbindung zu schaffen. Ruth Noser von der SP und der Grüne Simon Hefti plädierten für die Streichung der Parkplätze. Die Freisinnige Nora Beglinger und der SVP-Vertreter Heinrich Leuzinger, ein Gewerbler, waren strikt dagegen. Man müsse auch an die Restaurantbesitzer und Ladeninhaber in der Umgebung denken. Aber mit der Stimme der Präsidentin würde der Radweg siegen. Sie hatte sich in der Diskussion zurückgehalten, ihre Aufgabe war es, die Diskussion zu strukturieren und zu leiten, aber es war bekannt, dass die CVP in dieser Debatte eine fahrradfreundliche Haltung einnahm.

»Wer ist für die Aufhebung der Parkplätze zugunsten des Velowegs?«

Zwei Stimmen.

Valerie und Lina sahen sich über den Tisch hinweg überrascht an.

»Gegenstimmen?«

Drei Stimmen.

Angela Legler hatte dagegen gestimmt.

Ruth Noser und Simon Hefti warfen der Präsidentin befremdete Blicke zu und flüsterten miteinander. Heinrich Leuzinger strahlte.

»Wir werden bei der Verkehrskommission also beantragen, die Parkplätze in der Dufourstraße nicht aufzuheben. Für einen Fahrradweg muss eine andere Lösung gesucht werden«, erklärte Angela Legler ungerührt.

Valerie runzelte die Stirn. Es gab keine andere Lösung, das wusste Legler doch haargenau. Die Kommission hatte sich lange genug mit diesem Problem herumgeschlagen.

»Die Sitzung ist aufgehoben.«

Peter Spälti packte seine Unterlagen zusammen. Simon Hefti redete auf ihn ein. Spälti zuckte die Schultern. Es war nicht Aufgabe der Verwaltung, die Entscheide einer politischen Kommission zu kommentieren. Ruth Noser wandte sich an Nora Beglinger.

»Das kann ja wohl nicht das letzte Wort in dieser Sache gewesen sein, Nora«, drängte sie. »In eurer Fraktion gibts doch auch Leute, die einsehen, dass es ein durchgehendes Velowegnetz braucht in dieser Stadt.«

»Sicher, aber ihr von der Linken denkt einfach nie ans Gewerbe«, konterte diese. »Eure Klientel braucht auch Arbeitsplätze.«

Heinrich Leuzinger winkte Legler fröhlich zu und verließ das Sitzungszimmer.

Lina packte ihre Sachen, ging rasch zu ihr, legte ihr Mäppchen auf den Tisch und zog den Protokollauszug hervor.

»Hier besteht eine Unklarheit«, meinte sie und deutete auf die beiden Textpassagen. Angela wirkte nervös. Klar, sie wusste, dass von der CVP-Vertreterin ein anderer Entscheid erwartet worden war. Sie bemerkte, dass Ruth Noser darauf wartete, mit ihr zu reden, nahm Lina ungeduldig das Blatt aus der Hand, ohne genau zuzuhören, und überflog es.

»Ja, ja, schreiben Sie das so, wie es hier oben steht, das ist schon richtig«, sagte sie kurzangebunden und schob das Papier zurück in die Mappe. Lina sah auf. Valerie gab ihr ein Zeichen, sie würde draußen auf sie warten. Ruth Noser räusperte sich. Angela Legler schob Lina ihr Mäppchen zu und ergriff ihr eigenes. Offenbar hatte sie wirklich etwas von ihrer Kaltschnäuzigkeit verloren, das waren wohl die Nachwirkungen vom Samstag. Sie wandte sich ihrer Kollegin zu.

Noser galt im Rat als integrative Person, die stets das persönliche Gespräch suchte und die Fronten durch Kompromissvorschläge aufzuweichen versuchte. Es gab in jeder Partei einige, die Extrempositionen besetzten, polarisierten, die Fronten markierten. Dann gab es andere, die als Go-Betweens vermittelten, den Konsens suchten, die über die Burggräben hinweg zähe Kleinarbeit leisteten, um Einigungen hinzukriegen. Ruth Noser gehörte zu diesen. Es war, fand Lina, entschieden der härtere Job, als kämpferisch Extremforderungen zu stellen und sich um ihre Realisierbarkeit zu foutieren.

»Darüber sollten wir nochmals reden, Angela«, hörte Lina sie noch sagen, bevor sie ging. Draußen wartete Valerie auf sie.

»Was war denn mit der los?«, fragte Lina. »Weißt du, warum sie plötzlich umgeschwenkt ist? Ihre Fraktion wird keine Freude haben daran.«

Valerie schüttelte den Kopf. »An der letzten Sitzung vor drei Wochen sah es noch ganz anders aus. Vielleicht rächt sie sich damit für die Demütigung vom Samstag.«

»Das wäre dumm«, stellte Lina fest.

»Ja, aber vielleicht verlockend«, meinte Valerie. »Gehst du auch nach Hause?«

Valerie und Lina wohnten nicht weit voneinander entfernt.

»Nein, heute arbeite ich länger. Ich will mit dem Ratsprotokoll ein gutes Stück vorwärtskommen, weil ich ja noch dieses Sitzungsprotokoll schreiben muss. Carlo kann mir nichts abnehmen, der verliert ständig so viel Zeit damit, sich zu ärgern, dass er kaum vom Fleck kommt.«

Lina sah auf die Uhr. Fast 21 Uhr. Alle anderen waren längst gegangen. Fertig für heute, dachte sie, schloss das Dokument, beendete das Programm und stellte den Computer ab. Ob ich noch auf einen Sprung bei Valerie vorbeigehe? Oder ich könnte Hannes anrufen. Ach ja, ich sollte noch Carlo den korrigierten Protokollauszug hinlegen, der kommt morgen wahrscheinlich früher als ich. Sie öffnete ihre Kartonmappe. Eine Sekunde setzte ihr Denken aus. Verdammt! Was war denn das? Wie kam das hier hinein? Und wo war der Protokollauszug? Scheiße, das war überhaupt nicht ihre Mappe. Das war, das musste – Angela Leglers Mappe sein. Aber wieso lagen in Angela Leglers Kartonmappe sieben Tausendernoten? Trug sie ihr Haushaltsbudget mit sich herum? Kaum. Da war noch ein Zettel dabei, handgeschrieben: »Danke für dein Entgegenkommen. P.« Die Schrift kam ihr vage bekannt vor. Was für ein Entgegenkommen? Waren die 7000 Franken eine Belohnung für irgendein Entgegenkommen? Ging es hier um Bestechung?

Um Erpressung? Oder einfach um eine Privatsache, die Lina nichts anging? Wer war P? Vielleicht war es gar nicht Leglers Mappe. Lina erinnerte sich an das Durcheinander an Leglers Platz nach der Sitzung. P. Spälti, der Raumplanungsexperte, hieß Peter. Hatte er Angela Legler 7000 Franken rübergeschoben? Das machte keinen Sinn. Aber niemand sonst in der Kommission hatte einen Namen mit P. Legler konnte die Mappe natürlich schon mit an die Sitzung gebracht haben. Was sollte sie jetzt tun? Esther Jenny anrufen? Nein, die saß wahrscheinlich in der Oper oder im Theater. Und sie könnte ja auch nichts machen. Angela Legler anrufen? Unmöglich. Das könnte ziemlich peinlich sein: Ach, Frau Legler, ich habe da 7000 Franken gefunden. Gehören die zufällig Ihnen? Überhaupt, jetzt war es schon gegen 21.30 Uhr. Diese komische Sache musste warten bis morgen. Plötzlich fühlte sich Lina nicht mehr wohl im Büro. Es war niemand mehr da. Aber irgendjemandem gehörte diese Mappe. Und dieser Jemand wollte sie bestimmt zurückhaben. War die Person schon auf den Gedanken gekommen, dass sie sich bei ihr befand? Lina schloss die Mappe mitsamt Inhalt in ihrer Pultschublade ein. Auf dem Heimweg würde sie Valerie anrufen. Sie schlüpfte in ihre Jacke und hängte sich die Tasche über die Schulter.

Lina wollte zu Fuß gehen. Ein bisschen Bewegung und frische Luft würden ihr nach dem langen Tag guttun. Und sie wollte nachdenken. Sie ging das Limmatquai hinunter, blieb ab und zu vor einem Schaufenster stehen. Dann überquerte sie die Rathausbrücke und bog in eine der Altstadtgassen ein, die zum Paradeplatz führten. Auch hier jede Menge Kleiderboutiquen, aber in der obersten Preisklasse. Es wäre Lina nie in den Sinn gekommen, ein solches Geschäft zu betreten, aber sie schaute sich ganz gern an, was ausgestellt war. Dann kombinierte sie Fundstücke aus Secondhand-Läden mit günstigen Warenhausteilen und brachte es fertig, ebenso top auszusehen wie die Frauen in den teuren Sachen, aber zu einem Zehntel des Preises. Heute waren ihre Gedanken woanders. Sie musste morgen im Verzeichnis der Ratsmitglieder nachschauen, wie viele Namen mit P. begannen. Purtscher, Piller, Pfammatter. Pius, Priska, Philipp. Sie wollte die Mappe zu Jenny bringen. Die würde sich freuen. Sie hatte es am liebsten, wenn alles ruhig und geordnet vor sich ging, ohne dass sie irgendwie eingreifen musste. Für Leute, die gern selbstständig arbeiteten, war sie eine ideale Vorgesetzte, aber Entscheidungen von ihr zu verlangen, war nie eine gute Idee.

Es waren nicht mehr viele Leute unterwegs in der Altstadt. Ein paar Meter neben Lina stand ein Paar vor einem Schaufenster, die Frau im Pelz, obwohl es noch gar nicht so kühl war. Wahrscheinlich Touristen, die im Baur au Lac abgestiegen waren.

Plötzlich nahm Lina im Schaufenster, das ein undeutliches Spiegelbild zurückwarf, eine Bewegung hinter sich wahr, dann erhielt sie einen heftigen Schlag. Sie taumelte, spürte, wie ihr die Tasche entrissen wurde. »Halt!«, schrie sie. Sie drehte sich um, aber sah nur noch, wie eine schmale Gestalt in Jeans, schwarzer Jacke und Mütze davonspurtete. Das Ganze hatte nicht mehr als ein paar Sekunden gedauert. Linas Schulter schmerzte und sie fasste sich an die Stirn. Sie war mit dem Kopf an die Scheibe gedonnert, fühlte schon die Beule, die sich bildete. Sie zitterte. Das Touristenpaar war immer noch da, wandte sich aber zum Gehen.

»Hallo«, rief Lina, »haben Sie den Dieb gesehen? Warten Sie doch. Ich bin beraubt worden.«

Der Mann drehte sich um und sagte in gebrochenem Deutsch: »Wir nichts gesehen. Wir Touristen. In der Schweiz viele Drogen. Mit das wir haben nicht zu tun. Komm, Flavia.« Sie entfernten sich rasch.

Lina blieb stehen, unfähig, vernünftig zu denken. Plötzlich bekam sie Angst. Bloß weg aus dieser dunklen, unbelebten Gasse, schnell zum Paradeplatz, wo es Menschen gab und Licht. Tränen stiegen ihr in die Augen. Sie rannte. Am Paradeplatz setzte sie sich erst mal auf eine Bank. Hier schien alles ganz normal. Ein Elfer fuhr ab, in Richtung Bellevue. Ein Dreizehner bog ein. Leute stiegen aus, andere warteten auf den Achter oder den Zweier. Das Touristenpaar war nirgends zu sehen. Vermutlich erholen sie sich in der Savoy Bar bei einem Cüpli von der schockierenden Konfrontation mit der Zürcher Gewaltkriminalität, dachte Lina wütend. Sie versuchte sich zu sammeln. Alles war weg. Geld, Ausweise, Handy, Skizzenblock. Nur die Schlüssel hatte sie noch, die trug sie in der Jeanstasche. Ich muss die Karten sperren lassen, dachte sie, aber ich habe die Telefonnummern nicht dabei und das Telefon ist auch weg. Ich muss Anzeige erstatten. Langsam, mit weichen Knien, ging sie in Richtung Urania, der Hauptwache der Stadtpolizei. Plötzlich blieb sie stehen. Die Mappe mit den 7000 Franken. Das hatte sie in den letzten zehn Minuten völlig vergessen. Konnte das mit dem Überfall zu tun haben? Sollte sie davon bei der Polizei etwas sagen? Sie entschied sich dagegen. Es wäre zu kompliziert, auch noch diese Geschichte aufzutischen.

Sie betrat das Polizeigebäude, wandte sich an den Schalter, der besetzt war, setzte zu einer Erklärung an und merkte beschämt, wie sehr sie zitterte.

»Meine Tasche ist«, begann sie und musste abbrechen, weil ihr plötzlich die Tränen kamen.

»Sind Sie überfallen worden?«, fragte der Beamte und musterte sie.

Lina fasste sich an den Kopf und spürte die Schwellung an ihrer Stirn. Sie nickte und schluckte. Sie kämpfte die Tränen nieder, beschimpfte sich innerlich: Lina, du legst hier keine Heulszene hin, reiß dich gefälligst zusammen, und dann gelang es ihr einigermaßen, geleitet von Fragen des Polizisten, den Tathergang zu schildern und ihre Tasche zu beschreiben.

Große Hoffnungen machte ihr der Beamte nicht. »Gut möglich, dass wir die Tasche finden, aber wahrscheinlich leer«, bedauerte er.

Er nahm das Protokoll auf, das Lina unterschrieb.

»Möchten Sie jemanden anrufen?«, bot er an.

Sie schüttelte den Kopf und ging. Dann stand sie wieder draußen, es war gegen 22.30 Uhr, ohne Geld, ohne Tramabo. Wie sollte sie nach Hause kommen? Hätte sie doch Valerie anrufen sollen? Nein, sie wollte jetzt gar nicht erzählen. Am liebsten hätte sie sich in ein Taxi gesetzt, aber dann würde sie vermutlich in Kürze wieder hier landen, abgegeben von einem empörten Taxifahrer wegen Nichtbezahlen der Fahrt. Laufen wollte sie auf keinen Fall, also kam nur Schwarzfahren infrage. Sie war plötzlich todmüde.

Carlo Freuler schaute in den Garten hinaus. Das Licht in seinem Arbeitszimmer hatte er gelöscht. Das schon fast blattlose Geäst des Apfelbaums hob sich schwarz ab vom durch das Mondlicht etwas helleren Himmel. Kälte strömte ins Zimmer. Angenehme Frische. Von der nahe gelegenen Kirche schlug es 23 Uhr. Zeit hinunterzugehen. Ingrid saß sicher noch im Wohnzimmer und wartete auf ihn. Er schloss das Fenster und machte das Licht an. Das Mansardenzimmer war klein, kaum zehn Quadratmeter. Abgeschrägte Wände. Auf dem Fußboden ein verblichener Teppich. Niedrige hölzerne Bücherregale standen an den Wänden, vor dem Fenster sein Schreibtisch, übersät mit Notizzetteln. In der Mitte ein Computer, kein flacher Laptop, sondern ein massiges, sperriges Ding der vorletzten Generation. Diese wenigen Quadratmeter waren sein Reich. Hier war er wirklich zu Hause. Unten in der Wohnung fühlte er sich eher wie ein Besucher. Sicher, Ingrid, seine Frau, war dort. Aber auch seine Söhne, Fabian und Patrick, die ihm eigentlich fremd waren, gingen ein und aus, hörten Musik, die ihm nicht gefiel, brachten Freunde und Freundinnen mit, von denen er sich gestört fühlte. Als sie klein waren, hatte er sie als unverständliche Wesen empfunden. Kinderspiele langweilten ihn und später war er weiß Gott nicht der Vater gewesen, der ihnen beibringen konnte, Fußball zu spielen. Später, wenn sie größer sind, werde ich mit ihnen Gespräche führen können, hatte er gedacht. Aber bis jetzt war es nicht so gekommen. Der Ältere interessierte sich für Naturwissenschaften, der Jüngere vor allem für Sport. Carlo bezweifelte, dass sie in ihrer Freizeit Bücher lasen.

In die Mansarde hinauf kam niemand außer ihm. Er berührte das dünne Bündel Papier, das er frisch ausgedruckt hatte. Zwei Seiten hatte er in den letzten drei Stunden überarbeitet, eine halbe neu geschrieben. Er arbeitete langsam. Er hatte keine Eile. Irgendwann würde sein Roman fertig sein. Irgendwann würde er sein Buch in den Händen halten. Es würde in den Buchhandlungen ausliegen, von den Feuilletons der bedeutenden Zeitungen rezensiert werden.

Carlo ging hinunter. Ingrid lag im Wohnzimmer auf dem hellen Ledersofa. Das Licht war gedimmt. Die Einrichtung war modern, etwas kühl, viel Glas, wenig Holz. Sie war so, wie es Ingrid gefiel. Carlo überließ derlei Dinge am liebsten ihr, wollte gar nicht damit behelligt werden. Aber manchmal ging ihm doch durch den Kopf, ob seine Passivität nicht ein Fehler war, ob es nicht auch damit zusammenhing, dass er sich am Rand der Familie aufhielt. Hätte er es sich anders gewünscht? Carlo hätte es nicht sagen können. Es war einfach passiert, im Laufe der Jahre, und eine Wende in seinem Leben würde erst möglich sein, wenn sein Roman erschienen war, davon war er überzeugt. Als Ingrid ihn eintreten sah, legte sie ihr Buch weg, streifte die Kopfhörer ab und schaltete den CD-Player aus.

»Na«, fragte sie, »fühlst du dich besser?«

Er lächelte ihr zu. Nickte. Beim Abendessen war er missmutig gewesen, von einer gereizten Schweigsamkeit wie oft an den Tagen, an denen er für den Kantonsrat arbeitete. Er hatte wegen einer Nichtigkeit Fabian angefahren, der daraufhin unter Protest den Familientisch vorzeitig verlassen hatte. Ja, Carlo fühlte sich jetzt besser. Das Schreiben, die Stunden allein in seiner Mansarde machten ihn ruhig.

»Magst du auch ein Glas Wein?« Ingrid deutete auf die Flasche, Carlo holte sich ein Glas. Wenn man Ingrid gefragt hätte, ob sie ihren Mann liebte, hätte sie zweifellos mit Ja geantwortet. Carlo gehörte zu ihrem Leben, zu ihrer Familie, sie war froh, wenn es ihm gut ging. Aber sie wäre mit ihrem Leben ebenso klargekommen, wenn Carlo nicht da gewesen wäre. Das war ihr bewusst. Manchmal fragte sie sich, ob Carlo das ahnte. Vielleicht kränkte es ihn, aber sie konnte es nicht ändern. Sie wusste auch, dass er ohne sie schlecht zurechtkommen würde. Das war ein großes Ungleichgewicht, aber es war eben so. Besser, man sprach nicht darüber. Natürlich merkten das auch Fabian und Patrick, und Takt und Feingefühl in Bezug auf die Eltern waren nicht gerade die Stärken von Heranwachsenden.

»Sind die beiden da?«, fragte er, auf die Türen zu den Zimmern von Fabian und Patrick deutend.

»Fabian ist schon zu Bett gegangen«, sagte Ingrid. Sie

verschwieg, dass seine Freundin bei ihm war. »Patrick ist noch mit Freunden unterwegs.« Fabian war 17 und ging ins Gymnasium, Patrick 19 und studierte Chemie an der ETH. »Du warst schon ziemlich schlecht gelaunt«, fügte sie hinzu. So aufbrausend Carlo war, von seiner Frau ließ er sich das sagen.

»Ich bewundere dich, wie ruhig du immer bleiben kannst«, meinte er seufzend.

Sie lachte. »Ich tobe mich eben tagsüber aus. Quäle meine Patienten.«

Ingrid war Zahnärztin und führte eine Praxis an der Löwenstraße. Eigentlich konnte Carlo nicht verstehen, was sie an diesem Beruf fand. Fremden Leuten, die Angst hatten, im Mund herumzufingern, konnte doch keinen Spaß machen. Aber sie war halt ein praktischer Mensch. Und Carlo hatte Verstand genug, um zu sehen, dass die ganze Familie, vielleicht vor allem er selbst, von ihrem Sinn fürs Praktische lebte. Nicht nur finanziell. Sie managte die Familie, organisierte den Haushalt, die Ferien, das diffizile Beziehungsleben zwischen den heranwachsenden Söhnen und einem Vater, der sich die meiste Zeit hinter eine Mansardentür zurückzog.

Die Wohnungstür ging auf. Patrick kam herein. Er schwankte leicht, offenbar war er mit seinen Freunden Bier trinken gegangen.

Er machte eine ironische kleine Verbeugung vor seinem Vater.

»Oh, der große Dichter ist von den höheren Gefilden in die Niedrigkeiten der guten Stube herabgestiegen.«

»Was fällt dir ein?«, rief Carlo.

»Patrick, bitte«, sagte gleichzeitig Ingrid.

Patrick grinste. »Easy. Bei welchem Kapitel bist du jetzt? Beim 487.?«

»Hör auf«, mahnte Ingrid, ärgerlich werdend.

»War nur ein kleiner Scherz, schlaft gut.« Patrick verzog sich.

Carlo starrte vor sich hin.

»Reg dich nicht auf«, Ingrid strich ihm übers dünn gewordene Haar. »Patrick ist ein Naturwissenschaftler. Er interessiert sich nun mal nicht für Literatur. Das musst du akzeptieren. Die beiden Jungs sind erwachsen, wir sind nicht mehr die großen, bewunderten Eltern.«

Carlo schwieg.

»Schau, du hast vor ein paar Tagen eine abfällige Bemerkung über sein Chemiestudium gemacht. Das war jetzt halt die Retourkutsche. Nimm es nicht zu ernst. Komm, gehen wir zu Bett.«

Irgendwann, dachte Carlo, wird mein Roman in den Buchhandlungen ausliegen. Er wusste, was die Rezensenten schreiben würden: »Beeindruckendes Zeitbild … überraschend neuer Blick auf die Gesellschaft des späten 20. und frühen 21. Jahrhunderts …« Ingrid würde es nicht verstehen, sein Buch, auch wenn sie sich auf fürsorgliche Weise darüber freuen würde; seine Söhne auch nicht, und das ganze tumbe Politikerpack im Kantonsrat erst recht nicht. Obwohl es denen gut tun würde, mal über den eigenen Tellerrand zu schauen.

DIENSTAG

Es war gegen 9.30 Uhr, als Lina Kováts ins Büro kam. Wie jeden Morgen ärgerte sie sich eine Sekunde lang über das Schild ›Kaspar Escher-Haus‹. ›Kaspar-Escher-Haus‹ müsste es heißen. Mit einem Bindestrich zwischen Kaspar und Escher. Sie hatte schlecht geschlafen.

Statt gleich ins Bett zu gehen, hatte sie herumtelefonieren und Karten sperren lassen müssen. Zu müde, um zu reden, hatte sie Hannes und Valerie ein Mail geschickt, dass sie über ihre Handynummer nicht mehr erreichbar sei. Dann hatte sie eine ganze Weile im Spiegel auf ihr zerbeultes Gesicht gestarrt. Die gerötete Schwellung an der Stirn verfärbte sich schon langsam ins Violette. Morgen wird man mich für eine Frau halten, die von ihrem Typen verprügelt wurde, dachte sie missmutig. Im Bett lag sie eine Weile wach, versuchte über den Tag nachzudenken, zusammenzukriegen, was alles geschehen war und wie es zusammenhängen könnte. Aber sie kam nicht weit, bald übernahmen unordentliche Träume die Regie.

Am Morgen versuchte sie zu bilanzieren: Geld hatte sie nicht viel bei sich gehabt, Ausweise und Lippenstift ließen sich wieder beschaffen, ein neues Handy ebenfalls, die Telefonnummern hatte sie auf dem Computer gespeichert. Kalender würde sie ohnehin bald einen neuen brauchen, es war ja November. Das kleine Skizzenbuch, in dem sie gestern Morgen Ruth Noser verewigt hatte, war eines von mehreren, die sie besaß. Und doch fühlte sie sich im Moment wie, ja, wie obdachlos. Die alte Tasche, die sie jetzt bei sich hatte, das Portemonnaie, das sie sonst nur in den Ferien brauchte, das war wie eine Notunterkunft. Sie wunderte sich, dass der Verlust einer Handtasche ihre Existenz so sehr ins Provisorische kippen konnte. Aber es war mehr als das. Etwas war durch den Überfall zu Bruch gegangen, die selbstverständliche Sicherheit, mit der sie sich auch nachts in der Stadt bewegt hatte. Sie war oft spätabends noch unterwegs, auch zu Fuß, etwa wenn sie aus ihrem Atelier in der Roten Fabrik nach Hause ging. Zwei-, dreimal pro Woche fuhr sie gleich nach der Arbeit nach Wollishofen hinaus, kaufte sich unterwegs ein Sandwich, das sie irgendwann abends aß. Sie malte bis 23 oder 24 Uhr, mit ausgeschaltetem Handy und ohne mit jemandem zu reden, völlig auf ihre Arbeit konzentriert, und brauchte dann den halbstündigen Spaziergang nach Hause, um ruhig und müde zu werden, um wieder in der Welt anzukommen. War ihr das jetzt genommen worden? Verdammtes Schwein, dachte sie mit plötzlich aufloderndem Zorn.

Sie fühlte sich unbehaglich und missgestimmt, umso mehr, als ihr auf dem Weg zur Arbeit in den Sinn kam, dass im Büro ein weiteres Problem auf sie wartete. Die 7000 Franken und der dazugehörige Dankesbrief. Das hatte sie völlig verdrängt. Nun glaubte sie sich vage erinnern zu können, geträumt zu haben, dass der Handtaschenräuber ihr einen Zettel mit dem Text ›Danke für Ihr

Entgegenkommen‹ hinterlassen hatte. Wider Willen war sie amüsiert. Offenbar war ihr der Hang zur Selbstironie nicht ganz abhandengekommen. Ein gutes Zeichen. Geld und Zettel würde sie gnadenlos Jenny übergeben. War Chefsache, diesem Problem auf den Grund zu gehen.

Im Büro warf Lina die ungeliebte Tasche aufs Pult und setzte sich. Ihr Blick fiel auf den Schubladenkorpus. Was war denn das? Sie schluckte. Die Pultschublade, die sie gestern Abend abgeschlossen hatte, stand einen Spalt offen. Sie wusste es schon, bevor sie sie ganz herausgezogen hatte: Sie war leer. Keine 7000 Franken. Keine Notiz. Sie besah sich die Schublade näher. Sie war aufgebrochen worden. Etwas Holz war abgesplittert und das Schloss war verbogen. Aufgebrochen. Eine Weile saß sie da, wie gelähmt, unfähig, einen klaren Gedanken zu fassen.

»Hey, gehts dir gut?«, das war Mario. »Was hast denn du für eine Beule?«

Einen Augenblick lang war Lina versucht, sich Mario anzuvertrauen, er war ein guter Kollege, hilfsbereit und vernünftig. Aber etwas hielt sie davon ab, sie wusste selbst nicht genau, was.

»Ach, das ist halt passiert«, redete sie sich, wenig überzeugend, heraus. »Nein, mein Freund hat mich nicht geschlagen«, fügte sie hinzu, als sie Marios forschenden Blick sah. Sie schaltete ihren Computer ein, sie musste ein bisschen Zeit gewinnen. Gleich würde sie zu Esther Jenny hinübergehen müssen und ihr die ganze Sache servieren.

Esther Jennys Gesicht verfinsterte sich, während

Lina ihre Geschichte erzählte. Jenny war eine leicht rundliche, gut angezogene Frau mit grauem Chignon, die jünger wirkte, als sie war. Sie wäre elegant gewesen, wenn nicht eine Aura von fröhlichem Chaos sie umgeben hätte. Zu Esther Jenny gehörte es, ständig ein bisschen aufgeregt zu sein, immer hing irgendwo eine Strähne aus der Frisur, der Schal war verrutscht oder die Handtasche war halb offen. So gut sie ihr eigenes Durcheinander im Griff hatte, so wenig mochte sie es, mit fremdem Wirrwarr konfrontiert zu sein.

»Wie sehen Sie denn aus?«, hatte sie ausgerufen, als Lina zu ihr ins Büro gekommen war. Daran werde ich mich gewöhnen müssen, dachte Lina ergeben. Irgendwann wird das Ding ja wieder weg sein.

Sie hatte sich bemüht, die Ereignisse ruhig und schnörkellos darzulegen. Jenny blickte sie misstrauisch an. »Und das soll ich Ihnen glauben?«

Lina wurde wütend. »Erfunden habe ich es jedenfalls nicht.«

»Können Sie das denn irgendwie belegen?« Jenny wirkte zerfahren. Hilflos, dachte Lina ärgerlich.

»Ich kann Ihnen die Pultschublade zeigen. Sie ist aufgebrochen worden«, erklärte Lina nochmals langsam und deutlich. »Was drin war, kann ich Ihnen allerdings nicht vorlegen. Denn das ist erstaunlicherweise weg«, fügte sie sarkastisch hinzu.

»Tatsächlich. Aufgebrochen«, stellte Esther Jenny fest. Sie kauerte nieder und berührte die Schublade. »Vielleicht hat es Fingerabdrücke«, mutmaßte sie.

»Jedenfalls Ihre sind jetzt drauf«, gab Lina unwirsch zurück.

Die anderen waren aufmerksam geworden, kamen hinzu. Lina gab einen Kurzbericht. Niemandem war etwas aufgefallen. Mario Bianchera war als Erster gekommen, ein paar Minuten nach 7 Uhr. Gegen 8 Uhr war Carlo Freuler und kurz nach ihm Raffaela Zweifel eingetroffen. Esther Jenny war schon vor 7 Uhr da gewesen, aber sie war gleich in ihr Büro gegangen.

»Wieso denn aufgebrochen?«, wollte Mario wissen. »Hattest du denn etwas Besonderes in der Schublade?«

Lina zögerte. Bevor sie antworten konnte, intervenierte die Chefin. »Frau Kováts, Sie sagen jetzt gar nichts mehr. Ich muss die Polizei anrufen.« Sie verschwand in ihrem Büro.

»Wir haben doch ein Recht darauf zu wissen, was hier abgeht«, beschwerte sich Carlo.

»Du wirst es schon erfahren«, meinte Lina müde.

»Hast du eine neue Tasche?«, das war natürlich Raffaela.

»Ach das, nein«, Lina hatte eigentlich gar nichts davon sagen wollen, aber jetzt erzählte sie es doch. Dann würden ihre Kollegen ihr wenigstens glauben, dass sie keinen Schlägertypen zu Hause hatte. »Mir ist gestern auf dem Heimweg meine Handtasche entrissen worden. Wahrscheinlich von irgendeinem Junkie.«

»Die Handtasche weg? Und ein Einbruch in dein Pult? Am selben Tag?« Mario war ganz entgeistert. »Du musst ja völlig fertig sein.« Lina nickte nachdrücklich.

»Was trägst du denn mit dir herum? Die beiden Vorfälle müssen doch einen Zusammenhang haben«, schlussfolgerte Carlo. »So einen Zufall gibts doch nicht.«

Natürlich war das Lina auch durch den Kopf gegangen. Aber sie wehrte ab. Mit Carlo würde sie das sicher nicht diskutieren. Überhaupt wollte sie jetzt einen Moment ihre Ruhe haben. Gleich würde ein Beamter der Stadtpolizei anrücken.

»Übrigens«, meldete sich Carlo nochmals, »hast du die Korrektur des Protokolls, das ich dir gestern für die Sitzung mitgegeben habe?«

Lina wusste nicht, wie sie sich aus der Affäre ziehen sollte. »Ich habe es verloren«, sagte sie einfach. »Aber ich glaube, das ist jetzt ohnehin egal. Nimm die Variante, die dir logisch erscheint.«

»Und warum sollte ihr das jetzt egal sein? Weil deine Schublade aufgebrochen wurde, oder was?«

So geht das nicht, dachte Lina. Jenny kann die Geschichte nicht unter dem Tisch halten.

Die erste Reaktion ihrer Chefin auf ihren Bericht gab ihr zu denken. Sie hatte die Geschichte einfach nicht glauben wollen. Gut, das war Jennys Art, unangenehme Dinge von sich fernzuhalten. Immerhin konnte Lina auf die aufgebrochene Schublade hinweisen. Aber der Rest – sie hatte in der Tat keinen Beweis. Natürlich würde auch Angela Legler dazu befragt werden. Was, wenn sie es abstritt? Wie stand sie, Lina, dann da? Als Lügnerin, die sich wichtigmachen wollte? Als Intrigantin, die einer Politikerin etwas in die Schuhe schieben wollte?

Der Polizeibeamte, Adrian Dürst, protokollierte Linas Aussage sorgfältig. Aus Jennys konfusem Bericht am Telefon war er nicht schlau geworden, aber die Sache hatte ganz vielversprechend geklungen. Nicht das langweilige Alltagseinerlei. Seine Erwartungen waren nicht enttäuscht worden. Eine eigenartige Geschichte. Konnte ebenso gut auf einen kleinen Politskandal hinauslaufen wie auf private Verstrickungen einer umstrittenen Politikerin. Es sei denn, das Ganze war eine Fantasiegeschichte dieser Mitarbeiterin. Wobei diese Lina Kováts eigentlich einen vernünftigen Eindruck machte. War nicht der Typ einer psychisch labilen Person, die eine Räubergeschichte erfand. Sie hatte klar ausgesagt, weder stereotyp noch widersprüchlich. Nun untersuchte Dürst die Pultschublade. Die Fingerabdrücke, die sich darauf fanden, waren von Lina Kováts selbst und von Esther Jenny. Die anderen Mitarbeiter, die er über die Geschehnisse orientiert hatte, hatten nichts bemerkt, ihre Schreibtische waren unberührt und es fehlte nichts. Auch die Fünfzigernote in Mario Biancheras unverschlossenem Pult war noch da. Jenny händigte dem Polizisten eine Namensliste der Kantonsratsmitglieder aus. 15 der 180 Kantonsrätinnen und Kantonsräte hatten einen Vornamen, fünf einen Nachnamen, der mit P begann. Ging ja noch. Aber darum würde er sich später kümmern.

Dürst machte sich auf, um Angela Legler zu befragen. Sie war auf einer Sitzung der Verkehrs- und Umweltkommission, die bis 12.30 Uhr dauerte.

Sie stutzte, als sie merkte, dass schon wieder ein Polizist auf sie wartete. »Die Drohbriefe habe ich doch schon gestern Ihrem Kollegen, Streiff hieß er, übergeben«, sagte sie.

Dürst, überrascht – soso, die Dame hat Drohbriefe erhalten, dem wird man nachgehen –, schaltete schnell und beschloss eine Frontalstrategie: »Ich komme nicht wegen der Drohbriefe, sondern wegen der 7000 Franken«, erklärte er.

»7000 Franken?« Leglers Gesicht verwandelte sich in ein höfliches Fragezeichen. War sie zuvor eine Millisekunde zusammengezuckt? Dürst war sich nicht sicher.

»Könnten Sie mir die Kartonmappe zeigen, die Sie gestern an der Sitzung der AG KVK dabeihatten?« Jetzt glaubte er, eine kleine Unsicherheit an ihr wahrzunehmen.

»Was für eine Kartonmappe? Ich trage dauernd Stöße von Unterlagen in diversen Kartonmappen mit mir herum.«

Dürst erläuterte ihr den Sachverhalt. Eine Mitarbeiterin der Parlamentsdienste habe nach der Rückkehr in ihr Büro ihre Mappe vermisst und dafür eine andere bei sich gehabt und glaubte, sie mit jener von Angela Legler verwechselt zu haben.

»Nein«, sagte Legler fest. »Ich habe keine Mappe mit Unterlagen, die nicht mir gehören. Diese Mitarbeiterin muss das anderswo verwechselt haben. Und was hat das mit 7000 Franken zu tun?«

Dürst erklärte es ihr.

»7000 Franken? Und eine Karte mit Dankeszeilen? Wollen Sie behaupten, ich lasse mich bestechen?«, fuhr die Politikerin ihn an. Selbstbeherrschung war noch nie ihre Stärke gewesen, das wusste sie selbst.

»Das habe ich gar nicht behaupten wollen«, bemerkte Dürst trocken, »aber es ist natürlich eine interessante Möglichkeit. Auf Wiedersehen.«

Streiff saß in seinem Büro. Auf seinem Schreibtisch wuchsen Aktenberge, an der Pinnwand steckten Zettel, die ihn an eine Vielzahl von dringend zu erledigenden Dingen erinnerten. Hinter dem Telefon versteckte sich ein halb aufgegessenes Sandwich, Streiff hatte keine Zeit, Mittagspause zu machen, aber das Brötchen schmeckte ihm nicht. Wieder einmal dachte er an Elmer, die sich einfach so mir nichts, dir nichts in ihren Babyurlaub verabschiedet hatte. Er fühlte sich ein bisschen verraten. Immer hatte sie so eifrig getan, lernen wollen, Karriere machen wollen – und dann das. Plötzlich zog sie es vor, monatelang ein kleines Kind zu säugen und zu wickeln. Unglaublich. Dazu waren von seinen übrigen Mitarbeitern zwei krank. Die Schweinegrippe hatte nun auch Zürich erreicht. Sein Telefon klingelte. Dürst. Ein junger Kollege vom Einbruch, den Streiff nur flüchtig kannte. Er fragte nach den Drohbriefen an Angela Legler.

»Sind Sie dafür zuständig? Hängen die Briefe mit einem Ihrer Fälle zusammen?«

Streiff erklärte, dass er zufällig Zeuge des Angriffs geworden war und sich dann halt auch die Briefe angeschaut hatte. Dürst steuerte die Geschichten vom Einbruch und vom Entreißdiebstahl bei.

»Sieht nach einer interessanten Geschichte aus«, meinte Streiff, »kommt doch einiges zusammen. Aber ich habe wirklich keine Zeit, um mich …«

»Nicht nötig«, unterbrach ihn Dürst hastig, »ich bleibe da schon dran.« Keinesfalls würde er sich diesen schillernden Fall wegschnappen lassen. »Solange niemandem der Schädel eingeschlagen wird, kümmere ich mich um die Sache«, versicherte er. »Also, wie war das mit dem Angriff auf Angela Legler auf dem Flohmarkt?«

Streiff gab ihm bereitwillig die Details. Ein bunter Pullover, überlegte Dürst. Der könnte selbstgestrickt sein. Und das ist heutzutage rar. Er wusste das, weil seine Frau, die für die Spitex Wiedikon arbeitete, in ihrer Freizeit leidenschaftlich gern strickte. Sie sei eine aussterbende Spezies, sagte sie jeweils. Sie strickte Pullover, unifarbene, geringelte, solche mit Rhombenmuster, schwarze, grüne, blaue, gelbe. Sie entwarf und strickte mit Liebe und Fantasie. Ihre Werke verkaufte sie jedes Jahr beim Weihnachtsbasar der Kirchengemeinde und auf dem Weihnachtsmarkt in der Altstadt. Letztes Jahr hatte sie aus Wollresten einen sehr bunt gemusterten Pulli gestrickt und verkauft. Und dieses Jahr hatte sie, weil sie wieder verschiedenfarbige kleine Knäuel übrig hatte, nochmals einen solchen verfertigt. Der musste zu Hause irgendwo herumliegen. Er rief Anita an. Sie war gerade dabei, einer alten Frau, die sich das Handgelenk verstaucht hatte, den Verband zu wechseln.

»Meine Pullover?«, rief sie erstaunt, »meine harmlosen, fröhlichen Pullover sind in eine Straftat verstrickt?

Wie spannend! Ja, es liegen zwei im obersten Fach des Schranks im Schlafzimmer. Einer davon ist bunt, ähnlich wie jener vom letzten Jahr. Aber dass du ihn mir ja wieder zurücklegst. Der ist für den Basar versprochen.«

»Danke, Schatz.« Dürst legte auf, ohne irgendwelche Zusicherungen gemacht zu haben. Er fuhr nach Hause und tauchte eine halbe Stunde später bei Streiff im Büro auf.

»Hat der Pullover so ausgesehen?«

Streiff rieb sich die Augen. Hatten die Kollegen vom Einbruch zu wenig zu tun?

»Ungefähr, ja. Ich habe nur einen Ärmel gesehen. Aber die Farben stimmen. Und jedenfalls war es ein lebhaftes Muster.«

Dürst zog zufrieden ab.

Valerie und Lina saßen im Café Ernst an der Bahnhofstraße. Ab und zu trafen sie sich für eine kurze Mittagspause. Diesmal hatte Lina es nicht einfach vorgeschlagen, sondern Valerie geradezu herbestellt. »Ich muss unbedingt mit dir reden. Und übrigens habe ich eine Beule auf der Stirn. Bloß, damit du dich nicht wunderst.«

Valerie hatte sich die Geschichte angehört, während sie eine Gulaschsuppe löffelte, ohne viel zu sagen. »Na, du erlebst ja Abenteuer, während unsereins friedlich im Sessel einen Krimi liest«, staunte sie, als Lina geendet hatte.

»Eben«, meinte Lina, »es ist eine Art Krimi, nicht?«

Sie nahm einen Bissen ihrer kalt gewordenen Käsequiche. »Und so wie es die Leute immer in den Krimis machen, habe ich der Polizei nicht alles gesagt, sondern will es zuerst mit dir besprechen. Denk an die Sitzung. An die Abstimmung. Die Legler hat doch plötzlich anders gestimmt, als alle es erwartet haben. Vielleicht ist sie wirklich bestochen worden? Hast du vielleicht gesehen, dass ihr jemand etwas zugesteckt hat? Oder sie angeschaut hat oder irgendwas halt?« Sie schnitt sich noch ein Stückchen ihrer Quiche ab.

Valerie legte den Löffel ab und überlegte. »Natürlich haben alle sie angeschaut. Vor allem nach der Abstimmung. Zur Sitzung gekommen ist sie mit verschiedenen Unterlagen. Leuzinger hat mit ihr geredet, aber auch Beglinger. – Ich weiß wirklich nicht, ob da etwas Besonderes war. In der Arbeitsgruppe ist jedenfalls niemand, dessen Name mit P beginnt. Doch, Peter Spälti. Aber der würde sie doch nicht bestechen. – Aber warum hast du das nicht der Polizei erzählt?«

»Weil ich ohne Beweis so blöd dastehe. Wenn ich diese Vermutung äußern würde, wäre das doch eine ziemlich schwerwiegende Unterstellung. Es sähe so aus, als ob ich da eine Intrige starten würde. Kannst du nicht versuchen, etwas herauszukriegen? Du findest sicher einen Grund, die Kommissionsmitglieder anzurufen, du kannst irgendetwas fragen. Du hast doch seinerzeit auch recherchiert.«

Valerie ließ sich ungern daran erinnern. Als vor ein paar Jahren in FahrGut ein Toter aufgefunden worden war, hatte sie tatsächlich im Geheimen ein bisschen mitgemischt bei den Ermittlungen und eine wichtige, sogar die entscheidende Entdeckung gemacht. Allerdings hatte sie sie, halb aus Eigensinn, halb aus Unsicherheit, zu lange für sich behalten und die Auflösung des Falls dadurch hinausgezögert. Jetzt schaute Lina sie so drängend an, dass sie halbherzig versprach: »Mal sehen, was ich tun kann.«

Dann kam ihr eine andere Idee. »Hast du die Sitzung schon abgehört? Vielleicht ist etwas Verräterisches auf der Aufnahme.«

In den Sitzungszimmern hatte nicht jede Person ein Mikrofon vor sich wie im Ratssaal, sondern es waren zwei Raum-Mikrofone auf den Tischen platziert, die nicht nur den Redner aufnahmen, sondern auch jedes Niesen, Stuhlrücken und eben ab und zu auch geflüsterte Bemerkungen, die nicht fürs Protokoll bestimmt waren.

»Nein, ich bin noch nicht dazu gekommen, aber das ist eine gute Idee«, meinte Lina.

»Wie geht es dir denn jetzt nach dem Überfall?«, wollte Valerie wissen. »Erzähl mir nicht, dass du das einfach so wegsteckst. So cool bist du nicht.«

»Ich habe Angst«, sagte Lina einfach. »Ich hatte heute Morgen Angst, als ich im Dunkeln aus dem Fenster sah. Ich habe das Haus erst verlassen, als es hell war. Ich werde heute Abend nicht ins Atelier fahren und spät heimkommen, sondern nach der Arbeit gleich nach Hause gehen.« Sie zuckte die Schultern. »So siehts im Moment aus. Zwecklos, mich dagegen zu wehren. Es wird sich wohl schon wieder ändern.«

»Sicher«, meinte Valerie, »zwing dich zu nichts. Gib dir den Schutz, den du brauchst. Wenn du dir den Fuß verstaucht hättest, würdest du ihn auch nicht belasten, solange er noch weh tut. Das kommt schon wieder.«

Lina nickte. Sie kam sich vor, als ob sie eine Behinderung hätte. Sie wollte nicht, dass jemand davon wusste. Valerie ahnte, was in ihr vorging. Die stolze Lina, dachte sie, aber sie wird das schon hinkriegen.

Raffaela Zweifel saß allein im Café eines Kaufhauses vor einem kleinen Salatteller. Manchmal verabredeten sie sich zum Essen, Lina, Mario, Carlo und sie, aber heute waren alle eigene Wege gegangen. Eigentlich komisch. Man hätte doch annehmen können, die anderen hätten über die Vorfälle tratschen wollen. Lina vielleicht nicht, die war ja am direktesten betroffen. Aber auch Mario und Carlo hatten sich davongemacht, ohne zu fragen, ob jemand mitkommen wolle. Ob auch sie etwas zum Nachdenken hatten? Die waren jedenfalls in einer besseren Position als sie, die mit ihren festen Stellen. Während sie … Raffaela seufzte. Ihr war es in den vergangenen Jahren nicht besonders gut gegangen. Sie hatte nur eine bedingte Strafe gekriegt, damals, vor vier Jahren, weil sie auf dem Kanzleiflohmarkt geklaute Ware verhökert hatte. Aber wenn man eine Stelle suchte, war ein solcher Fleck auf der weißen Weste trotzdem äußerst störend. Bruno hatte sie da reingeritten, er war schuld. Sie hatte schon seit Langem keinen Kontakt mehr zu ihm. Kürzlich hatte sie ihn entdeckt, als sie an einem Samstag die Stauffacherstraße hinaufgegangen war. Übers Flohmarktareal war er geschlendert. Ob er immer noch mit Waren aus Konkursmassen handelte? Ach, sie wollte es gar nicht wissen. Jedenfalls hatte er lächerlich ausgesehen in diesem selbstgestrickten Pulli. Sie starrte auf ihren Salat. Tomaten, Gurken, Maiskörner, Kopfsalat, Randen. Sorgfältig schob sie den Randensalat an den Tellerrand, den mochte sie nicht. Schon floss der rötliche Saft in Richtung Rettich. Sie brachte diesen in Richtung Tellermitte in Sicherheit und opferte einen Kanten Brot, um den Randensaft zu stoppen. Sie hatte keinen Appetit. Dank Bruno war sie jetzt in dieser Zwickmühle. Musste sich mit einer befristeten Stelle vom RAV durchschlagen, sich bewähren. Bewähren, was für ein Scheißwort. Um ihre Chancen, wieder in den regulären Arbeitsmarkt einzusteigen, zu erhöhen. Und dies in der Wirtschaftskrise. Das hatte ja auch nicht sie verbockt. Sondern andere, die immer noch oder wieder fette Boni einstrichen. Aber sie musste es mit ausbaden. Sie seufzte nochmals. Ihr wurde bewusst, dass sie sich mit diesen düsteren Gedanken nur abzulenken versuchte. Hätte sie dem Polizisten etwas sagen sollen? Nein, damit hätte sie sich bloß in Schwierigkeiten gebracht. Vielleicht hatte sie sich auch getäuscht. Nein, eigentlich war sie sich sicher. Ihre Augen waren gut, auch wenn es dunkel war. Sie hätte es aber nicht beweisen können. Und doch, wenn es wirklich so war, müsste sie es sagen. Es ging sie gar nichts an. Sie würde ihre Stelle gefährden. Das fehlte noch, hier rauszufliegen wegen übler Nachrede. Sie war sich sicher. Sie hatte die Person erkannt und der Gegenstand, den sie trug, war ihr bekannt vorgekommen. Jetzt wusste sie auch, was es gewesen war. Aber es war einfach unmöglich. Oder doch nicht? Sie gabelte den Salat in sich hinein, ohne zu merken, was sie aß. Erst als sie versehentlich eine Gabel voll Randensalat erwischte, merkte sie auf. Sie schluckte das geraffelte Gemüse angewidert hinunter, neutralisierte den Mund mit etwas Brot und schob dann den Teller von sich. Nein. Fertig. Sie würde sich nicht einmischen. Sie würde es für sich behalten. Ihr konnte das Ganze schließlich egal sein. Sie schaute auf die Uhr. Noch Zeit für einen Espresso, bevor sie wieder zur Arbeit musste. Und sie könnte auf dem Rückweg rasch einen Blick in die Boutique werfen, die im Schaufenster diesen coolen Ledermantel hängen hatte. Violett. Vielleicht etwas extravagant, aber genau das mochte sie. Sie hatte ja noch etwas Geld von Großtante Salomes Erbe. Es war ein bisschen enttäuschend gewesen, dieses Erbe. Viel zu wenig, um sich einen Loft zu kaufen, von dem sie schon lange träumte. Der Bankberater hatte sie fast ausgelacht. Und so wohnte sie noch immer in der Dreizimmer-Altbauwohnung in der Ämtlerstraße. Das Geld hatte es ihr immerhin erlaubt, sich die letzten Jahre trotz Arbeitslosigkeit oder schlecht bezahlten Temporärstellen ein bisschen Luxus zu gönnen. Eine Snowboardwoche in Arosa. Ein Shoppingwochenende in London. Dieses und jenes. Nun ging das Geld langsam zur Neige. Egal, der violette Mantel musste sein. Man war nur einmal jung. Und vielleicht bin ich morgen ja schon tot, dachte sie unbekümmert.

Mario Bianchera ging der Limmat entlang in Richtung Bellevue. Heute drückte eine fahle Sonne durch den Hochnebel, das Wasser war grau. Schade, dass es am Wochenende geregnet hatte. Rubina, seine Tochter, hatte sich gewünscht, in den Zoo zu gehen. Sie liebte Tiere, besonders die Riesenschildkröten und die kleinen Ziegen im Streichelzoo. Ihr zuliebe hatte er sich einen Zwerghasen zugelegt. Stattdessen waren sie ins Kino gegangen und hatten einen Film angeschaut, in dem ein Meerschweinchen, ein Maulwurf und ein Hamster die Welt retten. Rubina hatte es großartig gefunden. Er weniger. Aber das war egal, die Wochenenden gehörten der Kleinen und ihm war alles recht, wenn sie vergnügt war. Er war glücklich, dass sie sich daran gewöhnt hatte, dass der Papa nicht mehr bei Mama und ihr lebte, dass sie keine traurigen Fragen mehr stellte, die ihm das Herz zerrissen, während er sie ernsthaft und behutsam zu beantworten versuchte. Sie wechselte mit Selbstverständlichkeit zwischen zwei Wohnungen, zwei Kinderzimmern, zwei Elternteilen und zwei Sprachen. Mario redete italienisch mit ihr, die Mama deutsch. Die schlimme Zeit der Trennung, der Schock, plötzlich allein zu sein, waren vorbei und überwunden, auch wenn er sich abends in seiner Wohnung manchmal einsam fühlte. Aber er war ja jetzt nicht mehr jeden Abend allein. Mario biss in ein Salamisandwich, das er am Verkaufsstand beim Coop gekauft hatte. Eigentlich hätte er glücklich sein können. Er war verliebt; fast hatte er vergessen gehabt, wie sich das anfühlte. Aber warum war sie nur so widerspenstig? Sie war doch auch glücklich mit ihm, das spürte er. So konnte es nicht weitergehen, er machte sich Sorgen. War es falsch, was er vorhatte? Sie war so gestresst in letzter Zeit. Vielleicht war sie so angespannt und nervös, weil die Situation nicht geklärt war. Wenn sie bei ihm war, wurde sie ruhiger, heiter, manchmal fast übermütig. Aber wenn er das Thema anschnitt, dass er diese Lügen und Heimlichtuerei nicht mehr ertrug, machte sie dicht. »Misch dich nicht ein«, hatte sie gesagt, »das ist mein Leben, das muss ich selbst klären.«

»Es betrifft auch mein Leben«, hatte er widersprochen, »und ich möchte langsam klare Verhältnisse.«

»Wir haben es doch schön«, hatte sie versichert. »Warum wollen wir die Situation kompliziert machen? Ich kann mir das nicht leisten.«

Er hatte nichts mehr gesagt. Aber die Sache ließ ihn nicht los. Sie wusste, wie wichtig ihm Offenheit war. Jetzt hatte er einen Entschluss gefasst. Dennoch zweifelte er: War es wirklich richtig? Wie würde sie reagieren? Sein Herz klopfte, seine Hände wurden feucht. Mario Bianchera ging über die Rathausbrücke, die Treppe hinunter zur Schipfe und wanderte auf dem schmalen Weg der Limmat entlang, vorbei an kleinen Läden, wieder zurück in Richtung Büro.

»Herr Freuler, sind Sie noch da?« Angela Legler kam ins Büro. Sie tönte gereizt. Es war fast 17.30 Uhr. Carlo, der sich gerade geduckt hatte, um seine Schuhe unter dem Pult hervorzuziehen, tauchte auf. Mist, dachte er. Sein Computer war schon ausgeschaltet, zwei Minuten später und er wäre weg gewesen. Lina war schon gegangen, Mario ebenfalls. Nur Raffaela saß noch an ihrem Pult, tat so, als ob sie mit etwas Wichtigem beschäftigt sei, und versuchte, nicht aufzufallen. Sie war sicher, dass es eine Szene absetzen würde, und das würde sie sich nicht entgehen lassen.

»Ich wollte eben gehen«, Carlo schlüpfte in seine Jacke und griff nach seinem kleinen, vollgepackten Rucksack. Er hatte über Mittag ein paar Besorgungen gemacht, die Ingrid ihm aufgetragen hatte.

»Ein paar Minuten Zeit werden Sie sich noch nehmen müssen.« Legler schnitt ihm den Weg ab.

»Bitte?« Carlo blieb stehen.

Angela legte los: »Sie haben in diesem Protokoll eigenmächtig anders formuliert, als ich es gesagt habe. Ich kann das beweisen, ich habe mich nämlich mit einem MP3 selbst aufgenommen, weil ich schon lange den Verdacht habe, dass Sie meinen Wortlaut nicht korrekt protokollieren. Zudem machen Sie auch immer wieder Grammatikfehler.«

Raffaela war mucksmäuschenstill. Das versprach spannend zu werden.

»Sie nehmen sich selbst auf?« Carlo Freuler blickte von seinen 1,85 m auf die 1,63 m große Frau herab.

Sie schaute kämpferisch zu ihm hoch. »Vergessen Sie nicht, als Protokollführer sind Sie mir unterstellt. Und wenn ich sage«, ihre Stimme wurde höher, »mit diesem Gesetz wird dieses Problem gedämpft, dann steht Ihnen nicht zu zu schreiben: mit diesem Gesetz wird dieses Problem gemildert!«

Carlo war für einen Moment sprachlos. Aber nur für einen Moment. »Und was bitte, heißt, das Problem werde gedämpft? Dämpfen Sie es im Kochtopf, zusammen mit Kartoffeln oder was?«

»Sie haben meine Ausdrucksweise zu belassen. Ganz offensichtlich ist problemlos verständlich, was ich gemeint habe.«

»Auch wenn Sie sich unbedingt blamieren wollen«, gab Carlo zurück, »mache ich das nicht. Das ist kein Deutsch. Und ich bin angehalten, Protokolle in fehlerlosem Deutsch zu redigieren. Hören Sie doch auf.«

Jetzt verliert er die Beherrschung, dachte Raffaela auf ihrem Logenplatz.

»Letztes Mal haben Sie kritisiert, dass ich zu wenig elegant formuliere, jetzt wollen Sie, dass ich diesen Quatsch nicht ändere – was soll das?«

»Wie reden Sie mit mir?«, rief Legler. »Quatsch? Das ist mein Stil. Und der ist zu respektieren.«

Sie genießt die Situation, dachte Raffaela. Nein, sie braucht sie. Sie ist total verspannt und diese Attacke ist ihr Ventil. Natürlich kommt sie jetzt, wo es keine Zeugen mehr gibt. Ich zähle ja nicht. Aber da könnte sie sich täuschen.

»Und hier, Sie können nicht mal die neue deutsche Rechtschreibung. Auseinandersetzen schreibt man nicht mehr zusammen!«

»Ja, gemäß dem drittneuesten Duden«, konterte Carlo verächtlich. »Aber gemäß der neuesten Ausgabe schreibt man es wieder zusammen.« Mit fahrigen Händen griff er nach seinem Duden und blätterte. »Da!«

Legler schaute nicht mal hin. »Sie wissen, ich bin Lektorin des Ratsprotokolls und Präsidentin der Umwelt- und Verkehrskommission. Sie haben sich nach meinen Anweisungen zu richten.«

Sie stampfte hinaus und schlug die Tür hinter sich zu.

Abgang, dachte Raffaela.

Carlo schmiss den Duden auf den Boden. »Blöde Kuh!«

Er packte seinen Rucksack und eine graue Plastiktüte und verschwand, ebenfalls türenknallend.

Ende des Aktes, dachte Raffaela. Sie hob den Duden auf und legte ihn auf Carlos Pult. Dann packte sie langsam ihre Sachen zusammen. Carlo ist jetzt sicher in der Commihalle und versucht, sich bei einem Bier zu beruhigen, der arme Kerl. Ob ich vorbeigehen soll? Nein, entschied sie. Was immer jetzt abläuft, ich halte mich raus. Noch zwei Monate muss ich hier durchhalten. Kein Interesse, dass Legler mich sieht, wie ich einem Opfer ihrer Launenhaftigkeit beistehe.

Es war kurz nach 22 Uhr. Es nieselte, eine feuchte Kälte hatte sich über die Stadt gelegt. Valerie und Beat waren auf dem Heimweg. Seppli trabte neben ihnen her. Sie hatten in der Helvti gegessen und beschlossen, zusammen zu Valerie zu gehen. Sie schlenderten über die Sihlbrücke. Valerie hatte Beat während des Essens ausführlich erzählt, was Lina erlebt hatte. Das meiste kannte Streiff schon aus Dürsts Perspektive. Er hatte nicht viel dazu gesagt und Valerie hatte ihm verschwiegen, dass

Lina sie gebeten hatte, Detektivin zu spielen. Es hätte ihm nicht gefallen.

Nun hängte sie sich bei ihm ein. »Stell dir vor, Lorenz hat mich tatsächlich heute angerufen«, erzählte sie. »Er will mich zum Essen einladen. Hätte ich nie gedacht, nach dieser langen Funkstille.«

»Und? Gehst du?«

»Klar, warum nicht? Nimmt mich wunder, was er so treibt im Leben.«

Beat schwieg. Der Quacksalber. Eine Radfahrerin überholte sie. Das Rücklicht ihres Velos funktioniert nicht, registrierte Streiff automatisch. Ob Valerie oft an ihn dachte? Ein Mann kam ihnen entgegen, Streiff sah sein Gesicht im Schein einer Straßenlampe, seine leicht schwankende, massige Gestalt im trotz der Kälte offenen Mantel, und hatte den Eindruck, dass er ziemlich betrunken oder auf Drogen war. Über die eine Schulter hatte er einen kleinen, prall gefüllten Rucksack gehängt. Ob sie es manchmal insgeheim bedauerte, dass Stucki und sie sich getrennt hatten?

Valerie wandte sich Beat zu. »Was ist? Gibt es ein Problem?«

Er hatte heute wieder nichts gesagt. Wie sie es wohl fände, mit ihm zusammenzuwohnen? Mit Stucki hatte sie es getan.

»Nein, natürlich nicht«, wehrte er, offenbar nicht ganz überzeugend, ab.

Valerie lachte. »Komm, mach dir keine Sorgen. Ich bin längst nicht mehr verliebt in Lorenz. Ich bin nämlich in jemand anderen verliebt. Rate, in wen?«

Beat lachte auch ein wenig. Ich Trottel, dachte er. Trotzdem sagte er: »Vielleicht ist er ja wieder in dich verliebt.«

»Gewiss nicht«, beruhigte ihn Valerie. »Aber ich finde es schön, wieder einmal mit ihm zusammenzusitzen und zu hören, wie es ihm geht. Wenn du zufällig Anikó treffen würdest, würdest du dich doch auch freuen und wärst neugierig zu erfahren, was sie so macht, oder nicht?«

Nein, dachte Beat, ich bin eigentlich gar nicht neugierig. Es ist mir komplett egal, was Anikó macht. Vermutlich therapiert sie verhaltensauffällige Kinder. Und wenn sie mir über den Weg laufen würde, würde sie mir wahrscheinlich immer noch vorwerfen, dass ich, statt Judolehrer zu bleiben, Polizist geworden bin. Ein Polizist, der dafür sorgt, dass Delinquenten bestraft werden, anstatt ihnen Verständnis entgegenzubringen und zu versuchen, die Abgründe ihrer verletzten Seelen zu erforschen. Sie gingen weiter und Beat versuchte, seine finsteren Gedanken zu verscheuchen. Aber eine aufdringliche kleine Idee ließ sich nicht ganz verbannen: Liebte er Valerie mehr als sie ihn?

MITTWOCH

Streiff stand fröstelnd auf den Holzplanken des Schanzengrabens. Der Schanzengraben ist ein Fußweg, der direkt den Sihlkanal entlangführt. Man steigt von der Gessnerbrücke ein paar Stufen hinunter und findet sich auf einem idyllischen Spazierweg, links das Wasser, rechts Bäume und Holzbänke, auf denen im Sommer Leute lesen oder picknicken, den Vögeln Brosamen hinwerfen und wo Liebespaare sich küssen. Ganz nahe beim lauten, hektischen Stadtzentrum eine Oase, die aus der Stadt herausgefallen zu sein scheint, ein fast verwunschener Ort. An einem frühen Novembermorgen war der Ort keine Idylle. Es war noch dunkel. Streiff beugte sich zu dem regungslosen dunklen Bündel Mensch hinunter. Tot, kein Zweifel. Eine Frau. Kurze dunkle, leicht gewellte Haare, eher klein, trug einen wadenlangen Rock und eine taillenlange Daunenjacke. Ein früher Jogger hatte morgens um 5.30 Uhr die Leiche gefunden und die Polizei angerufen. Der Notarzt hatte nur noch ihren Tod feststellen können. Die beiden Polizeibeamten, die hergefahren waren, hatten protokolliert, dass sie eine Stichwunde im Rücken hatte. Also kein natürlicher Tod, kein Unfall, kein Suizid. Und so stand jetzt gegen 6.30 Uhr Streiff da. Einige Stunden vorher war er mit Valerie kaum 200 Meter entfernt an der Stelle vorbeigegangen. Ob die Frau da schon tot gewesen war? Streiff drehte den leblosen Körper, er wollte das Gesicht sehen. Sein Blick wurde starr. Das war doch – ja, das war die Kantonsrätin Angela Legler.

Vor zwei Tagen hatte er noch mit ihr gesprochen. Verdammt, das versprach ein heikler Fall zu werden. Eine öffentliche Person, eine umstrittene Politikerin. Die Medien würden sich darauf stürzen. Der Angriff auf sie vor ein paar Tagen auf dem Kanzleiflohmarkt, die undurchsichtige Geschichte mit den 7000 Franken, von der Dürst ihm erzählt hatte, all das ging Streiff blitzschnell durch den Kopf. Ob ihr Tod etwas damit zu tun hatte? Er erhob sich. Aus einiger Entfernung hörte er Autotüren zuschlagen, Stimmen und näher kommende Schritte. Die Verstärkung rückte an, die Kollegen von der Spurensicherung und die Leute von der Rechtsmedizin. Man kannte sich, war ein eingespieltes Team. Unser Einsatz beginnt immer am Ende einer Geschichte, dachte Streiff. Der gewaltsame Tod eines Menschen ist der Schlusspunkt eines Dramas, von dem wir nichts wissen. Noch nichts wissen. Unser Job besteht darin, uns in die Vergangenheit zu wühlen, uns nicht beirren zu lassen von der verstreichenden Zeit, die in die entgegengesetzte Richtung läuft, uns weiter weg trägt vom Geschehenen. Wo waren Sie in der Nacht auf den Mittwoch, wann haben Sie die Frau zum letzten Mal gesehen, werden wir die Leute fragen. Einige werden die Wahrheit sagen, andere werden lügen, vielleicht aus dummen Gründen, oder sie werden sich ungenau erinnern.

Die Beamten sperrten den Tatort ab, wiesen Passanten weg, die auf das Geschehen aufmerksam geworden waren. Der Polizeifotograf machte Bilder von der Leiche. Mit weißer Kreide wurden die Umrisse der Toten skizziert, bevor der Körper auf eine Bahre geladen und weggetragen wurde. Im Schein von Lampen suchten die Beamten von der Spurensicherung die Umgebung ein erstes Mal ab; Messer fanden sie keines.

»Ich friere. Und ich sollte zur Arbeit.« Das war der Jogger. Streiff schaute ihn mitleidig an. Natürlich, der Mann trug nur einen Sportdress und war verschwitzt. Streiff nahm seine Personalien auf und stellte ein paar Fragen. Der Mann wusste nicht viel. Er war hier entlanggejoggt, was er jeden Montag und Mittwoch tat. Die Gestalt hatte dagelegen, zuerst hatte er geglaubt, es wäre ein Betrunkener. Er hatte sich niedergebückt und plötzlich, »ich kann nicht sagen, warum, plötzlich wusste ich, dass sie tot ist. Ich habe sie nicht berührt, aber dann merkte ich, dass an meinen Schuhen Blut war.« Da hatte er die 117 angerufen. Er war bleich. Streiff ließ den Mann gehen.

Er untersuchte die Handtasche, die bei Angela Legler gelegen hatte. Portemonnaie und Ausweise waren drin, 200 Franken, Bankkarten, alles da, nur ein Handy fehlte. Also kein Raubmord. Auch kein Sexualverbrechen. Die Frau war vollständig bekleidet, es gab auf den ersten Blick keinen Hinweis, dass der Täter etwas anderes mit ihr gemacht hatte, als ihr ein Messer in den Rücken zu stoßen. Streiff wühlte weiter in der Tasche, dann stutzte er. Kondome. Wozu hatte eine verheiratete Frau Kondome in der Handtasche?

Verheiratet. Hatte ihr Mann sie nicht vermisst? War er unterwegs? War er gewöhnt, dass seine Frau ausblieb? Es ging jetzt auf 7 Uhr zu. Zeit, Fritz Legler, den, wie Valerie gesagt hatte, Hardcore-Pfarrer aufzusuchen. Er würde seine Frau identifizieren müssen.

Und dann war eine Medieninformation fällig. Besser mündlich als nur eine dürre Mitteilung. Bei dem Opfer. Streiff mochte die Medienleute nicht besonders. Ihre Spekulationen, ihre Besserwisserei gingen ihm auf die Nerven. Seine Informationen waren jeweils korrekt, aber knapp, und dumme Fragen konterte er ziemlich uncharmant.

Das Baby schrie. Es war gestillt, frisch gewickelt, genügend warm angezogen, zweifellos ausgeschlafen, gehalten, gestreichelt, herumgetragen worden. Es schrie. Fieber hatte es keins und es sah eigentlich gesund aus, voller Energie, wenn auch sein Gesichtchen krebsrot und verzerrt war. Es schrie seit drei Stunden und jetzt war es 7 Uhr morgens.

Zita und Linus Elmer saßen am Küchentisch und betrachteten es resigniert. »Ich muss bald zur Arbeit«, bemerkte Linus. Er war angezogen, aber unrasiert. Vor ihm stand eine Tasse Kaffee.

»Du solltest noch was essen«, schlug Zita vor, die in einen Morgenmantel gewickelt war.

»Kein Hunger«, brummte Linus.

»Wie konnten wir uns bloß einbilden, so ein Baby wäre einfacher in den Griff zu bekommen als eine Horde Fußball-Hooligans?«, meinte Zita.

»Gegen Hooligans haben wir andere Mittel zu Verfügung«, sagte Linus dumpf.

»Handschellen«, murmelte Zita und musterte die dünnen Handgelenke ihres Sohnes. »Wasserwerfer.«

»Wir könnten es baden«, schlug Linus vor. »Warmes Wasser beruhigt es vielleicht.«

»Vielleicht«, wiederholte Zita ohne viel Hoffnung.

»Du warst doch mal Krankenschwester«, sagte Linus. »Du müsstest doch Bescheid wissen.«

»Ich war nicht Säuglingsschwester«, grenzte Zita sich ab. »Meine Patienten haben es gesagt, wenn ihnen etwas nicht passte.«

Linus holte die lindgrüne Badewanne, die die Form eines Putzeimers hatte. Beim Kauf hatte Zita verblüfft gemeint, dann könnte sie doch ebenso gut einen gewöhnlichen Eimer für sieben Franken kaufen, aber die Verkäuferin im Babyland hatte konsterniert auf das garantiert ungiftige Material der Wanne hingewiesen. Also hatte sie pflichtschuldig die 28 Franken hingelegt.

Linus ließ warmes Wasser in den Eimer laufen, dessen Temperatur er mit dem Thermometer prüfte, und gab einen Spritzer duftenden Badezusatz hinzu. Zita zog den kleinen, brüllenden Jungen aus, entfernte die Windel und ließ ihn ins Wasser gleiten. Er war augenblicklich still, legte seine Händchen auf den Wannenrand und schaute mit weit offenen Augen die beiden großen, müden Gestalten an. Einen Moment lang genossen Zita und Linus die Stille.

»Es können keine Koliken sein«, stellte Zita fest. »Sonst wäre er jetzt nicht plötzlich ruhig.«

»Dann muss es psychisch sein«, meinte Linus und biss die Zähne zusammen.

»Es gefällt ihm nicht bei uns«, bilanzierte Zita.

Linus zuckte mitleidlos die Schultern. »Er muss sich an uns gewöhnen. Ausziehen kann er frühestens in 18 Jahren.«

Zita hob den Kleinen aus dem Wasser, trocknete ihn mit einem flauschigen, mit Häschen bedruckten Badetuch ab, wickelte ihn neu und zog ihm einen Strampelanzug an. Der Junge war immer noch still. Vorsichtig, als hätte sie es mit einer Handgranate zu tun, die jeden Moment explodieren könnte, legte sie ihn in sein Bettchen und, oh Wunder, er schloss seine Augen und war augenblicklich eingeschlafen.

»Okay, ich muss«, flüsterte Linus, »machs gut, wenn ich dazu komme, ruf ich mal an.« Er flüchtete. Zita blieb zurück. Noch ein Monat, dachte sie. Dann kann ich wieder arbeiten. Wenigstens zwei Tage pro Woche. Vielleicht gehts mit Leo bis dann ja besser. Ich sollte duschen, dachte sie. Mich anziehen, etwas essen, einen Einkaufszettel machen. Aber sie blieb einfach sitzen, spürte erst, wie müde sie war. Ach, ich lege mich nochmals hin, solange der Kleine schläft. Sie ging ins Schlafzimmer hinüber. Als sie das nächste Mal auf die Uhr sah, war es fast 9.30 Uhr. Sie ging ins Kinderzimmer, das Baby schlief noch. In der Küche machte sie sich einen Kaffee. Sie schaltete das Radio ein, startete gleichzeitig den Computer, öffnete den Browser und ging auf die Seite mit dem Polizeibericht. Ihre Arbeit fehlte ihr und sie versuchte, sich über Radio, Lokalfernsehen und die Polizeinachrichten auf dem Laufenden zu halten.

So bekam sie es an diesem Morgen gleich über zwei Kanäle mit: Kantonsrätin Angela Legler ermordet. Das war ja ein Ding. Vor ein paar Jahren hatte sie die Frau befragt, als es um ein bei FahrGut gestohlenes Fahrrad ging. Und jetzt war sie tot? Sie hörte aus dem Radio Streiffs Stimme. Letzte Nacht … am Schanzengraben aufgefunden … erstochen … noch keine Hinweise … Gegenstand der Ermittlungen. Und ich sitze hier zu Hause! Beinahe hätte sie mit der Faust auf den Tisch geschlagen. Natürlich, sie hatten beide ein Kind gewollt, Linus und sie, Linus vielleicht noch ein wenig mehr. Sie bereute es auch nicht, sie liebte den Kleinen, aber dass ein so winziges Wesen dermaßen anstrengend sein konnte, das hatte sie sich denn doch nicht vorgestellt. Ein kleines Kind hat Bedürfnisse, hatte sie optimistisch gedacht, die muss man stillen, weil es das nicht selbst kann, und dann ist es zufrieden. Aber so einfach war es nicht. Man wusste die halbe Zeit nicht, was für ein Bedürfnis es anmeldete. Dazu kam, dass es rund um die Uhr Wünsche hatte. Die Uhrzeit war ihm komplett egal. Ob es uns schon kennt, mutmaßte Zita. Von lieben kann wohl noch keine Rede sein. Obwohl wir es verdient hätten, weiß Gott. Und jetzt dieser Mord. Streiff vermutlich die ganze Zeit unterwegs, während sie in einer Dreieinhalbzimmerwohnung an der Döltschihalde saß, ein Baby bediente und das Haus nur mit Kinderwagen verließ, meist in Richtung Migros oder Panoramaweg. Streiff meldete sich nie bei ihr. Warum sollte er auch? Zita argwöhnte, dass er es ihr übelnahm, dass sie ein Kind bekommen hatte. Das ärgerte sie. Alter

Macho, dachte sie trotzig, es ist eben doch schön, wenn neben einem ein Baby gluckst und vor sich hin gurgelt. Sie beugte sich über Leos Bettchen und schnupperte. Und Babys riechen so gut, davon hat diese verknöcherte Polizistenseele bestimmt keine Ahnung. »Nicht wahr, Leo«, murmelte sie, »es gibt auch noch anderes im Leben als Morde aufklären.« Wobei Morde aufklären halt doch etwas besonders Spannendes war, aber das verriet sie Leo nicht.

Streiff betrachtete den Mann, der ihm gegenübersaß und an ihm vorbei ins Leere schaute. Fritz Legler war ein gutaussehender Mann von Mitte 40, gebräunt, leger gekleidet, ein Mann, vermutete Streiff, der es gewohnt war zu dominieren. Aber jetzt schien er die Situation nicht im Griff zu haben. Oder spielte er ihm etwas vor? Streiff war sich nicht sicher. Er hatte gegen 8 Uhr geklingelt und es war ihm vorgekommen, als stehe der Mann, der ihm öffnete, unter Spannung.

Streiff stellte sich vor. Der Mann starrte ihn nur an. »Könnte ich hereinkommen? Ich muss mit Ihnen über Ihre Frau sprechen.«

»Meine Frau? Ist etwas passiert?«

Er führte ihn ins Wohnzimmer, das behäbig bürgerlich eingerichtet war. Wohnwand, ausladende Polstergruppe, Spannteppiche, schwere Vorhänge.

»Haben Sie Ihre Frau nicht vermisst heute Nacht?« Streiff war es fast peinlich, diese Frage zu stellen. Er dachte an die Kondome. Wusste Pfarrer Legler davon?

»Was ist mit ihr?«

»Herr Legler, Ihre Frau ist tot. Sie ist letzte Nacht umgebracht worden.«

Legler sank in sich zusammen. »Tot?«, wiederholte er. »Umgebracht?«

»Ja, sie ist heute früh am Schanzengraben gefunden worden.«

»Am Schanzengraben? War sie auf dem Heimweg? Sie geht oft ein Stück zu Fuß.«

»Wir wissen noch gar nichts«, erklärte Streiff. »Haben Sie sie gestern Abend denn nicht erwartet?«

»Sie kommt oft spät und wir haben getrennte Schlafzimmer«, murmelte Legler, »und heute Morgen, ich dachte, sie sei vielleicht schon zur Arbeit gegangen. Sie ist nicht oft zu Hause.«

Legler schwieg. Dann schaute er Streiff an und sagte: »Das ist ein schwerer Schlag für mich.« Er barg sein Gesicht in den Händen.

Irgendetwas stimmt da nicht, dachte Streiff. Dieser Satz klingt wie aus einem schlechten Theaterstück.

»Können Sie uns irgendwelche Hinweise geben? Haben Sie eine Idee, wer Ihrer Frau nach dem Leben getrachtet haben könnte? Hatte sie Feinde?«

»Sie war Politikerin«, sagte Legler, »natürlich hatte sie politische Gegner. Aber ihr nach dem Leben trachten? Nein.«

»Wissen Sie von Drohbriefen, die sie erhalten hat?«

»Ach, das hat sie nicht ernst genommen. Ich auch nicht.«

»Ist Ihre Frau oft nachts durch unbelebte Gegenden

gegangen?«, fragte Streiff weiter. »Oder könnte sie sich am Schanzengraben mit jemandem getroffen haben?«

»Angela war nicht ängstlich«, erklärte der Mann. »Sie war sicher auf dem Heimweg. Weshalb sollte sie sich mit jemandem an einem solchen Ort treffen?«

»Vielleicht, weil sie nicht gesehen werden wollte«, schlug Streiff vor.

»Kann ich mir nicht vorstellen«, murmelte Legler. War da ein Zögern in seinem Tonfall?

»Herr Legler«, fuhr Streiff fort, »es tut mir leid, Ihnen diese Frage stellen zu müssen, aber macht es für Sie Sinn, dass Ihre Frau eine angefangene Packung Kondome in der Handtasche hatte?«

Ein Telefon klingelte. Legler sah sich suchend um, entdeckte sein Handy auf einem Regal der Wohnwand und meldete sich. »Nein, lassen Sie mich in Ruhe«, schnauzte er den Anrufer an. Er warf das Handy hin. »Entschuldigen Sie mich einen Moment«, wandte er sich an Streiff und ging hinaus. Streiff war schnell. Er griff sich das Handy und prägte sich die Nummer des letzten Anrufs ein.

Legler kam zurück, ein Glas Wasser in der Hand. Er schien sich ein wenig gefasst zu haben.

»Das mit den Kondomen ist unsere Privatsache«, erklärte er kurz angebunden. »Ich möchte jetzt wissen, was mit meiner Frau war. Warum ist sie umgebracht worden? Von wem? Wann? Das sind Fragen, um die Sie sich kümmern sollten.«

»Genau«, bestätigte Streiff. »Das alles wollen wir herausfinden. Deshalb müssen wir auch Ihnen Fragen stellen. Wissen Sie etwas über einen Barbetrag von 7000 Franken, den Ihre Frau kürzlich erhalten haben soll?«

Der Mann schaute ihn verständnislos an und schüttelte den Kopf.

Streiff erhob sich. »Wir werden später noch einmal kommen und uns die Sachen Ihrer Frau ansehen, vielleicht finden wir irgendeinen Hinweis. Und ich muss Sie bitten, heute Ihre Frau zu identifizieren. Es ist nur eine Formsache. Sie liegt in der Rechtsmedizin. Ein Beamter wird Sie abholen und hinfahren.«

»Ja, ich möchte meine Frau sehen«, sagte Legler. »Ich möchte von ihr Abschied nehmen. Ich werde sie zu Grabe tragen müssen.«

Wieder dieses Pathos. Streiff verabschiedete sich. Er wurde nicht schlau aus dem Mann. Der Tod seiner Frau hatte ihn getroffen, zweifellos. Aber da schien noch etwas anderes zu sein.

Verdammt! Er starrte aus dem Fenster seines Büros. Ein Bus fuhr vorbei, zwei Kinder mit bunten Schultaschen am Rücken zogen vorüber. Er nahm sie nicht wahr. Aus dem Radio ertönte Musik, er hörte sie nicht. Verdammt. Hatte er vorhin wirklich richtig gehört? Er war am Arbeiten gewesen, das Radio lief, wie meistens, als angenehmes Hintergrundgeräusch, er hörte nur mit halbem Ohr hin. Fast hätte er die Nachricht überhört. Kantonsrätin Angela Legler tot. Umgebracht. Gestern Nacht. Das konnte doch nicht sein. Ein paar Minuten saß er regungslos da. Gedanken stürzten auf ihn ein und er war nicht imstande, sie zu ordnen. Er wählte hastig die Website des Radiosenders an. Tatsächlich, er hatte sich nicht verhört. Unter den Tagesnews stand es. Legler ermordet. Gestern spät abends oder nachts. Am Schanzengraben. Das heißt – er hatte doch irgendwann nach 22 Uhr mit ihr telefoniert und sie hatte gesagt, sie sei auf dem Heimweg. Ob niemand das Gespräch mithören könne, hatte er nervös gefragt. Und sie hatte ihn beruhigt. War sie da vielleicht schon am Schanzengraben gewesen? War sie kurz danach getötet worden? War das Gespräch etwa doch von jemandem mitgehört worden: vom Mörder? Er atmete tief durch, ihm war leicht übel. Was sollte er bloß tun? Konnte er überhaupt irgendetwas anderes tun als hoffen und beten? Die 7000 Franken würden wahrscheinlich gefunden werden, wenn sie sie nicht gleich auf ihr Konto eingezahlt hätte. Aber schlimmer war das Kärtchen, handschriftlich … Das war sehr dumm von ihm gewesen. Hoffentlich hatte sie es gleich weggeworfen. Wenn es rauskäme … Der Schweiß brach ihm aus. Er wäre erledigt, darüber machte er sich keine Illusionen. Einen Moment lang war sein Kopf völlig leer, dann rief er sich zur Ordnung. Er musste nachdenken und einen Weg finden zu handeln. Aus dem Radio erklang die muntere Stimme einer jungen Moderatorin, die eine Anekdote zum Besten gab und den nächsten Musiktitel ankündigte. Er schaltete das Radio aus. Sein Telefon klingelte. Er warf einen Blick auf das Display und hob nicht ab. Das konnte warten. Er musste jetzt alle Möglichkeiten durchdenken und eine Lösung finden. Wie war er bloß da hineingeraten? Es hatte so einfach ausgesehen. Ein kleines Risiko, sicher. Aber das hatte ihn auch gereizt. Er war ein bisschen ein Spieler und war bisher damit immer gut gefahren. Aber jetzt steckte der Karren im Dreck. Zum ersten Mal in seinem Leben fühlte er sich heillos überfordert.

Im Büro notierte sich Streiff, was er bisher alles wusste. Das Opfer war eine im Kanton bekannte und umstrittene Politikerin, die sich links und rechts Gegner geschaffen hatte. Man musste weiter in Richtung der Opposition gegen die Flohmarktschließung ermitteln. Aus diesem Lager waren immerhin ein Steinwurf und ein anonymer Drohbrief gekommen. Der Drohbrief war bereits auf Spuren untersucht worden, er enthielt keine Fingerabdrücke oder DNA-Spuren. Das bedeutete, dass der Schreiber mit Umsicht zu Werke gegangen war. Vielleicht, weil seine Fingerabdrücke schon registriert waren? Gut möglich, dass es sich um einen Flohmarkthändler handelte. Er würde sich die Liste geben lassen. Ob wohl dieser, wie hatte er doch gleich geheißen, Bruno Trümpy, der vor vier Jahren geklaute Ware feilgeboten hatte, wieder auf dem Flohmarkt mitmischte? Eine Standbewilligung hatte er natürlich nicht mehr, aber so etwas ließ sich auch intern regeln. Dürst war offenbar in Sachen Pullover des Steinwerfers unterwegs. Das konnte er jetzt, wo es um ein Tötungsdelikt ging, nicht mehr allein ihm überlassen. Und er würde sich mit Lina Kováts über die Geschichte mit den 7000 Franken und dem Dankesbrief unterhalten. Zu dumm, dass davon nur eine aufgebrochene Schreibtischschublade zeugte. Vielleicht konnte sie sich noch an irgendwelche Details erinnern.

Auch Fritz Legler würde er nochmals befragen. Bei der rechtsmedizinischen Untersuchung hatte sich nämlich herausgestellt, dass Angela Legler eine Spirale hatte. Dann brauchte sie wohl nicht noch Kondome. Und wenn, dann lägen sie eher in der Nachttischschublade als in der Handtasche. Interessant war unter Umständen auch der Inhaber der Handynummer, der Legler morgens nach 8 Uhr angerufen hatte. Es war Mario Bianchera, Kommissionssekretär der Parlamentsdienste. Vielleicht hatte er Angela Legler gesucht und nicht erreichen können. Aber warum hatte der Ehemann auf seinen Anruf so aggressiv reagiert?

Das Mordmotiv musste nicht unbedingt mit Angela Leglers Funktion als Politikerin zusammenhängen. Auch Politikerinnen hatten ein Privatleben, ein Berufsleben. Nicht auszuschließen war auch, dass sie ein zufälliges Opfer war, ausgeraubt werden sollte. Der Täter war vielleicht gestört worden und abgehauen, bevor er sich über ihre Handtasche hermachen konnte.

Streiff beschloss, zuerst ins Kaspar-Escher-Haus zu fahren, um die Angestellten zu befragen, und seinen jungen Mitarbeiter, Melchior Zwicky, zu Legler zu schicken, um das Zimmer des Opfers zu durchsuchen. Wenn er nichts fand, würde er, Streiff, nachmittags selbst nochmals hinfahren; auf Zwicky war kein Verlass. Zu dumm, wirklich ungünstig, dass Elmer ausfiel.

Lina kam an diesem Vormittag als Letzte ins Büro. Niemand war am Arbeiten. »Hast dus schon gehört?«, rief ihr Raffaela zu.

»Was«, fragte Lina zurück. »Ist wieder eine Schublade aufgestemmt worden?«

»Angela Legler ist tot.«

»Wie?« Lina begriff erst mal gar nichts. Automatisch drückte sie den Startknopf ihres Computers.

»Finito«, erklärte Carlo. »Die Dame hat ein Messer in den Rücken gekriegt.«

»Umgebracht?«, fragte Lina ungläubig zurück.

Esther Jenny hatte das Team vor ein paar Minuten informiert. Gleich würde ein Kriminalbeamter kommen, um sie alle zu befragen. Alle waren durcheinander, Raffaela aufgeregt, Carlo sarkastisch, Mario niedergeschlagen. Lina wusste nicht, wo ihr der Kopf stand.

»Ich hätte auch schon Lust gehabt, ihr eins über den Schädel zu ziehen«, bemerkte Carlo. »Und wie ist es mit dir, Raffaela? Zu dir war sie auch ganz schön eklig.«

»Hör auf«, wehrte Raffaela ab, »du bist geschmacklos.«

»Warum, jemand muss es ja gewesen sein.«

»Carlo, du bist unerträglich«, schaltete sich Mario ein. »Ich kann deine Sprüche nicht hören. Eine Frau, die wir alle gekannt haben, ist getötet worden. Dein Sarkasmus ist daneben. Sie konnte forsch sein, das stimmt, aber sie stand auch ständig unter Druck und sie war nicht feige. Sie hat engagierte Politik gemacht.«

»Ja, eine Politik der verbrannten Erde«, gab Carlo, allerdings leise, zurück.

»Was ist denn überhaupt genau geschehen?«, wollte Lina wissen. Die anderen sagten ihr, was sie von Esther Jenny erfahren hatten.

»Am Schanzengraben? Wie kam sie denn dorthin?«

»Sie ist oft ein großes Stück zu Fuß nach Hause gegangen«, erklärte Mario.

»Woher willst du denn das wissen?«, fragte Carlo. »Warst du ihr Bodyguard?«

Mario zuckte nur müde die Schultern. »Man konnte sich mit ihr auch ganz normal unterhalten, weißt du.«

Nun betrat Esther Jenny in Begleitung von Streiff das Büro. »Herr Streiff wird allen ein paar Fragen stellen. Sie können das kleine, leer stehende Büro neben der Teeküche benutzen.«

Als Erste saß Raffaela Zweifel Streiff gegenüber. Sie hielt den Kopf gesenkt. Ihre dunklen Haare fielen ihr ins Gesicht. Bevor Streiff ihr die erste Frage stellen konnte, holte sie tief Luft und begann: »Ich muss Ihnen etwas sagen. Ich wollte es erst für mich behalten, weil es mich nichts angeht, weil ich keine Schwierigkeiten wollte. Aber jetzt, wo es um Mord geht, wo Frau Legler tot ist …«

»Ja?«, fragte Streiff.

»Ich bin fast sicher, dass ich sie gesehen habe, am Montagabend. Sie trug die Tasche von Frau Kováts«, sagte sie dann schnell, wie, um es rasch hinter sich zu bringen.

»Ein bisschen genauer bitte«, mahnte Streiff. »Wen haben Sie gesehen, und wo?«

»Ja, es war so, ich ging kurz nach 22 Uhr über die Brücke beim Helmhaus und dann durch eine der Gassen in Richtung Paradeplatz. Da kam mir jemand entgegen, ziemlich rasch. Die Person trug Turnschuhe, dunkle Jeans, eine Jacke und eine Mütze.« Raffaela verstummte. Sie schien sich unbehaglich zu fühlen, schaute aus dem Fenster.

»Und weiter?«

»Ich dachte, komisch, das ist doch Frau Legler. Aber ich sah ihr Gesicht nur ganz kurz und sie wandte sofort den Kopf ab. Ich dachte, dass es keinen Sinn macht, dass ich mich getäuscht haben musste, und doch bin ich mir eigentlich sicher. Sie hatte eine Tasche bei sich. Als am nächsten Morgen Lina Kováts sagte, ihre Tasche sei ihr am Vorabend entrissen worden, kam mir in den Sinn, dass diese Gestalt in der Altstadt eine solche Tasche bei sich gehabt hatte. Sie ist grün und rechteckig, ziemlich ungewöhnlich.«

»Haben Sie das jemandem erzählt?«

»Nein, wo denken Sie hin? Soll ich mir Probleme einhandeln? Ich, die kleine Tippse, beschuldige doch keine Kantonsrätin, jemandem die Tasche geklaut zu haben.« Sie schüttelte den Kopf. »Frau Legler hätte es mir heimgezahlt. Sie konnte mich eh nicht ausstehen.«

»Und umgekehrt?«

»Natürlich auch nicht. Ich wusste ja etwas von ihr«, erklärte Raffaela herausfordernd, »nämlich dass sie vor ein paar Jahren ein gestohlenes Rad gekauft hatte.«

»Ja«, meinte Streiff trocken, »und sie wusste, dass Sie es ihr verkauft hatten.«

Raffaela wurde rot. »Jedenfalls habe ich mit niemandem darüber gesprochen«, versicherte sie. Sie wirkte nervös.

»Auch mit Frau Legler nicht?«, fiel Streiff ein.

»Bestimmt nicht. Ich hatte ja keinen Beweis, dass sie es wirklich gewesen war.«

»Aber Sie sind sich sicher?«

Raffaela nickte. »Aber nicht, dass Sie mir jetzt was anhängen von wegen übler Nachrede oder so. Ich kann keine Schwierigkeiten gebrauchen, ich bin auf diesen Job angewiesen. Übrigens konnte Frau Legler nicht nur mich nicht ausstehen. Mit Carlo Freuler hatte sie auch dauernd Krach.«

»Worum gings da?«

»Sie hat ihn für seine Arbeit kritisiert und das hat ihn zur Weißglut getrieben. Erst gestern Abend …« Sie brach ab.

Streiff schaute sie fragend an.

»Sie hatten einen Riesenkrach. Beide haben herumgebrüllt und Carlo hat einen Duden auf den Boden geschmettert.«

»Sie waren dabei?«

»Die haben gar nicht auf mich geachtet. Aber nicht, dass Sie jetzt denken, ich wolle Carlo etwas anhängen. Ich habe den Duden nachher zurückgestellt.«

Streiff beruhigte sie. »Wie war Frau Legler denn gestern angezogen?«

Raffaela überlegte kurz. »Sie trug ein Kostüm. Irgendetwas Dunkelgrünes. Der Rock etwas zu lang, die Schultern zu breit für ihre Größe. Sie konnte sich nicht anziehen«, fügte sie geringschätzig hinzu. »Genug Geld, um sich gute Sachen zu kaufen, aber kein Geschmack.«

Streiff sah ihr nach, wie sie zur Tür ging, gekonnt auf hohen Absätzen balancierend. Er erinnerte sich an die Sache vor vier Jahren. Damals hatte sie für einen Freund auf dem Flohmarkt Hehlerware verkauft. Vermutlich fiel sie auch heute noch auf die falschen Männer herein. Sie machte auf ihn wie damals den Eindruck einer etwas haltlosen, leicht beeinflussbaren jungen Frau. Und doch hatte sie sich jetzt aufs Glatteis gewagt und ihm ihre Beobachtung mitgeteilt. Falls es stimmte. Flohmarkt?

»Einen Moment, Frau Zweifel.«

Raffaela drehte sich um.

»Haben Sie noch Kontakt zu Bruno Trümpy? Wissen Sie, was er macht?«

»Nein«, wehrte sich die junge Frau, gleich alarmiert. »Was hat denn das damit zu tun? Das ist doch ewig her.«

»Reine Routinefrage«, lächelte Streiff. »Sie können gehen.«

Das musste ja eine eigenartige Situation gewesen sein, überlegte er. Raffaela Zweifel und Angela Legler, die ein kleines, unrühmliches Stück Vergangenheit teilten und sich hier wiedertrafen. Unangenehm für beide. Für die Kantonsrätin vielleicht noch etwas peinlicher, aber für die kleine Aushilfssekretärin entschieden risikoreicher. Einem guten Arbeitsklima zweifellos nicht förderlich. Angela Legler hatte Raffaela Zweifel das Leben schwer gemacht. Aber die kleine Zweifel hatte sich wohl zu wehren gewusst, sie war nicht auf den Mund gefallen und es war ihr sicher klar gewesen, dass es für die Politikerin sehr unangenehm wäre, wenn die junge Aushilfssekretärin nicht den Mund hielt. Hatte diese versucht, das irgendwie auszunützen?

Als Nächstes bat Streiff Lina Kováts zu sich. Valerie erzählte ab und zu von ihr, aber persönlich kannte er sie nicht sehr gut. Er stellte fest, dass sie noch immer dieselbe Haarfarbe hatte wie am Montag. Vermutlich konnte sie jetzt, da sie im Kantonsratssaal arbeitete, nicht mehr so extravagant daherkommen wie früher. Lina hatte die Person, die ihr die Tasche entrissen hatte, nicht erkannt. »Ich habe sie nur kurz von hinten gesehen, als sie wegrannte, bevor sie in eine Gasse einbog.« Ihre Beschreibung von Größe und Gestalt des Diebes deckte sich etwa mit Raffaela Zweifels Beschreibung und passte in der Tat auf Angela Legler. Allerdings klang es höchst unwahrscheinlich, dass eine Politikerin sich als Straßenräuberin betätigt haben sollte. Sie müsste schon einen sehr guten Grund gehabt haben …

Streiff kam auf die Geschichte mit den 7000 Franken zu sprechen. Lina wiederholte, was sie schon Dürst gesagt hatte. Dann fügte sie zögernd hinzu: »Ich nehme an, dass das Kommissionsgeheimnis in einem Mordfall nicht mehr gilt?« Und sie erzählte, was an der Sitzung der AG KVK bei der Abstimmung gelaufen war. »Valerie und ich dachten, der Betrag könnte Bestechungsgeld sein«, erklärte sie. »Valerie sagte, sie würde ein bisschen recherchieren.« Sie brach ab. War vielleicht nicht so günstig, das Streiff weiterzuerzählen.

»So, hat sie«, meinte Streiff kurz. »Mach mir doch bitte eine Liste der Sitzungsteilnehmer.«

Lina nickte. »Aber von denen fängt niemand mit einem P an«, sagte sie. »Außer Peter Spälti, der Raumplanungsexperte.«

Nach einer kleinen Pause sagte sie: »Da war übrigens noch etwas. Nur nützt es nicht viel. Die Schrift auf diesem Zettel kam mir irgendwie bekannt vor. Aber ich hätte nicht sagen können, von wem sie stammte. Und jetzt ist die Notiz ja eh weg.«

»Glaubst du, es war die Schrift eines Ratsmitglieds?«

»Gut möglich, aber sicher bin ich nicht.«

»Wie war denn das Arbeitsklima in den Parlamentsdiensten?«, erkundigte sich Streiff.

»Eigentlich ganz gut«, meinte Lina nach kurzem Überlegen. »Die Chefin mischt sich nicht groß in unsere Arbeit ein, solange alles gut läuft. Mario Bianchera ist das, was man als einen lieben Typen bezeichnet, ihn mögen alle. Vielleicht kann er sich nicht so gut wehren, wenn es nötig wäre. Raffaela Zweifel ist meist gut gelaunt, sie tratscht gern, aber nicht bösartig. Carlo Freuler, na ja, er ist ein Brummbär. Regt sich rasch auf, schimpft viel, aber man muss ihn halt nehmen, wie er ist.«

»Und wie war das Verhältnis zu Angela Legler? Ihr hattet doch regelmäßig mit ihr zu tun, nicht?«

»Puh, zugegeben, mit ihr war es schwierig. Vielleicht gemein, das jetzt zu sagen, wo sie tot ist.« Lina schwieg ratlos. »Wir hatten alle Probleme mit ihr. Außer Mario.

Seltsamerweise war sie zu ihm nett. Vielleicht stritt sie nur gern mit Leuten, die ihr Paroli boten.« Sie zuckte die Schultern. »Ehrlich gesagt, ich bin froh, dass jetzt jemand anders das Ratslektorat übernehmen wird. Auch wenn es mir leidtut, dass sie auf so schreckliche Art gestorben ist. Warum befragst du uns alle? Stehen wir unter Verdacht?«

»Reine Routine, wie man so schön sagt. Ich werde noch viel mehr Leuten Fragen stellen müssen.«

Sein Handy klingelte. Zwicky war dran. Er klang ein bisschen jämmerlich. Ja, er habe etwas gefunden, einen Schließfachschlüssel vom Bahnhof.

»Na prima«, lobte ihn Streiff, »dann fährst du jetzt gleich zum Bahnhof und leerst das Fach.«

»Ich glaube, ich kann nicht, Chef«, sagte Zwicky, »mir war schon heute Morgen nicht gut. Ich habe Grippe, ich muss nach Hause.«

»Schnell am Bahnhof vorbeizufahren wird doch noch drinliegen«, rief Streiff.

»Es ist eine Magen-Darm-Grippe, ich habe bereits gekotzt«, wimmerte Zwicky. »Der Pfarrer macht mir gerade einen Tee.«

Unglaublich, dieser Zwicky war einfach zu nichts zu gebrauchen. Jetzt fiel der auch noch aus. Streiff überlegte kurz. »Warte einen Moment, ich ruf dich gleich zurück.«

Wollen wir doch mal sehen, dachte er, bevor eine Nummer wählte.

»Elmer.«

»Zita, hier ist Beat. Hör mal, ich brauche dich.«

Zita Elmer blieb die Luft weg. So was. Da ließ der Chef drei Monate lang nichts von sich hören und jetzt rief er plötzlich an, nicht etwa, um zu fragen, wie es ihr mit dem Baby erging, sondern mit einem Auftrag. Anders war das ›Ich brauche dich‹ nicht zu verstehen.

»Ich weiß, du hast Mutterschaftsurlaub und sicher eine Menge zu tun mit dem Kind«, sagte Streiff nervös. »Aber wir haben jetzt diesen Mord, zwei aus unserer Abteilung sind schon krank und jetzt ist auch noch Zwicky ausgestiegen. Hat während einer Wohnungsdurchsuchung gekotzt.«

»Richtig, ich habe eine Menge zu tun mit dem Baby«, bekräftigte Elmer. »Und manchmal kotzt es auch.« Im Moment hielt sie Leo im Arm und er saugte eifrig an ihrer Brust.

»Zita, komm, du gehst doch mit dem Kleinen auch raus. Tu mir einen Gefallen. Fahr zum Hauptbahnhof und leer ein Schließfach. Das ist alles. Ich muss unbedingt rasch wissen, was dort drin ist. Und ich bin mitten in Befragungen, ich kann jetzt nicht weg.«

Zita schwieg.

»Ich erzähle dir dann auch alles über den Fall«, drängte Streiff. »Du hast doch immer so gescheite Ideen.« Er wusste genau, wie er seine Kollegin ködern konnte.

»Na gut«, meinte sie widerstrebend, »wo ist dieser Schlüssel?«

Streiff rieb sich die Hände. Super. Natürlich hätte er auch eine Streife schicken können, um den Schlüssel zu holen und das Schließfach zu leeren. Zita wusste das genauso gut wie er. Aber er wollte sie bei diesem Fall dabeihaben. Und er war sicher, dass sein Angebot ihr gerade recht gekommen war. Ihr Widerstreben war nur gespielt gewesen.

Mit Elan begann Streiff die nächste Befragung. Mario Bianchera saß ihm gegenüber. Er war 35, wirkte aber eher jünger. Er hatte ein rundes Gesicht und dunkle Augen hinter einer Brille. Er trug Jeans, ein asphaltgraues Hemd und ein blaues Jackett. Er wirkte niedergeschlagen. Dennoch ging Streiff gleich in medias res. »Herr Bianchera, Sie haben heute Morgen um 8 Uhr Fritz Legler, den Ehemann der Toten, angerufen. Was wollten Sie von ihm?«

Bianchera blieb der Mund offen stehen. »Das ist alles nicht so einfach«, begann er zögernd.

»Ich habe Zeit«, meinte Streiff einladend.

»Angela und ich, wir, nun ja, wir haben, ich meine, hatten ein Verhältnis, eine Beziehung. Seit einem halben Jahr. Niemand durfte davon wissen. Aber ich mochte das nicht, diese Heimlichtuerei. Ich liebte Angela. Mit ihrem Mann verband sie nicht mehr viel. Ich finde, es ist doch heute nichts Ehrenrühriges mehr, sich scheiden zu lassen, auch nicht für eine CVP-Politikerin oder einen Pfarrer.« Er machte eine Pause.

»Ich drängte sie, es ihrem Mann zu sagen, aber sie wollte partout nicht. Sie konnte sehr bestimmt sein, wissen Sie.« Streiff wusste es.

»Da beschloss ich, sie vor vollendete Tatsachen zu stellen. Sie musste mich endlich ernst nehmen.«

»Tat sie das nicht?«

Bianchera seufzte. »Doch, schon, aber sie wollte meist bestimmen, wo es langging. Das hat mir irgendwie auch gefallen. Ich bin ja auch einige Jahre jünger als sie. Na ja, da bin ich gestern am frühen Abend bei ihrem Mann vorbeigegangen, als sie nicht da war, und habe es ihm gesagt.«

»Und?«

»Er hat mich hochkant rausbefördert. Er war dermaßen wütend, ich fürchtete fast, er würde mich niederschlagen. Ich dachte, dass Pfarrer irgendwie anders sind«, fügte er naiv hinzu. »Jedenfalls bin ich praktisch geflohen. Heute Morgen habe ich angerufen, weil ich hoffte, wir könnten nochmals reden. Ich wusste auch nicht, was mit Angela war. Ich habe gleich nach dem Besuch bei ihrem Mann versucht, sie anzurufen, aber ich konnte sie nicht erreichen. Jetzt weiß ich, warum.« Er schluckte. »Ich frage mich, ob ich einen Riesenfehler gemacht habe.«

»Glauben Sie, Legler hat seine Frau umgebracht, weil sie ihn betrogen hat?«

»Ich weiß es nicht, ich weiß es wirklich nicht.«

»Was hat sie Ihnen über ihre Ehe erzählt?«

»Dass ihr Mann und sie sich auseinandergelebt hätten. Viel hat sie nicht gesagt.«

»War Fritz Legler je gewalttätig seiner Frau gegenüber?«

Bianchera schüttelte den Kopf. »Davon hat sie nie etwas erwähnt. Ich glaube auch nicht, dass sie sich das hätte gefallen lassen.«

»Frau Legler haben Sie also nach dem Besuch bei ihrem Mann nicht mehr gesprochen?«

»Nein, eben nicht. Ich machte mir Sorgen, ich wollte sie warnen.«

»Sie wäre vermutlich auch wütend gewesen, nicht?«

»Vermutlich schon.« Bianchera senkte den Blick.

»Sie haben sie nicht vielleicht nachher noch getroffen und sie hat aus Ärger über Ihre Indiskretion Schluss gemacht mit Ihnen?«

»Nein. Bestimmt nicht.« Er hatte genau verstanden, worauf Streiff hinauswollte.

»Und wo gingen Sie nach dem Besuch bei Fritz Legler hin?«

»Nach Hause. Ich bringe doch Angela nicht um«, sagte Mario erschöpft. »Ich liebte sie.«

»Haben Sie Kondome benutzt?«

»Was hat denn das damit zu tun?« Pause. »Ja, anfangs, als wir uns noch nicht gut kannten.«

»Hat Frau Legler Ihnen gegenüber erwähnt, dass sie von jemandem 7000 Franken in bar bekommen hat?«

»Wieso? Was für Geld denn? Davon weiß ich nichts.« Bianchera schien ehrlich verwirrt.

Bevor Streiff die nächste Person rief, versuchte er, Fritz Legler zu erreichen. Aber der meldete sich nicht.

Das lief ja ganz gut bis jetzt. Mal sehen, was Carlo Freuler ihm zu beichten hatte. Aber Carlo Freuler war gar nicht in Beichtlaune. Er war ein großer, massiger Mann, etwa Mitte 50, nachlässig gekleidet, Strickpulli und Turnschuhe. Er beantwortete Streiffs Fragen knapp und schlecht gelaunt. Natürlich hatte er das Opfer gekannt, aber so wenig mit ihm zu tun haben wollen wie möglich. Über Leglers Privatleben wusste er nichts, die Attacke auf dem Flohmarkt interessierte ihn nicht, ebenso wenig wie die verschwundenen 7000 Franken.

»Offenbar war Ihr Verhältnis zu Frau Legler ziemlich schlecht?«, bohrte Streiff nach.

»Sie war eine arrogante Kuh, die nichts von Grammatik, Rechtschreibung und Stil verstand«, wurde Freuler deutlich. »Aber umgelegt habe ich sie deswegen nicht.«

Die Arroganz war offenbar auf beiden Seiten, registrierte Streiff.

»Sie hatten wiederholt Streit miteinander?«

»Ja, hatten wir.«

»Auch gestern?«

»Ja. Das war nichts Besonderes. Legler fing gern Streit an. Sie piesackte auch Lina Kováts und Raffaela Zweifel.«

»War der Streit gestern Abend besonders heftig? Ich habe gehört, Sie hätten mit einem Duden um sich geworfen?«

Freuler lächelte verächtlich. »Die kleine Raffaela hat gepetzt. Um ihre Information zu korrigieren: Den Duden habe ich erst etwas nachdrücklich auf den Boden befördert, nachdem Madame Legler den Raum schon verlassen hatte. Ich habe nicht versucht, sie damit zu erschlagen.«

»Wo waren Sie gestern Abend?«

»Ich habe ein paar Bier in der Commihalle getrunken. Dann bin ich direkt nach Hause gegangen.«

Esther Jenny hatte sich Streiff für zuletzt aufgehoben. Sie bot ihm in ihrem kleinen, ziemlich unordentlichen Büro einen Platz an, schob sich eine Haarsträhne hinters Ohr und versuchte erfolglos, ihren Seidenschal neu zu binden.

»Selbstverständlich helfe ich Ihnen gern, nur weiß ich leider überhaupt nichts«, begann sie eifrig.

Streiff glaubte ihr aufs Wort. Sie wirkte nicht wie jemand, der die Zügel fest in der Hand und ein Ziel im Blick hatte, eher wie jemand, der unbekümmert durchs eigene Chaos kreiste.

»Meine Mitarbeiterinnen und Mitarbeiter arbeiten selbstständig, ich muss mich gar nicht viel um sie kümmern. Und ich habe so viel zu tun, Organisatorisches, wissen Sie.«

Streiff konnte es sich vorstellen.

»Wie ist denn der Dienst aufgebaut?«, wollte er wissen. »Was gibt es für Strukturen, Aufgabenteilungen, Hierarchieebenen? Was war die Funktion von Frau Legler im Ganzen? Mit wem hatte sie direkt zu tun?«

Es zeigte sich, dass Jenny durchaus klar denken konnte. Angela Legler, so ging aus Jennys Erklärungen hervor, hatte eine Schlüsselposition inne. Als Präsidentin der Verkehrs- und Umweltkommission erteilte sie dem Kommissionssekretär, Mario Bianchera, Aufträge für Berichte, hatte Anspruch auf administrative Dienstleistungen von Raffaela Zweifel, und als Ratslektorin beaufsichtigte und korrigierte sie die Arbeit der beiden Protokollführer, Lina Kováts und Carlo Freuler.

»Verlief die allseitige Zusammenarbeit reibungslos?«, erkundigte sich Streiff freundlich.

Jenny wand sich. »Na ja, Frau Legler, sie war, wie soll ich sagen, sie fand vielleicht nicht immer den richtigen Ton. Sie hatte ein etwas forsches Auftreten, musste sie ja auch, als Politikerin. Aber Frau Kováts kam ganz gut mit ihr zurecht und Herr Bianchera ebenfalls.«

»Das heißt, Frau Zweifel und Herr Freuler kamen nicht gut mit ihr zurecht?«, schlussfolgerte Streiff mitleidlos.

Jenny richtete sich auf: »Meine Mitarbeiter bringen niemanden um, wenn Sie das meinen«, erklärte sie würdevoll. »Ich würde für jeden von ihnen meine Hand ins Feuer legen.«

Streiff ließ das unkommentiert so stehen und wechselte das Thema. »Gestern ist im Büro nebenan nachts oder frühmorgens eine Pultschublade aufgebrochen worden. Wer hat rund um die Uhr Zugang zum Gebäude?«

»Zwischen Mitternacht und 5 Uhr morgens ist das Haus geschlossen. In der übrigen Zeit ist es frei zugänglich. Es gibt keine Personenkontrolle und keine Anmeldung beim Eingang. Es ist schon zwei-, dreimal vorgekommen, dass sogenannte Kriminaltouristen hereingeschlendert kamen und aus leeren Büros Portemonnaies von Mitarbeitern gestohlen haben.«

Streiff wusste von solchen Anzeigen.

»Wahrscheinlich war es jemand von außen. Ganz bestimmt.« Jenny nickte heftig.

Es war nicht unbedingt so, dass diese Frau darauf aus war, unangenehmen Wahrheiten ins Auge zu blicken, dachte Streiff. Dennoch fand er das Gespräch mit ihr ganz aufschlussreich.

Streiff schaute auf die Uhr. Gleich Zeit, sich mit Elmer zu treffen. Er freute sich. Auf dem Weg ins Café ließ er sich die Befragungen durch den Kopf gehen. Etwas quälte ihn. Da war doch irgendetwas gewesen, etwas, was er gehört oder wahrgenommen hatte. Aber es kam nicht in sein Bewusstsein, was es war. Irgendeine Kleinigkeit, die ihn stutzig gemacht hatte. Er zermarterte sich den Kopf, aber vergeblich.

Zita Elmer saß bereits im Gran Café, einen Kinderwagen neben sich, und aß einen Apfelstrudel. Sie gab sich Mühe, kühl dreinzuschauen, als sie Streiff erblickte, aber er merkte sofort, dass sie guter Dinge war. Er hatte sie gut drei Monate nicht gesehen. Sie war blass, hatte Augenringe und war entschieden dicker als früher, das Haar etwas strähnig, aber im Ganzen immer noch die alte Elmer, die er schätzte und auf die er sich verlassen konnte. Streiff bestellte einen Spinatkuchen mit Speck und ein alkoholfreies Bier.

»Und wie geht es mit dem Baby?«, erkundigte er sich. Er warf einen vorsichtigen Blick in den Kinderwagen und erblickte ein kleines Gesicht mit zugekniffenen Augen und einem winzigen Mund, das Zita überhaupt nicht ähnlich sah. Ob es nach dem Vater geraten war? Er hoffte, dass Elmers Antwort nicht zu ausführlich ausfallen würde. Sie machte es kurz.

»Es geht prima«, strahlte sie, »und ich habe im Schließfach etwas gefunden, was für mich zwar keinen Sinn macht, da du mir ja noch gar nichts erzählt hast. Aber ich nehme trotzdem an, dass du es interessant finden wirst.«

Streiff atmete auf. Zita hatte wieder Blut geleckt. Sie holte aus ihrer Tasche eine Kartonmappe und legte sie Streiff hin. Er öffnete sie – und schnappte fast nach Luft. Darin lagen sieben Tausendernoten und ein Zettel: Danke für dein Entgegenkommen, P.

»Ich habe noch etwas«, triumphierte Elmer. Sie griff unter den Kinderwagen, wo ein Körbchen angebracht war, in dem meist Babynahrung, Windeln und ein Plüschpinguin lagen, und zerrte eine grüne, quadratische Ledertasche hervor.

»Gehört einer Lina Kováts«, meldete sie. Im Kinderwagen war ein Geräusch zu hören. Sie war sofort gestresst, schaute nach dem Baby, aber es hatte nur im Schlaf gebrabbelt. Vielleicht träumte es. Streiff war das Intermezzo gar nicht aufgefallen. Schau an, dachte er, die ersten Puzzleteilchen finden ihren Platz. Wir haben das Geld, wir haben einen handschriftlichen Zettel, wir wissen, wer es auf die Seite gebracht hat, und wir wissen, dass es für Angela Legler verdammt wichtig gewesen sein muss, die Sachen in die Hände zu bekommen. Bloß wegen des Geldbetrags nimmt eine CVP-Politikerin keinen Einbruch und Entreißdiebstahl auf sich.

Wenn ihr das Geld rechtmäßig gehört hätte, wäre die Polizei damit beauftragt worden. Er gab Elmer einen ausführlichen Bericht. Sie hörte konzentriert zu, stellte scharfsinnige Zwischenfragen.

»Fast ein bisschen viele mögliche Ansatzpunkte und Verdächtige«, meinte sie zum Schluss. »Die Frau hat sich in allen denkbaren Belangen in die Nesseln gesetzt. Bringt die halbe Alternativszene wegen des Flohmarkts gegen sich auf. Macht sich beim Pro-Veloweg-Lager unbeliebt. Nimmt – vermutlich – Bestechungsgeld entgegen. Mobbt Mitarbeitende. Und setzt ihrem Mann Hörner auf. Das muss man erst mal fertigbringen, an so vielen Fronten einen solchen Schlamassel anzurichten.«

»Wenn eine Frau getötet wird, ist in den allermeisten Fällen ihr Mann oder Liebhaber der Täter«, sinnierte Streiff.

»Stimmt«, bestätigte Elmer, »und bei dem Ehemann würde es mich nicht wundern.«

»Warum, kennst du Pfarrer Legler?«

Sie nickte. »Er war eine Zeitlang Spitalpfarrer im Triemli, während ich dort als Krankenschwester gearbeitet habe, bevor ich zur Polizei gekommen bin. Aber man hat ihm dann diese Aufgabe weggenommen. Wenn du mich fragst, ist der ein verhinderter Sektenguru. Spinnt. Die Patienten haben sich über ihn beschwert. Stell dir vor, du liegst im Spital, hast Krebs oder sonst etwas Übles, hast Schmerzen, machst dir Sorgen, möchtest mit jemandem reden, der ein bisschen zuhört, Verständnis hat, Trost bietet, und dann gerätst du an so einen.«

»Was war denn?«

»Er hat den Leuten einzureden versucht, ihre Krankheit sei eine Strafe Gottes für ihre Sünden. Sie müssten bereuen und Buße tun. Wollte sie komischen Reinigungsritualen unterziehen. War wirklich schlimm. Einige Patienten waren völlig verzweifelt.«

»Und mit so einem war Angela Legler verheiratet? Stur war sie ja auch. Aber solche Hirngespinste hatte sie, soviel ich weiß, nicht.«

»Vielleicht war er früher anders. Vielleicht haben sie sich arrangiert.«

Ein Teil von Angelas Arrangement war offenbar Mario Bianchera gewesen.

»Meinst du, Fritz Legler wäre es egal gewesen, dass seine Frau einen Lover hatte?«

»Das glaube ich nicht. Nicht, wenn er an das glaubt, was er den Patienten damals vorgehalten hat. Einer geschiedenen Frau, die im Spital war, weil ihr Ex-Mann sie zusammengeschlagen hatte, sagte er, sie hätte ihren Mann nicht verlassen dürfen. Die hat sich dann an die Spitalleitung gewandt.«

Streiff kam in den Sinn, was Valerie ihm erzählt hatte von den Velogottesdiensten mit Jugendlichen, die Pfarrer Legler durchführte.

»Leglers Ausstrahlung«, präzisierte Elmer, »war eine Mischung aus Charme und Autorität. Das kann auf manche Menschen sehr anziehend wirken. Legler war sich dieser Wirkung bewusst und ich glaube nicht, dass er es vertrug, wenn sich jemand seinem Einfluss zu entziehen versuchte.«

Zum Beispiel seine Frau, dachte Streiff, mit einem Liebhaber.

»Soviel ich weiß«, fuhr Elmer fort, »hat er seine Pfarrerstelle gekündigt; vielleicht wurde es ihm auch nahegelegt. Dann ist er bei einer Art Freikirche untergekommen, die ihn schalten und walten lässt. Er hat Erfolg. Die Gemeinschaft hat ganz anständigen Zulauf.«

Im Kinderwagen regte sich das Baby. Es wachte auf, reckte seine Fäustchen und begann zu weinen. Nicht das laute Gebrüll, auf das es nachts spezialisiert war, sondern ein quengeliges, missmutiges Greinen. Vielleicht war es noch nicht daran gewöhnt, auf der Welt zu sein, und war nach jedem Aufwachen erschrocken und desorientiert. Zita steckte ihm den Nuggi in den Mund, den es aber sofort ausspuckte.

»Ich glaube, ich muss zurück«, sagte Elmer, »er braucht wahrscheinlich eine frische Windel und das will ich lieber zu Hause machen.«

Beat Streiff saß in einem kleinen italienischen Lokal im Kreis vier und wartete auf Valerie. Er hatte sie ja in aller Frühe recht überstürzt verlassen. So ergiebig seine Ermittlungen am Vormittag gewesen waren, so zäh war es am Nachmittag weitergegangen. Fritz Legler war weder per Telefon zu erreichen gewesen noch zu Hause. Von den Mitgliedern der AG KVK, die er erreichte, hatte selbstverständlich keines zu Protokoll gegeben, die Kommissionspräsidentin geschmiert zu haben, und auch die zwei Kantonsratsmitglieder mit einem P-Namen, mit denen er geredet hatte, hatten diese Idee weit von sich gewiesen. Streiff hielt diese Spur ohnehin für eine Sackgasse. Falls jemand Angela Legler bestochen hatte, war das kein Grund, sie umzubringen, denn die Bestechung war ja geglückt, Legler hatte nach Wunsch abgestimmt und man hatte sich jetzt gegenseitig in der Hand. Ob Politik wirklich so funktionierte? Streiff war nicht besonders an Politik interessiert, er ging abstimmen und las den Tages-Anzeiger, das wars.

Valerie kam herein, heiter und lebhaft wie meistens, den Hund an ihrer Seite. Sie küsste ihn. »Na, hast du einen harten Tag hinter dir?«

»Einigermaßen.« Er gähnte. »Bin gerade in der richtigen Stimmung für ein ruhiges Abendessen.«

»Ich habe natürlich Radio gehört«, fuhr sie fort. »Mir ist ganz anders geworden beim Gedanken, dass ich ja Angela schon vor vier Jahren ermordet habe.«

Nach einem Streit mit Angela Legler in FahrGut hatte Valerie sie aus der Kundenkartei gelöscht, was sie nur ganz unangenehmen Kunden antat. Das nannte sie ermorden. »So holt also die Wirklichkeit die Fantasie ein. Weißt du schon, wer es war?«

»So fix bin ich denn doch wieder nicht«, wehrte er lachend ab. »Übrigens, was ist das für eine Geschichte? Du hast Lina scheints versprochen, Detektivin zu spielen?«

»Ach, das«, Valerie war verlegen. »Es war nur, weil wir doch mit niemandem offen über die Sache mit der Abstimmung reden durften. Und Lina war es so unangenehm, dass sie nicht beweisen konnte, dass ihr da plötzlich 7000 Franken zugefallen sind. Aber ich habe noch nichts unternommen, Ehrenwort. Und jetzt ist ja eh alles anders. Keine Bange, ich mische mich diesmal nicht ein.«

Sie bestellten Pizza und Rotwein. Seppli schlief unter dem Tisch. Beat fragte Valerie nach ihrem Tag, denn er wollte die Gedanken an die Arbeit beiseiteschieben. Noch immer hatte er vage das Gefühl, dass er während der Befragungen am Vormittag etwas übersehen hatte, einer Äußerung zu wenig Beachtung geschenkt und sie vergessen hatte.

»Alban hat heute einen Reifen so stark aufgepumpt, dass er geplatzt ist«, erzählte Valerie. »Das war ziemlich ärgerlich, denn die Kundin war nur rasch zum Aufpumpen gekommen und musste dann warten, bis der neue Reifen montiert war. So einen begabten Lehrling wie Luís werde ich nie mehr haben«, seufzte sie.

Natürlich kam sie später wieder auf den Fall zu sprechen. »Bei einem Mordfall muss man sich doch immer fragen, wem der Tod der Person nützt, oder nicht?«, nahm sie das Thema wieder auf. Beat nickte ergeben.

»Ich weiß jemanden«, erklärte sie. »Fridolin Heer. Ein Kunde von mir.«

»Und was nützt ihm der Tod von Legler?«, spielte Beat das Spiel mit. »Erbt er ihr Fahrrad?«

»Er rückt für sie in den Kantonsrat nach.«

»Na ja.«

»Ich sage dir, Fridolin Heer ist ein ganz widerwärtiger Mensch. Ich kenne den gut genug. Ein junger Ehrgeizling. Er war auf der CVP-Wahlliste vor Angela platziert, aber sie hat ihn überflügelt. Das hat der ganz schlecht vertragen. Hat mal bei mir im Laden so fiese Bemerkungen gemacht, dass sie nur wegen dem Frauenbonus gewählt worden sei.«

»Das ist noch kein Mordmotiv«, bremste Beat ihren Eifer.

Valerie schaute ihm in die Augen. »Er hat damals gesagt, es komme ja immer wieder vor, dass jemand die Legislatur nicht zu Ende mache. Was ich auch weiß: Er ist seit ein paar Monaten arbeitslos. Einer der vielen jungen, smarten, arbeitslosen Banker, die bis vor Kurzem Boni eingestrichen haben und sich unversehens auf der Straße wiederfinden. Ist gar nicht gut fürs Selbstbewusstsein. Da wäre es doch verlockend, in ein angesehenes politisches Amt einsteigen zu können. Na, was meinst du?«

»Kommt mir ein bisschen weit hergeholt vor«, wehrte Beat ab.

»Beat, er war heute bei mir im Laden, kurz nach 18 Uhr. Und sagt zu mir, ich könne ihm gratulieren, er werde jetzt Kantonsrat. Wirst du etwas tun?«

»Ich habe es gehört, okay? Aber jetzt wechseln wir das Thema.«

»Nur noch eins: Frag Sibel, was das für ein Mensch ist. Die hat bei ihm geputzt, bevor er seinen Job verloren hat.«

Streiff konnte natürlich seine Ermittlungen nicht mit seiner Freundin besprechen, er war an das Vertraulichkeitsgebot gebunden. Dumm war ihre Idee keinesfalls. Nur mangelte es ihm bei diesem Fall schon am ersten Tag nicht an Verdächtigen. Im Gegenteil, die Leute standen sich quasi auf den Füßen herum: Hallo, ich könnte es auch gewesen sein! Nein, ich! Nein, ich! Dennoch konnte es nicht schaden, in diese Richtung ein bisschen zu recherchieren. War nicht Zita CVP-Wählerin?

Sie sprachen über dies und das. Beat traute sich nicht zu fragen, für welchen Abend Valerie sich mit Lorenz verabredet hatte, aber er hätte es gern gewusst. Gegen 22 Uhr brachen sie auf. »Ich gehe heute zu mir nach Hause«, sagte Beat, »war ja schon zwei Tage nicht dort.«

»Klar«, nickte Valerie, »du bist sicher müde.«

Beat stieg in den Vierzehner, während Valerie die Hundeleine an der Halterung ihres Rads befestigte und sich aufs Velo schwang. Sie winkte ihm kurz zu und dann sah er sie davonfahren. Es kam ab und zu vor, dass sie nach einem gemeinsamen Abendessen die Nacht nicht zusammen verbrachten. Und doch schien ihm, sie habe ihn heute gar leicht davongehen lassen. Manchmal schmeichelte sie ein wenig, um ihn umzustimmen. War sie nur rücksichtsvoll oder wollte sie lieber allein sein? Und wenn ja, warum? Um an diesen blöden Stucki zu denken, diesen unterernährten Krauskopf? Nun musste er über sich selbst grinsen. Er schnappte sich eine Gratiszeitung, die gegen Abend erschien, und überflog den Bericht über den ›Grausamen Mord an Kantonsrätin‹. Im Hinterkopf meldete sich wieder die böse kleine Stimme, die fragte: Liebte er sie mehr als sie ihn?

Lina konnte nicht einschlafen. Sie machte das Licht wieder an. Auf dem Stuhl sah sie ihre Tasche. Die grüne. Der Polizist, wie hieß er gleich, Dürst, hatte sie ihr gegen Abend ins Büro gebracht. Er hatte ihr nicht sagen wollen, wo sie zum Vorschein gekommen war. Alles war noch drin gewesen. Das Portemonnaie. Das Handy. Ohne SMS von Hannes. Es war also mit Sicherheit kein Junkie gewesen, der ihr die Tasche weggerissen hatte. Im Skizzenbuch waren allerdings ein paar Blätter eingerissen. Hatte es jemand hastig durchgeblättert auf der Suche nach Tausendernoten? Hatte das Auffinden der Tasche mit dem Mord an Angela Legler zu tun? Große Augen hatte Raffaela gemacht, als Dürst mit der Tasche aufgekreuzt war. Sie war so erleichtert gewesen, als wäre es ihre eigene Tasche oder als wäre sie an ihrem Verschwinden schuld gewesen. Raffaela war halt etwas überspannt. Es war auch ein extremer Tag gewesen. Angela Legler war tot. Es quälte Lina ein bisschen, dass sie so offen zu Streiff gesagt hatte, sie sei froh, einen neuen Ratslektor zu bekommen. War das zu grob gewesen? Es stimmte, aber war es gut, alles zu sagen, was man dachte? Nein. Sie, Lina, war meist verschlossen, behielt vieles für sich. Wirkte gegen außen gelassen, eher kühl. Sie schaute auf die Uhr. Bald Mitternacht. Sie sollte schlafen. Heute war niemand richtig zum Arbeiten gekommen. Morgen musste sie wieder ran, die Ratsdebatte vom Montag und zwei kleinere Protokolle sollten diese Woche noch fertig werden. Vor allem jenes der AG KVK wollte sie sich vornehmen. Vielleicht enthielt es irgendeinen Hinweis. Sollte sie Hannes ein SMS schicken? Anrufen? Er ging auch meist spät zu Bett, dieser störrische Hannes, der ihre Seele kannte wie sonst niemand, der Nähe zu ihr aber nur in kleinen Portionen ertrug. Aber ganz ohne sie zu sein, ertrug er noch schlechter. Also balancierten sie seit Jahren auf dem Grat zwischen Zusammenkommen und Auseinandergehen und meist gar nicht so schlecht. Was wüsste ich mit einem Typen anzufangen, der dauernd Händchen halten will, dachte Lina. Gar nichts. Es war ihr unverständlich, dass Liebespaare einander versprechen konnten, keine Geheimnisse voreinander zu haben. Hannes würde nie erfahren, was sie empfand, wenn sie malte, wenn sie Farbe auf die Leinwand warf und sie mit einem groben Pinsel verstrich. Und das war auch nicht nötig. In ihrem Atelier war er noch nie gewesen. Von dem, was ihr seit Montag alles widerfahren war, wusste Hannes noch nichts. Sie hatte gezögert, ihn anzurufen, und es schließlich bleiben lassen. Sie waren ja am Wochenende verabredet. Ein Piepsen zeigte ihr die Ankunft eines SMS. Von Hannes. »Geht es dir gut? Schlaf gut. H.« Ja, es geht mir gut, dachte sie. Sie schrieb nicht zurück, aber schlief gleich darauf ein.

Auch Mario Bianchera war noch wach. Angela war tot. Hatte er sich etwas vorgemacht mit dieser Liebe? Es war sie gewesen, die auf ihn zugekommen war. Unter dem Vorwand, einen Bericht oder eine Sitzung mit ihm zu besprechen, hatte sie ihn zum Kaffee eingeladen, dann zum Essen. Irgendwann war ihm aufgegangen, dass ihr Interesse an ihm nicht nur beruflich war. Und er, ja, er war empfänglich dafür gewesen. Seine Scheidung lag anderthalb Jahre zurück, er hatte sich in seinem neuen Leben eingerichtet, aber er war nicht glücklich. Er solle sein Singleleben genießen, hatten ihm seine verheirateten Freunde geraten. Ausgehen. Frauen kennenlernen. Aber er war nicht der Typ dafür. In Bars fühlte er sich nicht wohl. Er war zu schüchtern, Frauen anzusprechen. Also verbrachte er seine Abende zu Hause, im Kino oder ab und zu in der Tonhalle. Meistens allein. Er freute sich immer auf das Wochenende, wenn Rubina zu ihm kam. Freitags um 18 Uhr durfte er sie abholen, sonntags um 18 Uhr musste er sie wieder abliefern. Während eines Arbeitslunches mit Angela hatte sie offen mit ihm zu flirten begonnen, hatte gesagt, er könne doch sicher ausgezeichnet italienisch kochen. Wen er denn bekoche? Sie hatte durchblicken lassen, dass ihre Ehe nicht mehr sehr glücklich war. Ihr Mann habe sich so verändert. Früher sei er ein weltoffener Pfarrer gewesen, aber in den letzten Jahren seien seine Auffassungen immer strenger geworden und er habe etwas Missionarisches an sich, das sie früher nicht an ihm gekannt habe. Mario hatte diesem Sperrfeuer von Melancholie und Anmache nicht lange widerstehen können. Er hatte ihr ein dreigängiges Menü gekocht, eine kleine Portion Spaghetti al burro e salvia, gefolgt von Involtini mit einem Risotto Milanese und zum Schluss Panna cotta. Das war der Anfang ihrer Beziehung gewesen. Beziehung? War Beziehung das richtige Wort? War es für sie nur eine Affäre gewesen, eine unterhaltsame Abwechslung zu ihrer langweiligen Ehe? Warum hatte sie es ihrem Mann um keinen Preis sagen wollen? Warum verließ sie ihn nicht, wenn sie sich doch nichts mehr zu sagen hatten? Sie hätte bei ihm einziehen können, er hätte sie gern Rubina vorgestellt. Warum musste die Geschichte heimlich bleiben, wenn sie ihn doch liebte, wie sie sagte?

Er hatte sie auf die Probe stellen wollen. Das hatte sie sicher nicht von ihm erwartet, denn letztlich hatte er sich ihrem Willen immer gefügt. Er hatte ihr zeigen wollen, dass sie mit ihm nicht machen konnte, was sie wollte. Dass sie endlich Farbe bekennen musste. Er hatte einen schrecklichen Fehler gemacht. Er hätte es nie tun dürfen. Es hatte etwas ausgelöst, was er nie beabsichtigt hatte. Angela war tot. Und er war schuld daran. Er war selbstgerecht gewesen. Und jetzt hatte das Leben ihn bestraft. Ihm gezeigt, wohin solche übersteigerten Ansprüche an sich und die anderen führen konnten. Wie wenig man sie selbst zu erfüllen vermochte.

Vielleicht würde er Janine anrufen und sagen, er sei krank, er könne Rubina am Wochenende nicht nehmen. Er würde es nicht aushalten, wenn die Kleine ihn fragen würde: ›Was hast du, Papa?‹

Streiff saß bei einem letzten Bier am Küchentisch. Irgendwo da draußen in der Stadt war der Täter, die Täterin. Es beschäftigte ihn oft, was in einem Mörder nach der Tat vor sich gehen mochte. Wenn das Delikt ungeplant, im Affekt geschehen war, war er vermutlich in Schrecken und Angst. Das Tabu, einen Menschen zu töten, war in den meisten Menschen tief verankert. Und wenn die Tat Ergebnis eines Willens, einer Planung war? Streiff glaubte nicht, dass Mörder nach der Tat zufrieden waren, es sei denn, sie waren psychisch krank. Nein, das Verbot zu töten, war auch in den Tätern verwurzelt, die mit Vorsatz handelten. Streiff griff nach dem Unimagazin, in dem er sich den Artikel ›Grammatik der Moral‹ angestrichen hatte. Er las den Satz: ›Die Wirkung von Normen ist weitreichend, weil sie das Innere des Menschen nicht weniger als die letzten Winkel der äußeren Ordnung ergreifen.‹ Mörder hatten sich selbst herauskatapultiert aus dem Regelwerk, das dem Zusammenleben der Menschen zugrunde liegt. Sie hatten keinen Boden mehr unter den Füßen, sie waren allein mit ihrem Geheimnis, mit ihrer Schuld, von der sie ständig bedroht wurden. Das hatte der Mörder von Angela Legler vermutlich nicht einkalkuliert, aber jetzt wusste er, wo er angekommen war, an einem Ort, an dem er nichts mehr mit anderen teilen konnte, weil er seine Tat verbergen musste. Es gab Täter, die froh waren, wenn sie überführt wurden. Es gab solche, die sich selbst verrieten, indem sie, wenn sie betrunken waren, von ihrer Tat zu erzählen begannen. Andere gaben sich ungerührt, ließen Streiff nicht in sich hineinblicken. Wieder andere suchten nach Ausreden, schoben die Schuld von sich.

Der einzige Weg, vielleicht in die menschliche Gemeinschaft zurückzufinden, davon war Streiff überzeugt, war, sich wieder ihren Regeln zu unterstellen. Das bedeutete, die Strafe anzunehmen, die die Gesellschaft für den Regelverstoß vorgesehen hatte. In der letzten Zeit war er ab und zu auf Medienberichte gestoßen, die der Frage nachgingen, ob die Gene daran schuld waren, wenn jemand ein Verbrechen beging. Das ›Echo der Zeit‹ hatte über ein Urteil in Italien berichtet, das einen Mörder milde bestrafte, weil er ungünstige Gene hatte.

Darüber konnte Streiff nur den Kopf schütteln. Er hielt es eher mit dem Gerichtspsychiater Frank Urbaniok, der in einem ähnlichen Zusammenhang gesagt hatte: Wir sind nicht die Marionetten unserer Gene. Richtig, dachte Streiff und nahm einen Schluck Bier. Wir alle tragen ein Stück Selbstverantwortung, egal, wie unsere genetische Ausstattung ist, egal, in welchen Umständen wir leben. Am Schluss ist es eine ureigene Entscheidung, ob man jemanden tötet oder nicht. In diesem Kontext wurde auch immer wieder die Frage aufgebracht, ob der Mensch einen eigenen Willen hat oder nicht. Dagegen schienen Untersuchungen zu sprechen, die die beunruhigende Erkenntnis zutage förderten, dass das Hirn offenbar eine Entscheidung trifft, Sekundenbruchteile, bevor das Bewusstsein nachzieht. Dazu hatte Streiff eine erfrischende Kolumne eines Zürcher Psychoanalytikers und Philosophen gelesen, der die Trennung zwischen dem Hirn und dem Ich eines Menschen einfach als Unfug abtat.

Was hatte den Mörder von Angela Legler zu seiner Tat bewogen? Hass? Rache? Angst? Liebe? Solche Gedanken erlaubte sich Streiff nur spätabends bei einem Bier. Tagsüber machte er die Knochenarbeit, ging Spuren nach, stellte hartnäckig Fragen, versuchte, Hinweise miteinander zu verbinden. Das würde er auch morgen wieder tun und deshalb, dachte er, war es höchste Zeit, seine fruchtlosen Überlegungen aufzugeben und schlafen zu gehen.

DONNERSTAG

Es war ein ruhiger Morgen im FahrGut. Im Sommerhalbjahr, vom März bis in den Oktober hinein, war der Betrieb lebhaft bis hektisch. Ab November wurde es ruhiger. Valerie machte in diesem Monat das Budget fürs nächste Jahr, eine Aufgabe, die für sie jedes Mal einen Nervenkitzel bedeutete. Würden sich ihre Annahmen und Berechnungen bewahrheiten? Die Existenz des Geschäfts hing davon ab. Sie dachte sich neue Werbestrategien und Marketingaktionen aus, überlegte sich, was für Produkte sie pushen wollte, was für ein Gesicht sie ihrer Website geben wollte.

Im Herbst und Winter war auch mehr Zeit für die Lehrlingsausbildung. Alban, der Lehrling, werkelte an diesem Morgen an einer kaputten Bremse, angeleitet von Priska. Sie war eine gute Mechanikerin. Nicht besonders kreativ, aber sie hatte einen Sinn fürs Praktische. Sie arbeitete zügig und lieferte solide Ergebnisse. Alban hatte im August angefangen, mitten in der Hochsaison. Er war ein wenig ins kalte Wasser geworfen worden. Das Geschäft war ständig voll gewesen und Valerie und Priska hatten wenig Zeit gehabt, sich intensiv um ihn zu kümmern. Aber er hatte sich nicht schlecht gehalten, vieles durch Beobachtung und Ausprobieren gelernt. Jetzt, im Spätherbst, nahm sich Priska viel Zeit, mit ihm Reparaturen zu üben, technische Zusammenhänge zu erklären, spezielle Werkzeuge zu zeigen und ihn in die Geheimnisse einer guten Kundenberatung einzuführen. Der große, kräftig gebaute 16-Jährige war ernsthaft bei der Sache. Er war handwerklich zwar nur mittelmäßig begabt, aber intelligent. In der Schule hatte er gute Noten. Vor den Kunden war er etwas schüchtern, aber das würde sich mit der Zeit schon geben, darin waren sich Priska und Valerie einig. Als eine Frau hereinkam, die ein nicht allzu teures Citybike wollte, ein Velo, um damit einkaufen zu fahren und andere kleinere Fahrten in der Stadt zu machen, winkte Priska Alban herbei.

»Mach du das mal, das kannst du schon.« Sie zog sich zu einer Reparatur zurück, behielt aber Alban und die Kundin im Auge.

»Wohnen Sie an einem Hang oder müssen Sie nur geradeaus fahren?«, hörte sie Alban fragen. Keine schlechte Frage, dachte sie. Die Antwort der Kundin verstand sie nicht, aber Alban, als er vorschlug: »Dann würde Ihnen auch ein Velo genügen, das sieben Gänge hat, Sie brauchen nicht unbedingt 15. Das ist dann günstiger. Zum Beispiel unser Modell Fledermaus.«

Alban führte die Kundin zu einer Reihe von Fahrrädern. Priska zwinkerte ihm aufmunternd zu.

Valerie war im unteren Stock, in ihrem Büro, und arbeitete an ihrer Website. Sie hatte eine neue Seite aufgeschaltet, an der noch Fehler zu korrigieren waren. Seit bald 15 Jahren führte sie das Geschäft an der Schmiede Wiedikon und es machte ihr immer noch Spaß. Manchmal war es natürlich eine Schinderei, im Sommer waren die Arbeitszeiten endlos. Während andere Leute abends in den Gartenbeizen saßen, hockte sie in der Werkstatt bis um 9 Uhr und reparierte die x-hundertste Bremse. Aber die neuen technischen Entwicklungen fand sie spannend und sie dachte sich gern Werbeaktionen aus, zum Beispiel ein Kinderfest, an dem sie ihre Kinderfahrräder und -anhänger präsentierte. Auch auf ihre Website verwandte sie große Sorgfalt. Sie schaltete nicht nur die aktuellen Angebote auf, sondern auch Seiten, auf denen sie mit selbstgefertigten Zeichnungen einfache Reparaturen beschrieb.

Sibel Evren, ihre Putzfrau, war daran, die Glasscheiben, die das Büro vom Ausstellungsteil trennten, zu waschen. Sibel arbeitete schon seit vier Jahren bei ihr, sie war zuverlässig und Valerie mochte sie. Ihr Deutsch hatte sich in den letzten Jahren sehr verbessert. Sie hatte seit zwei Jahren eine Stelle im Spital als Hilfspflegerin und daneben machte sie noch ein, zwei Putzjobs. Ihr Traum war, eine Ausbildung zur medizinischen Praxisassistentin zu machen. Sie war über 30 und hatte lange darunter gelitten, keinen Beruf zu haben und nur unqualifizierte Hilfsjobs zu bekommen. Nun sparte sie eisern für diese Schule.

Sie polierte die Glasscheiben und summte vor sich hin.

»Gehts dir gut, Sibel?«, fragte Valerie.

Sibel nickte. »Ja, am Wochenende sehe ich Markus. Ich freue mich.«

Sibels Freund war Markus Stüssi, ein Velomechaniker, der früher bei Valerie gearbeitet hatte, jetzt aber im Kanton Bern lebte. Markus hatte sich vor ein paar Jahren von Sibel abgewandt, weil er sich von ihr verraten und im Stich gelassen gefühlt hatte, aber im Laufe der Zeit hatten sie wieder zusammengefunden. Sibel hatte damals nicht anders handeln können und das hatte Markus schließlich mühsam akzeptiert. Jetzt schien es den beiden gut zu gehen.

Valerie hatte große Hochachtung vor Sibel. Die junge Türkin hatte es oft nicht leicht gehabt im Leben, aber sie hatte immer wieder Rückgrat und Charakterstärke bewiesen. Markus kann froh sein, eine solche Freundin zu haben, dachte Valerie, bevor sie sich wieder ihrer Website zuwandte. Gut, dass er das begriffen hat, dieser Dickschädel.

Das interne Telefon klingelte. Priska. »Valerie, da ist ein Kunde, der unbedingt von dir beraten werden möchte.« Es war ein verstecktes Lachen in ihrer Stimme.

»Na gut, ich komme hinauf.« Valerie seufzte. Wer das wohl war? Sie hatte ein paar männliche Fans, die ihr größtenteils auf die Nerven gingen. Zum Teil waren es Angeber, die ihre Kenntnisse über Räder an Valerie messen und sie natürlich übertrumpfen wollten. Was ihnen selten gelang. Valerie blieb dann immer ganz sachlich, das war das beste Rezept. Zum Teil waren es auch Männer, die ihre Sermone, die scheinbar ein Rad betrafen, mit sexuellen Anspielungen anreicherten. Denen gab sie knappe Auskünfte und ließ sie einfach stehen, wenn es ihr zu dumm wurde. Aber einige begriffen es nie. Welche Sorte war es wohl diesmal?

Im Laden stand Lorenz Stucki.

»Du siehst, ich halte Wort.« Er kam ihr entgegen und küsste sie auf beide Wangen. »Ein Velo für mich brauche ich zwar nicht und ein Kindervelo frühestens in drei Jahren, aber ich möchte wirklich gern mit dir essen gehen.«

»Ein Kinderfahrrad?«

»Ja, ich bin seit zwei Jahren verheiratet und wir haben einen einjährigen Sohn. Der wird natürlich ein Rad aus deinem Laden kriegen. Ehrensache. Aber im Moment wüsste er noch nicht, was er damit anfangen sollte.«

Valerie freute sich. Offenbar ging es Lorenz gut. Das war wohl das Geheimnis seiner neuen Offenheit und Zugänglichkeit ihr gegenüber.

»Arbeitest du immer noch im Triemli?«

»Nein, ich bin vor drei Jahren in die Gruppenpraxis von Kollegen eingestiegen. Matthias und Brigitte, die hast du doch auch noch gekannt. Wir machen Hausarztmedizin, Brigitte deckt die Gynäkologie ab und Matthias die Pädiatrie. Ein Rundumangebot für die ganze Familie.«

Die Praxis lag in der Gegend des Heuried und Lorenz wohnte mit seiner Familie in Uitikon, einem sonnigen und ruhigen Quartier am Üetliberg mit Wohnungen für eine wohlhabende Mieterschaft. Nicht schlecht, dachte Valerie, offenbar rentierte sich die Praxis. Lorenz wirkte entspannt und heiter, ganz anders als damals, als er noch ein unglücklicher Oberarzt am Triemli-Spital gewesen war.

Lorenz schaute sich um. »Hier siehts noch ähnlich aus wie früher. Hast du immer noch Spaß am Geschäft?«

Valerie nickte. »Dieser Laden ist mein Kind. Den werde ich nie freiwillig hergeben. Und er läuft gut.«

»Und sonst? Alles in Ordnung?«

Valerie wusste, was Lorenz meinte. Er wollte wissen, ob sie glücklich war. Ob sie mit einem Mann zusammen war.

Sie lächelte. »Du hast ihn ja gesehen am letzten Samstag. Es ist der Polizist.«

Sie wurde ein bisschen rot. Lorenz hatte nie erfahren, dass Valerie ihn vor bald zehn Jahren mit Beat betrogen hatte. Und es war auch nicht nötig, dass es rauskam.

»Sieht gut aus. Aber ich weiß ja, dass du in Sachen Männer einen guten Geschmack hast«, scherzte er.

Valerie musste auch lachen. »Er ist auch gescheit«, fügte sie hinzu.

»Eben, genau wie ich.«

Sie verabredete sich mit ihm für Samstag. Dann ging sie wieder ins Büro hinunter. Ihre Trennung vor gut acht Jahren war von Kränkungen und Streit begleitet gewesen und sie hatten den Kontakt abgebrochen. Lorenz war Valerie mit der Zeit ferngerückt, sie hatte nicht mehr viel an ihn gedacht. Und doch war ein Bedauern geblieben, dass es nicht möglich gewesen war, die Beziehung in eine Freundschaft umzuwandeln. Nun schien Lorenz sich sehr verändert zu haben. Valerie freute sich auf Samstag.

Sie wandte sich wieder der Website zu. Lina hatte ihr die neuen Seiten geschickt. Sie hatten ein Arrangement. Ihre Freundin redigierte und korrigierte jeweils die neuen Texte, da Valerie sich nicht besonders für

Grammatik und Orthografie interessierte. Sie hatte viele Ideen, die sie rasch niederschrieb, wenn nötig mit Zeichnungen oder Fotos ergänzte und zügig ins Netz stellte. Aber formale Details waren nicht ihre Sache, dafür war sie zu ungeduldig. Das hatte Lina irgendwann nicht mehr mitansehen können. Ihr tat schon das Herz weh, wenn sie an einem dreibeinigen Stuhl auf der Straße einen Zettel ›Gratis, zum mitnehmen‹ – mitnehmen klein geschrieben – entdeckte. Deshalb surfte sie ab und zu auf der Homepage von FahrGut, druckte die neuen Seiten aus und korrigierte sie. Und sie kontrollierte unnachgiebig, ob Valerie die Korrekturen auch übernahm. Was Valerie spätestens nach der ersten Mahnung auch tat.

Sie schaute durch die Glasscheibe, welche das Büro vom Ausstellungsraum trennte, folgte mit den Augen dem Lauf der Wendeltreppe, die hinunterführte. Es kam immer noch ab und zu vor, wenn auch seltener, dass sie plötzlich Hugo Tschudi daliegen sah, am Fuß der Treppe, in seltsam verrenkter Stellung. Oder, und dieses Bild war fast unheimlicher, die weiße Kreidezeichnung seines Umrisses. Damit musste sie leben. Und damit konnte sie auch leben. Sie wandte sich ab und konzentrierte sich wieder auf den Bildschirm.

19 Uhr. Streiff schlug den Ordner zu und gähnte. Knochenarbeit, hatte er gestern Abend gedacht. Genau das war es heute gewesen. Viel hatte dabei nicht herausgeschaut. Befragungen von Leuten, die empört gewesen waren über die Tatsache, dass er sie bei der Arbeit störte

und sie vernahm. Entrüstet über das, was er ihnen, ihrer Meinung nach, unterstellt hatte. Angela Legler bestochen? Eine Beleidigung, so etwas auch nur anzunehmen. Wie oft hatte er heute darauf hingewiesen, dass er in einem Mordfall ermittelte und Routinefragen stellen musste? Sämtliche P, wie er sie bei sich nannte, hatten abgestritten, das Dankesbriefchen verfasst zu haben – und die Handschriftenproben gaben ihnen recht. Der Zettel enthielt einen halben Fingerabdruck. Sollte er sämtlichen 180 Kantonsrätinnen und Kantonsräten die Fingerabdrücke abnehmen? Streiff zögerte. Der Aufruhr wäre groß. Die Lokalmedien würden über ihn herfallen, falls die Aktion keine Erkenntnisse brachte. Er beschloss, zuerst zu schauen, ob er auf anderem Weg weiterkam. Die Gespräche mit Fraktionskolleginnen und -kollegen von Angela Legler waren indessen ebenfalls eher unergiebig verlaufen. Niemand hatte richtig mit der Sprache herausrücken wollen. Streiff hatte den Eindruck, dass Legler ziemlich unbeliebt gewesen war. Aber das hatte natürlich niemand aussprechen wollen. De mortuis … Sie hatten eifrig ihr Engagement für den verlängerten Mutterschaftsurlaub betont, ratlos reagiert auf die Tatsache, dass Angela Legler in der AG KVK entgegen der Fraktionsmeinung gegen den Veloweg in der Dufourstraße gestimmt hatte, und peinlich berührt laviert, wenn er sie nach der unseligen Flohmarktgeschichte gefragt hatte.

In offensichtliche Verlegenheit waren zwei oder drei Fraktionsmitglieder geraten, bei denen er sich nach Fridolin Heer, dem Nachfolger von Angela Legler, erkundigt hatte. Auch er schien in der CVP keinen großen Fanclub zu haben. Wie geht das, sinnierte Streiff, dieser sarkastische Witz, diese Steigerungsform, die ich einmal von einem Politiker gehört habe? Freund – Feind – Parteifreund. Von Valerie, die das natürlich von Lina hatte, wusste er, dass Freundschaften unter Politikern nicht entlang der Parteigrenzen verliefen, sondern sich kreuz und quer fraktionsübergreifend entwickelten. Eine SP-Frau, die eine, nicht einmal so heimliche, Affäre mit einem SVP-Mann hatte. Ein FDP- und ein CVP-Mitglied, die sich in Ratsdebatten nichts schenkten, aber an Wochenenden einträchtig zusammen wandern gingen. Das Jassgrüppchen, das sich aus einem Grünen und drei Bürgerlichen zusammensetzte. Innerhalb der Parteien gab es zwar die gemeinsamen politischen Ziele, aber auch Konkurrenz um Profilierung, Medienpräsenz und Wiederwahl.

Am späteren Nachmittag hatte Streiff Fridolin Heer aufgesucht. Aha, da räumt einer sein Leben auf, war sein erster Gedanke gewesen, als er die Wohnung betreten hatte. Heer war am Putzen. Allerdings war er damit noch nicht sehr weit gekommen. Er war Mitte 30, wirkte aber jünger. Ein irgendwie unfertiges Gesicht, ein paar Pickel, eine Brille, die für seinen hellen Typ zu hart wirkte. In Trainerhose und T-Shirt stand er in seinem Durcheinander. Es roch muffig, obwohl ein Fenster offen stand. Vermutlich, dachte Streiff, hat er, als er vor einem halben Jahr arbeitslos wurde, die Putzfrau entlassen und seither im Haushalt keinen Streich mehr getan. Offenbar sind jetzt seine Lebensgeister zurückgekehrt. Leere Bierflaschen, Stöße von Altpapier, halb gefüllte Abfallsäcke, schmutzige Kleider standen und lagen herum, auf den Möbeln hatte sich der Staub fingerdick niedergelassen. Der Staubsauger und eine Batterie von Reinigungsmitteln und Lappen waren bereitgestellt, um dem Chaos zu Leibe zu rücken. Heer war sehr liebenswürdig gewesen.

»Angela Legler? Ein paar Routinefragen? Sicher, kommen Sie in die Küche, dort siehts zurzeit am besten aus.«

Natürlich hatte er Angela Legler gekannt, eine profilierte, verdiente Politikerin. Sehr traurig, ihr gewaltsamer Tod. Ja, er würde für sie in den Kantonsrat nachrücken. Er blieb unverändert zugänglich und höflich, auch als Streiff ihn mit schärferen Fragen zu provozieren versuchte.

»Ihr Tod kommt Ihnen doch eigentlich sehr gelegen?«

Ein verwunderter Blick. »Nein, das kann man nicht sagen. Für die Partei ist ihr Tod ein Verlust. Und mir liegt daran, dass die Partei gut aufgestellt ist.«

»Und wie ist es für Sie persönlich?«

»Ich freue mich natürlich, diese Chance zu bekommen.«

»Haben Sie nicht nach Leglers Wahl geäußert, es komme immer wieder vor, dass jemand nicht die ganze Legislatur im Rat verbleibt?«, bohrte Streiff.

»Das kommt tatsächlich ab und zu vor«, bestätigte Heer freundlich.

»Wo waren Sie am Dienstagabend zwischen 22 Uhr und Mitternacht?«

»Einen Moment, da muss ich in meiner Agenda nachschauen. Hm, da war ich hier. Ich habe wohl ferngesehen.«

»Zeugen?«

»Wie Sie sicher bemerkt haben, lebe ich allein. Und Gäste habe ich selten.«

Mit keinem Wort kommentierte Fridolin Heer den Umstand, dass Streiff ihn nach einem Alibi für die Mordzeit gefragt hatte. Keine Unsicherheit, keine Verwunderung, kein Ärger. Streiff fand das seltsam. Der Typ war glatt wie ein Fisch. Wäre da nicht die verwahrloste Wohnung gewesen, hätte man denken können, Heer sei jemand, der sein Leben selbstverständlich im Griff hatte.

»Sie sind arbeitslos?«, hatte Streiff weiter gefragt.

»Die Wirtschaftskrise, Sie verstehen«, hatte Heer gesagt. Aber die Frage schien ihm unangenehm zu sein. »Es hat mich getroffen, wie Hunderte andere auch. Zum Glück bin ich über 30.«

Damit spielte er auf den Entscheid des schweizerischen Parlaments an, dass unter 30-jährigen Arbeitslosen jede Arbeit zugemutet werden konnte, egal, ob sie ihrer Ausbildung entsprach oder nicht.

»Sonst würde ich mich vielleicht als Kellner wiederfinden, oder auf dem Bau.«

»Na, Sie werden ja jetzt auch Politiker, da können Sie vielleicht Gegensteuer geben.«

Streiff hatte sich verabschiedet.

Immer noch verfolgte ihn das unbestimmte Gefühl, bei der gestrigen Befragung etwas zu wenig beachtet, etwas übersehen zu haben. Er ging nochmals die Protokolle durch, rief sich die Gespräche in Erinnerung – vergeblich. Es quälte ihn. Vielleicht war es ja nichts Wichtiges. Vielleicht aber doch. Er versuchte, Valerie anzurufen, erreichte sie aber nicht. Ob sie heute mit Stucki aus war? Wohin würde er sie ausführen? Kronenhalle? Kaufleuten? Dieser Angeber.

Zuhause schob sich Streiff eine Fertigpizza in den Ofen. Wenn Valerie bei ihm war, kochte er gern aufwendig und mit Sorgfalt für sie. Sie selbst war eine Banausin, Vitamine und Ballaststoffe kümmerten sie nicht, Hauptsache, es stand rasch etwas auf dem Tisch. Aber sie genoss es, von Beat bekocht zu werden, was wiederum ihn anspornte. Wenn er allein war, ging es ihm nicht anders als ihr. Nach einem langen Arbeitstag hatte er keine Lust mehr, sich ein Menü auszudenken, Gemüse zu rüsten und Kräuter zu hacken. Er setzte sich mit der Pizza vor den Fernseher. In einem Magazin kam ein Beitrag über Prosopagnosie, den wollte er unbedingt sehen. Dass es Menschen gab, die offen zu dieser Schwäche standen … unglaublich. Ein Mann erzählte, er werde oft für arrogant gehalten, wenn er jemanden nicht erkenne. Kennen wir doch, dachte Streiff. Und wenn schon. Ein anderer berichtete, als er seine kleine Tochter von der Krippe abholte, habe er sie nicht erkannt und warten müssen, bis alle anderen Eltern ihre Kinder abgeholt hätten. Er nahm dann einfach die Kleine, die übriggeblieben war. Seltsam, dachte Streiff, man hätte doch annehmen können, das Mädchen wäre ihm entgegengelaufen. Oder er, Streiff, hätte sich selbstverständlich ihre Kleider gemerkt, er hätte sie an der Stimme erkannt oder an den Haaren. Da gab es doch Möglichkeiten. Er hatte kein Verständnis für diesen Vater, der sich in seiner Unbeholfenheit eingerichtet hatte, ohne Strategien zu entwickeln, sie zu kompensieren. Vielleicht war er ungerecht. Es musste schon sehr kompliziert sein, wenn man überhaupt keine Gesichter erkannte. Vielleicht war es dann wirklich das Beste, es zuzugeben. Ihm selbst passierte es nur ab und zu. Es gab Menschen, die er sich über lange Jahre hinweg nicht merken konnte, die in seinem Hirn nie eine Spur hinterließen. Mit anderen hatte er überhaupt keine Mühe. Er hatte nie herausgefunden, woran es lag. Es waren nicht unbedingt unscheinbare Gesichter, die er immer wieder vergaß, es hatte auch nichts mit Sympathie oder Abneigung zu tun. Sein Hirn schaltete und waltete in dieser Sache nach Gesetzmäßigkeiten, die ihm verborgen blieben.

Er erinnerte sich wieder einmal an die peinlichste Szene, die ihm seine Schwäche eingebrockt hatte. Es war schon viele Jahre her, aber er konnte bis heute nicht darüber lachen. An einem Fest, wo er die meisten Gäste nicht kannte, war er auf eine attraktive Frau zugegangen und hatte sich ihr vorgestellt. Als die Frau spöttisch geantwortet hatte, »ich weiß«, war ihm aufgegangen, dass sie eine Mitstudentin war. Hätte das Fest nicht auf einem Schiff stattgefunden, das eben ablegte, hätte er es unverzüglich verlassen.

FREITAG

»Ich will nicht lang werden«, rief Heinrich Leuzinger, »aber …« Lina drehte den Ton etwas leiser und schrieb: »Ich will nicht lange sprechen.« Leuzinger war es weder gegeben, sich kurz zu halten, noch leise zu sprechen. Die Stimme, die aus seinem massigen Körper kam, war von Natur aus laut und wurde, wenn er sich ereiferte, was nach spätestens zwei Minuten der Fall war, noch lauter. Weniger als fünf Minuten sprach er nie. Er entwickelte seine Gedanken unbekümmert und assoziativ beim Reden, kam vom Hundertsten ins Tausendste. Irgendwann wurde es ihm bewusst und dann setzte er zu einer Zusammenfassung an, die ihm aber unweigerlich wieder zu einer ausführlichen Rede geriet. Ganz zum Schluss wiederholte er die wichtigsten Punkte, wobei ihm aber meist nochmals eine neue Idee kam, die es ebenfalls einzufügen galt. Sein Hochdeutsch war stark dialektgefärbt, aber wenigstens war seine Stimme angenehm, eine tiefe, tragende Stimme, die Lina gern hörte. Heinrich, the voice Leuzinger, nannte sie ihn bei sich. Sie bedauerte es, dass sie sich mit Carlo nicht darüber austauschen konnte. Der hatte keinen Sinn für derlei. All diese Stimmen, die den ganzen Tag durch den Kopfhörer in sie hineinströmten. Dunkle, helle, kratzige, weiche Stimmen. Ein nicht endender Redefluss in wechselndem Rhythmus, einmal schnell, eifrig, dann wieder langsam, zögerlich, abgehackt, zackig, flüssig, jeder Sprecher hatte seine eigene Melodie, seinen eigenen Sprachfluss, seine Stimme. Abertausende von Wörtern strömten in Linas Körper, verließen ihn durch ihre Fingerspitzen wieder und erschienen, vom Akustischen ins Visuelle transformiert, auf dem Computerbildschirm. Anfangs hatte sie keine Abgrenzung gefunden gegen diese Invasion, ungehindert war alles in sie eingedrungen und sie stellte sich vor, dass sich Satzfetzen in ihrem Körper verteilten, in ihren Blut- und Nervenbahnen mitschwammen, in einem Organ hängen blieben, sich in ihre Laute auflösten und neu zusammensetzten. Was ging da in ihr vor? Ich muss Ordnung schaffen, hatte Lina beschlossen, es geht nicht, dass ich mich überschwemmen lasse von fremden Gedankengängen, von diesem Heer von einmarschierenden Wortkaskaden. Sie machte den Redestrom zu ihrem Stoff, den sie formte und dadurch von sich fernhielt. Sie lernte die Stimmen kennen. Die Stimme, die klang, wie wenn man Alteisenteile in einer Wollsocke hinter sich herzog, gehörte Ruth Noser. In Nora Beglingers Stimme war meist ein Lachen mitzuhören, manchmal amüsiert, ab und zu auch spöttisch. Paul Meiers Stimme bebte ein bisschen, als wäre er tief ergriffen von dem, was er sagte. Aber sie bebte auch, wenn er über die Anzahl Parkplätze in der Innenstadt oder den Steuerfuß sprach. Andreas Spielmanns Tonfall war der eines Märchenerzählers, man hatte ständig das Gefühl, dass er gleich ganz wundersame, erstaunliche Dinge sagen würde, was aber leider nie der Fall war. Renate Kunz' Stimme war tief und erotisch, aber was sie sagte, war meist unendlich langweilig und freudlos formuliert. Simon Hefti klang frisch und spontan, bei Lina hieß er Simon, the young dog Hefti. Vermutlich würde er es ihr nicht einmal übel nehmen, wenn er es wüsste.

Lina war am Protokoll der AG KVK vom Montag. Damals war Angela Legler, die schnell und abgehackt sprach, so als würfe sie den Zuhörern kleine hölzerne Würfel zu, noch am Leben gewesen. Ihre Stimme war noch da, wie wenn nichts wäre. Es war Lina immer unheimlich, wenn sie in der Zeitung ein Foto einer Person sah, die umgekommen war. In dem Moment, als das Foto gemacht worden war, war sie lebendig gewesen und es war ihr kaum in den Sinn gekommen, dass genau unter diesem Foto einmal die Bildlegende stehen würde: Das Opfer. Auch Angela Legler hatte sicher keinen Gedanken an die Möglichkeit verschwendet, dass von ihr nur dieses Stück Ton übrig bleiben würde. Lina schrieb sich zäh durch diese Sitzung hindurch. Sie war gespannt, ob sie irgendetwas zu hören bekommen würde, was weiterhalf, eine geflüsterte Bemerkung, die Aufschluss geben würde über diese ominösen 7000 Franken. Sie hatte schon dieses und jenes vernommen, leise, giftige Kommentare oder frivole Witze, von denen sich die Sprechenden nicht bewusst gewesen waren, dass sie aufgezeichnet wurden. Heute wurde sie enttäuscht. Kein Satz wie: So, jetzt schiebe ich der Angie die 7000 rüber, damit sie so abstimmt, wie ich es möchte. Lina musste über sich selbst grinsen.

Sie war allein im Büro. Carlo hatte frei, Raffaela war erkältet und musste erst abklären lassen, ob sie die

Schweinegrippe hatte, bevor sie wieder zur Arbeit kommen durfte. Auch Mario war nicht gekommen, obwohl er eigentlich hätte hier sein müssen. Abgemeldet hatte er sich nicht. Jenny hatte sich schon nach ihm erkundigt. Lina machte sich etwas Sorgen. Mario war doch so zuverlässig. Der Tod von Angela Legler hatte ihn richtig mitgenommen. Oder ob er sonst Probleme hatte? In der letzten Zeit war er unausgeglichen gewesen. Manchmal fröhlich und witzig, fast übermütig, manchmal aber auch nachdenklich und schweigsam. Vielleicht war er wirklich verliebt. Lina griff zum Telefon. Bei seinem Festnetzanschluss meldete sich die Combox und auch an das Handy ging er nicht. Ob ihm etwas passiert war? Ach was, er war ein erwachsener Mann. Lina überlegte hin und her. Plötzlich kam ihr in den Sinn, dass sie ja noch einen Schlüssel zu seiner Wohnung hatte. Sie hatte seinen Zwerghasen gefüttert und die Pflanzen gegossen, als er kürzlich ein paar Tage mit seiner Tochter weggefahren war. Sie beschloss, über Mittag bei ihm vorbeizuschauen.

»Nein«, flüsterte Lina, »das ist nicht möglich, das kann nicht sein.« Mario Bianchera lag im Flur seiner Wohnung. Er lag auf dem Rücken, sein Hemd war voll von getrocknetem Blut, am Boden war Blut, seine Hände waren blutig. Er war tot. Lina brauchte lange Sekunden, um die Szene in sich aufzunehmen, um zu begreifen, dass sie Realität war. Einen Moment lang erfasste sie Panik, sie wollte nur noch weg. War der Mörder noch hier? Aber das Blut war bräunlich, getrocknet, Mario musste schon seit Stunden tot sein. Sie schloss die noch halb offen stehende Wohnungstür.

Sie hatte geklingelt, eine Minute gewartet, nochmals geklingelt. Dann hatte sie die Türfalle gedrückt, die Tür war unverschlossen. »Mario«, hatte sie gerufen, »Mario?« Es war ihr peinlich gewesen, einfach einzudringen. Dann hatte sie die Tür halb geöffnet und war eingetreten. Da lag er.

Lina lehnte sich gegen die Tür. Sie musste etwas tun. Ein unvernünftiger Wunsch, Hannes anzurufen, erfasste sie. Oder Valerie. Sie riss sich zusammen und wählte den Polizeinotruf. Setzte sich auf den Boden, einen Meter von Mario entfernt. Betrachtete sein Gesicht. Es war ganz fern. Obwohl sie wusste, dass er es war, obwohl seine Gesichtszüge unverkennbar waren, erkannte sie ihn kaum. Es lag kein Ausdruck mehr auf seinem Gesicht. Der Tod verändert das Antlitz der Menschen, das war ihr auch bei anderen Toten aufgefallen, bei ihrer Großmutter, bei ihrem Vater. Es waren nicht die Züge, die einen Menschen unverwechselbar machten, sondern die Lebendigkeit. Wenn das Leben sich aus dem Körper zurückgezogen hat, wurde ein vertrautes Gesicht zu etwas ganz und gar Fremdem. War die Gestalt, die da lag, ihr Arbeitskollege Mario? Oder war es Mario gewesen? Mario gab es nicht mehr. Nie mehr. Lina war keine Atheistin, aber sie war auch nicht religiös. Ihr schien es plausibel, dass die Seele an die Hirnfunktionen geknüpft war. Wenn der Mensch tot war, gab es auch die Seele nicht mehr. Das war logisch und es war unbegreiflich. Obwohl Mario für Lina kein enger Freund gewesen war, fühlte sie sich, wie sie da neben ihm hockte, so verlassen, als gäbe es nur noch das: Menschen, die eben noch hier gewesen waren und plötzlich aufgehört hatten zu existieren. Es gab nur noch eine große Leere um sie herum.

So fand Streiff sie, als er eine Viertelstunde später eintraf. Er wusste gleich, was mit ihr los war. Wenn er zum Schauplatz eines Tötungsdelikts gerufen wurde, begegnete ihm das häufig: dieser ungläubige, entsetzte Blick von Menschen, die einen Toten aufgefunden hatten und die das Faktum dieses abrupten Todes im ersten Moment einfach nicht begreifen konnten, die mit etwas konfrontiert waren, um das sie theoretisch wussten, das aber ihrer ganzen Alltagserfahrung widersprach. Lina sah ihn mit diesem Blick an, bevor sie aufstand und sagte, in einem zögernden Tonfall, als ob sie etwas erzählte, von dem sie nicht sicher war, ob es stimmte: »Ich habe ihn gefunden.«

Streiff ging mit ihr in die Küche, da jetzt die Beamten von der Spurensicherung eintrafen. Der Zwerghase hockte in seinem Laufstall und knabberte an einem Stück altem Brot. Linas Blick wurde klarer. »Was geschieht jetzt mit dem?«, fragte sie. Und dann, erschrocken: »Und mit seiner Tochter? Er hat doch eine kleine Tochter, Rubina.«

»Wir werden uns darum kümmern«, versprach Streiff. »Mach dir keine Sorgen. Aber ich muss dir jetzt ein paar Fragen stellen. Wusstest du, dass Herr Bianchera eine Liebesbeziehung mit Frau Legler hatte?«

Lina reagierte erstaunt. Nein, das hatten sie alle

nicht gewusst. Er war also tatsächlich verliebt gewesen, dachte sie. Glücklich? Unglücklich? Die beiden hatten doch gar nicht zusammengepasst. Wie war der weiche Mario an die forsche Angela geraten? »Warum ist er denn jetzt auch tot? Hat das miteinander zu tun?«, fragte sie verwirrt.

»Kennst du Angela Leglers Mann?«, wollte Streiff wissen.

»Nicht persönlich. Aber ich habe von ihm gehört. Nichts Gutes. Er ist Pfarrer. Ich glaube, er ist kein angenehmer Mensch. Die Tochter einer Freundin von mir geht regelmäßig in eine Jugendgruppe, die er leitet. Meiner Freundin ist es nicht recht, dass sie dahin geht. Es sind komische Partys. Zuerst tanzen sie zu Popmusik mit religiösen Texten. Dann müssen sie Zeugnis ablegen von ihren Gotteserlebnissen. Wenn sie nichts vorzuweisen haben, werden sie von Legler unter Druck gesetzt und vor den anderen blöd hingestellt. Einmal sei Lena weinend nach Hause gekommen. Legler hatte sie ausgefragt, was sie mit ihrem Freund mache, und danach hat sie sich von ihm getrennt. Barbara, meine Freundin, hat ihr geraten, nicht mehr hinzugehen. Aber Legler hat offenbar Charisma. Vielleicht ist Lena in ihn verliebt.« Sie schwieg. Dann sagte sie: »Glaubst du, Fritz Legler hat die Morde begangen, weil Mario mit seiner Frau eine Liebesbeziehung hatte?«

»Wir wissen es noch nicht. Du kannst jetzt gehen. Bist du in Ordnung? Fährst du nach Hause?«

»Es geht schon. Ich fahre erst einmal zurück ins Büro.«

Als Lina die Wohnung verließ, war der Flur leer. Die Leiche war weggebracht worden. Ein Mann und eine Frau in weißen Schutzanzügen durchsuchten die Wohnung. Lina warf einen Blick ins Wohnzimmer und ging rasch hinaus. Das war nicht mehr Marios Wohnung. Es war eine Wohnung, die ihre Funktion, ein Zuhause für jemanden zu sein, verloren hatte. Das Pendant zu einem obdachlosen Menschen. Alles in dieser Wohnung hatte seinen Sinn verloren. Die Anordnung der Bücher auf dem Regal. Die Äpfel in der Obstschale. Das Foto von Marios Eltern neben dem Fernseher. Der Zettel ›Zahnarzt anmelden‹ an der Kühlschranktür.

Sie trat auf die Straße. Wohin jetzt bloß? Ins Atelier? Nein, malen konnte sie jetzt nicht. Nach Hause? Ein Bad nehmen und sich verkriechen? Sie spürte, dass ihr das nicht guttun würde. Zurück ins Büro? Noch nicht. Sie wollte nicht diejenige sein, die der Chefin sagen musste, dass Mario tot war. Sie setzte sich in ein Café, bestellte heißen Tee, nahm ihr Skizzenbuch hervor und begann gedankenlos herumzustricheln. Sie erschrak. Es war Marios Gesicht, das ihr entgegenblickte. Sie legte den Skizzenblock weg und griff nach einer Zeitung. Ihre Augen folgten den Zeilen, ohne etwas aufzunehmen. Ihr Handy klingelte. Valerie war dran. Beat hatte sie angerufen und sie gebeten, sich um die Freundin zu kümmern.

»Willst du heute Abend zu mir kommen? Ich koche uns etwas.«

Lina nahm dankbar an. Sie bezahlte ihren Tee und machte sich auf den Weg ins Büro. Esther Jenny, die die

Nachricht von Streiff erfahren hatte, gab ihr den Rest des Nachmittags frei. Ein Polizeibeamter war dabei, Marios Arbeitsplatz zu durchsuchen. Marios Teebeutel, seine angeknabberten Bleistifte, seine olivgrüne Strickjacke. Das waren jetzt nur noch irgendwelche Teebeutel, beliebige Bleistifte, eine herrenlose Strickjacke. Weil es keinen Mario mehr gab. In Lina stiegen Tränen hoch. Bloß weg hier.

Auf Streiff wartete, zum zweiten Mal innerhalb weniger Tage, die Aufgabe, jemandem die Nachricht vom gewaltsamen Tod eines Angehörigen überbringen zu müssen. Die nächste Angehörige war Janine Bianchera, die Ex-Frau des Opfers und Mutter seiner Tochter. Streiff spielte mit dem Gedanken, Elmer herzubestellen, aber das wäre wohl zu weit gegangen. Also ging er allein hin. Sie wohnte im Seefeld; keine schlechte Wohngegend. Sie war zu Hause, das Kind glücklicherweise noch in der Schule.

»Polizei?« Sie reagierte misstrauisch, wollte die Angelegenheit am liebsten zwischen Tür und Angel abhandeln und Streiff brauchte etwas Überredungskunst, bis sie ihn in die Wohnung einließ. Sie blieb im Flur stehen und Streiff war gezwungen, ihr die Nachricht so beizubringen. Erst dann ging sie ihm voraus ins Wohnzimmer und setzte sich. Sie war eine blonde, gepflegte, etwas füllige Frau. Streiff wunderte sich, dass Mario Bianchera und sie jemals ein Paar gewesen waren. Sie schien überhaupt nicht zu seiner zurückhaltenden Art zu passen und er hätte gern gewusst, von wem das

Scheidungsbegehren ausgegangen war. Wahrscheinlich von ihr, vermutete er.

»Mario tot? Umgebracht? In seiner Wohnung erstochen?« Sie schien eher ungläubig als geschockt.

Das Zimmer war elegant eingerichtet, helle Polstermöbel, alles sehr ordentlich, nirgends lag etwas herum, nichts deutete darauf hin, dass in dieser Wohnung auch ein Kind lebte.

Streiff stellte ihr ein paar Fragen. »Wussten Sie, dass Ihr Ex-Mann wieder eine Beziehung hatte?«

»Nein. Aber das interessiert mich auch nicht allzu sehr. Ich habe nur wegen Rubina noch mit ihm Kontakt.«

»Sie haben sicher vom Mord an der Kantonsrätin Angela Legler gehört«, fragte Streiff.

»Ja, natürlich. Hat das irgendetwas miteinander zu tun?«

»Wir wissen es nicht«, gab Streiff zu. »Aber Mario Bianchera hatte mit ihr eine Liebesbeziehung.«

»Was? Mit dieser vertrockneten Person? Wie ist er denn an die geraten? Ist sie nicht um Jahre älter als er?«

War das jetzt die Eifersucht einer Ex-Frau? Streiff war Janine Bianchera unsympathisch. Selbstsüchtige Person, dachte er. Sie war immerhin die Ex-Frau des Mordopfers, ihre kleine Tochter hatte den Vater verloren und sie regte sich über seine Freundin auf. Streiff hatte schon vieles erlebt, wenn er Angehörigen eine Todesnachricht überbringen musste. Verzweiflung, Gleichgültigkeit, Feindseligkeit, Verwirrung. Für Janine Bianchera brauchte er jedenfalls kein Careteam aufzubieten. Was die Sache ja auch für ihn einfacher machte.

»Was für eine Beziehung hatten Sie seit der Scheidung zu ihm?«

»Weshalb müssen Sie das wissen? Bin ich etwa verdächtig?«

»Wir müssen vieles fragen, wenn es um die Aufklärung eines Tötungsdeliktes geht«, erklärte er müde, »auch Dinge, die unwichtig erscheinen.«

»Er war Rubinas Vater. Sie hat die Wochenenden bei ihm verbracht. Er hat sie immer am Freitagabend abgeholt und am Sonntagabend zurückgebracht.«

»Hat es Streit gegeben?«

»Nein. Er hat nicht immer genügend darauf geachtet, dass sie sich nicht schmutzig machte, aber …«

»Sie war jedes Wochenende bei ihm?«

»Ja, ich arbeite am Wochenende. Abends, in der Bar der Kronenhalle.«

Ihr Blick machte ihm klar, dass sie nicht annahm, dass er schon je an diesem illustren Ort gewesen war. Streiff verzichtete darauf, diesen Eindruck zu korrigieren.

Sie schrak auf. »Wovon sollen wir jetzt leben?«, rief sie. »Mario hat uns unterstützt, Rubina und mich. Ich bin während der Woche nicht berufstätig, ich kümmere mich um mein Kind. Mein Verdienst aus der Bar reicht nirgendwo hin. Kriege ich eine Witwenrente, trotz der Scheidung? Rubina wird ihn wohl beerben, nehme ich an.«

Sie setzte nachdenklich hinzu: »Für Rubina wird es schwer sein. Sie liebt ihren Vater. Das Beste ist, sie vergisst ihn möglichst rasch.«

Armes Kind, dachte Streiff, aber das sagte er nicht.

Stattdessen sagte er: »In der Wohnung von Mario Bianchera ist ein Zwerghase. Könnten Sie den vielleicht zu sich nehmen?«

»Ach so. Müssen wir wohl. Obwohl wir schon ein Meerschweinchen haben. Man könnte den Hasen auch in den Zoo geben, als Futter. Aber das wird Rubina wohl nicht wollen.«

»Nein«, bestätigte Streiff, »das wird sie zweifellos nicht wollen.«

»Wie soll ich das nur der Kleinen beibringen?«, fragte Janine Bianchera. Plötzlich wirkte sie zerfahren und hilflos. »Wir müssen Trauerkleidung besorgen. Rubina braucht ein schwarzes Röckchen für die Beerdigung. Was das wieder kosten wird.«

Streiff war einen Moment sprachlos. »Sagen Sie es ihr behutsam«, meinte er, »und ein Kind braucht doch keine schwarze Trauerkleidung.«

»Meinen Sie? Aber sie kann doch jetzt unmöglich in einem rosa Kleid herumlaufen.«

»Das wird wohl ihre geringste Sorge sein.« Deutlicher wollte Streiff nicht werden; das Mädchen tat ihm leid. Er verabschiedete sich.

Was für eine zutiefst unsympathische Person, dachte er beim Hinuntergehen. Draußen sah er sich um. Jugendstilhaus. Die Wohnungen waren sicher nicht billig. »Er unterstützt uns«, hatte sie gesagt. Zweifellos hatte Mario Bianchera eine ganze Menge mehr als nur die Alimente für seine Tochter bezahlt. Hatte Madame Bianchera wirklich nicht gewusst, dass ihr Ex-Mann eine neue Beziehung hatte? Das hätte für sie bedrohlich sein können. Wenn er wieder geheiratet, mit einer anderen Frau Kinder gehabt hätte, dann wären sowohl die sehr großzügige Unterstützung als auch das Erbe infrage gestellt gewesen. Hatte sie dem zuvorkommen wollen?

Als er aus dem Haus trat, kam ihm ein kleines Mädchen entgegen mit einer bunten Schultasche am Rücken. Sie hatte dunkle Augen, ein rundes Gesicht, trug eine rosa Daunenjacke und Jeans. Sie warf ihm einen Blick zu, sagte Hallo und stieg die Treppe hinauf. Armes Kind, dachte Streiff wieder. Er schaute ihr nach und sah, dass ihre Schultasche mit Bildern des Hasen Felix, einer Bilderbuchfigur, verziert war.

Streiff versuchte wiederum, Fritz Legler zu erreichen. Vergeblich. Fuhr zu ihm nach Hause. Traf ihn nicht an. Fuhr in sein Büro. Durch den zweiten Mord hatte sich die Situation verkompliziert. Dass die beiden Tötungsdelikte, begangen im Abstand von wenigen Tagen an zwei Personen, die im gleichen Umfeld gearbeitet und eine Liebesbeziehung miteinander gehabt hatten, in irgendeinem Zusammenhang zueinander standen, war naheliegend, aber nicht erwiesen. Die Übereinstimmung konnte auch ein Zufall sein. Oder der zweite Mord segelte quasi im Schatten des ersten, suggerierte eine Verbindung, ohne dass es eine gab. Die zweite Frage war: Suchte er einen Täter oder zwei? Beide Opfer waren erstochen worden. Die Todesart von Angela Legler hatte in den Zeitungen gestanden. Auch hier: Eine Verbindung konnte gegeben sein. Oder auch nicht. Wer kam als Täter infrage? In beiden Fällen verdächtig war Fritz Legler, der Ehemann der ersten Toten. Es war naheliegend, dass der betrogene Ehemann seine Frau und ihren Liebhaber umgebracht hatte, und dieser Legler musste jetzt einfach her. Streiff schrieb ihn zur Fahndung aus.

Aber die einzige Möglichkeit war es nicht. Die Kantonsrätin konnte auch von einem gewalttätigen politischen Widersacher umgebracht worden sein. Zum Beispiel von einem, der nicht nur Steine warf, sondern auch ein Messer bei sich trug. Infrage kam auch Fridolin Heer, der kein Alibi für die Mordzeit hatte. Fridolin Heer, der offenbar im letzten halben Jahr in desolaten Verhältnissen gelebt hatte, arbeitslos, beschäftigungslos, sozial isoliert. Ein Bild für seinen inneren Zustand gab seine Wohnung ab, die vor die Hunde ging. Sein Kantonsratsmandat war vielleicht die einzige Chance gewesen, gerade noch die Kurve zu kriegen. Das war zweifellos ein Motiv. Der Steinewerfer und Heer hatten jedoch, soweit Streiff es überblicken konnte, keinen Grund, Mario Bianchera umzubringen, egal, ob sie von seiner Beziehung zu Legler wussten oder nicht.

Ein Motiv, Bianchera zu töten, hatte möglicherweise die Person, die Angela Legler bestochen hatte. Falls sie ihrem Freund davon erzählt hatte. Dem geradlinigen Bianchera, dem solche Mauscheleien extrem gegen den Strich gingen. Dann wäre er für jene Person ein empfindliches Sicherheitsrisiko gewesen. Natürlich barg es auch ein Risiko, jemanden zu töten. Aber jene Person war vermutlich imstande, alles auf eine Karte zu setzen, um ihre berufliche und politische Karriere zu retten; sie war auch mit der Bestechung von Angela Legler ein Risiko eingegangen. Musste er doch die Fingerabdruckaktion im Kantonsrat in Gang setzen?

Eine weitere Person, die auf die Liste der Verdächtigen gehörte, war Janine Bianchera. Rubina wird Mario beerben – das war einer ihrer ersten Gedanken gewesen, als sie die Todesnachricht gehört hatte. Streiff hatte noch nicht in Erfahrung gebracht, wie viel Geld er hinterließ. Unter Umständen war es ein starkes Motiv. Ihre Reaktion war seltsam gefühlskalt gewesen, vor allem ihre Idee, dass das kleine Mädchen den Vater so schnell als möglich vergessen sollte. Aber das hieß natürlich noch nichts.

Bilanz: zwei Morde, fünf verdächtige Personen, zwei davon unbekannt, eine hatte ein Motiv, beide Opfer umzubringen.

Im Laufe des Nachmittags trafen die Berichte der Rechtsmedizin und der Spurensicherung ein. Mario Bianchera war an den Folgen dreier Messerstiche gestorben. Es handelte sich nicht um die gleiche Art Messer wie das, mit dem Angela Legler erstochen worden war. Jenes Messer war lang gewesen, mit einer breiten, gezackten Schneide, dieses schmal und spitz. Die Tat war ungefähr um 1 Uhr nachts geschehen. In der Wohnung hatten sich keine Spuren eines möglichen Täters gefunden. Es sah so aus, dass Bianchera die Wohnungstür geöffnet hatte, der Mörder ihn gleich im Flur erstochen hatte und sofort wieder abgehauen war. Die Nachbarn hatten nichts bemerkt. Da die Wände zwischen den Wohnungen dünn waren, hatte wohl kein lauter Streit stattgefunden, denn das wäre den Nachbarn nicht verborgen geblieben. Vermutlich hatte das Opfer seinen Mörder gekannt. Bianchera hätte einem unbekannten Besucher um diese Zeit wohl nicht unbedingt die Tür geöffnet. War er mit ihm verabredet gewesen?

Lina saß in Valeries gemütlicher Wohnküche, ihre Freundin stand am Herd und rührte im Wok, in dem exotisches Gemüse brutzelte. Lina zündete sich eine Zigarette an. Sie rauchte nur, wenn sie Stress hatte, aber dann ziemlich viel, und Valerie, als ehemalige Raucherin, war großzügig. »Rauch nur«, hatte sie gesagt und ihr einen Aschenbecher hingestellt. »Ich muss ja später ohnehin gründlich lüften.« Sie gab geschnetzeltes Pouletfleisch in den Wok. In der Pfanne daneben begann das Wasser zu sieden, Valerie warf ein Päckchen Glasnudeln und einen Kaffeelöffel Salz hinein. »Bald fertig«, verkündete sie und schaute Lina forschend an. »Hast du überhaupt Hunger?«

Lina zuckte die Schultern.

»Macht nichts, du musst ein bisschen essen. Seit wann hast du nichts mehr gehabt?«

»Seit heute Morgen«, murmelte Lina.

»Eben«, meinte Valerie. »Du kriegst gleich ein Glas Wein, aber vorher isst du wenigstens ein paar Oliven.«

Lina drückte die Zigarette aus und griff gehorsam zu. Sie fühlte sich aufgehoben in der warmen Küche, in diesem Duft, gemischt aus Gewürzen, gebratenem Fleisch und Rauch. Im Hintergrund spielte Keith Jarrett das

Köln-Konzert. Seppli seufzte im Schlaf. Lina beugte sich hinunter und streichelte den kleinen Körper. An jenen anderen Körper, der nie mehr atmen würde, nie mehr warm sein würde, wollte sie nicht denken, aber sie wurde das Bild nicht los. Nachdem sie das Büro verlassen hatte, war sie, ohne nachzudenken, in ihr Atelier gefahren, aber es war ihr fremd vorgekommen. Was will ich hier, hatte sie gedacht, nichts. Sie war gleich wieder gegangen, war nach Hause gefahren. Unfähig, etwas zu tun, hatte sie gewartet, bis es Zeit war, zu Valerie zu gehen. Warum hatte sie nicht Hannes angerufen? Vielleicht würde es ihn kränken. Schließlich hatte sie ihm ein SMS geschrieben: Es ist etwas passiert. Ich erzähle es dir morgen. Übers Wochenende würde sie zu ihm nach Bern fahren. Endlich ging es auf 19.30 Uhr zu und Lina hatte sich auf den Weg machen können.

Valerie goss das heiße Wasser ab, schüttete die Glasnudeln in den Wok und vermischte sie mit dem Gemüse und dem Fleisch. Sie stellte die Pfanne auf den Tisch, schob Lina den Schöpflöffel hin und goss Rotwein in zwei Gläser.

»Hast du dich schon ein wenig erholt?«

»Ich weiß nicht«, sagte Lina, »das Ganze kommt mir so unwirklich vor. Ich weiß mit dem Verstand, dass es geschehen ist. Ich weiß, dass Menschen sterben, dass Menschen umgebracht werden und dass sie dann nicht mehr existieren. Aber mit dem Gefühl begreife ich es nicht. Wie kann das sein, dass es einen Menschen, der gelebt hat, einfach nicht mehr gibt? Gestern war Mario noch da und jetzt wird er nie mehr da sein.«

»Vielleicht ist er noch irgendwo«, meinte Valerie. Sie war nicht eigentlich religiös, pflegte aber eine unbekümmerte, ungeordnete und ein bisschen vage Vorstellung von einer Weiterexistenz nach dem Tod. Bücher über Nahtoderfahrungen beeindruckten sie. Das weiße Licht, das sie am Ende eines Tunnels sahen. Die Heiterkeit und der Friede, den sie dabei empfanden. Lina konnte mit dergleichen nichts anfangen. Sie fand es ein wenig naiv, sah es ihrer Freundin aber nach. So war Valerie eben: nicht nur die überlegte, blitzgescheite, erfolgreiche Geschäftsfrau, sondern auch spontan, von ihren Gefühlen geleitet, ab und zu etwas irrational.

»Wie war das damals für dich, als du Tschudi gefunden hast?«, fragte sie und schob sich tapfer ein Stückchen Fleisch in den Mund.

»Es war schrecklich. Ganz schlimm. Ich hatte auch die Empfindung, dass das gar nicht wahr sein könne, dass ich da in eine ganz falsche Realität hineingeraten war. Abgestürzt in eine Art Paralleluniversum, in dem nichts mehr stimmte«, erinnerte sich Valerie. Sie sah wieder Hugo Tschudis Leiche vor sich, so seltsam verrenkt unten an der Wendeltreppe. Und dann, nachdem sie ihn weggebracht hatten, war sein Umriss aus weißer Kreide geblieben.

»Jemand hat es getan«, fuhr Lina fort, »mit Absicht, es ist nicht einfach passiert. Es war kein Herzinfarkt oder ein Unfall. Jemand hat ihn ausgelöscht. Wie kann man so etwas tun? Wie kann man sich das Recht herausnehmen zu entscheiden, ob jemand leben darf oder tot sein soll?«

Valerie schwieg. Diese Frage hatte sie sich vor vier Jahren auch gestellt, immer und immer wieder. Auch während der Gerichtsverhandlung. Wobei jener Täter beteuert hatte, er habe Tschudi nicht töten wollen. Es war eine Tat im Affekt gewesen, die Strafe dementsprechend nicht allzu hoch.

»Hat es dich erleichtert, als du erfahren hast, wer es gewesen war?«, fragte Lina weiter.

Valerie seufzte. »Erleichtert ist das falsche Wort. Es war nochmals schrecklich. Aber wenigstens war die Ungewissheit weg. Es hatte etwas Unheimliches zu wissen, dass da irgendwo ein Mörder herumläuft, aber keine Ahnung zu haben, wer es war.«

»Ich kann mir überhaupt nicht denken, wer Mario hätte umbringen können. Und warum. Er war ein lieber Mensch. Es kann niemand gewesen sein, den ich kenne.«

»Vermutlich kennst du die Person ja auch nicht«, tröstete Valerie. Sie schenkte Wein nach. Gedankenverloren griff Lina nach einer Zigarette, obwohl ihr Teller noch halb voll war. Valerie musste lächeln. Das waren noch Zeiten gewesen, als man immer und überall rauchen konnte. Sie war zwar froh, dass sie davon losgekommen war, hatte aber nichts gegen kleine Ausflüge in die Lasterhöhlen der Vergangenheit einzuwenden.

»Was empfindet man in dem Moment, wenn einem bewusst wird, dass man jetzt getötet wird, dass man gleich sterben wird?«, überlegte Lina. »Mario hat die Person gesehen, das Messer, mit dem sie auf ihn loskam.«

»Ich hoffe, dass es ganz schnell gegangen ist«, sagte Valerie. »Komm, iss noch ein bisschen.«

Lina wurde bewusst, dass sie rauchte, während Valerie noch aß.

»Entschuldige«, murmelte sie und drückte die Zigarette aus. Aber vom Thema ließ sie sich nicht ablenken. »Wie hält dein Freund das bloß aus, er ist doch immer wieder mit solchen Taten, mit diesen Bildern konfrontiert.«

»Wir haben auch schon darüber gesprochen«, erzählte Valerie. »Einerseits gewöhnt man sich daran. Andererseits hat er Distanz zu diesen Personen, weil er sie nicht persönlich kennt. Und das Wichtigste ist, glaube ich, dass es Sinn macht, dass er dort ist. Dass er die Aufgabe hat herauszufinden, wer es getan hat. Es ist nicht einfach eine schreckliche Realität, die auf ihn einstürzt, wie es bei uns beiden war, sondern er hat ihr etwas entgegenzusetzen, seine Ermittlungsarbeit.«

»Ja, das mag der Unterschied sein.«

»Ich habe mich auch schon gefragt«, fuhr Valerie fort, »wie man mit der Tatsache leben kann, dass man jemanden umgebracht hat. Darauf weiß ich keine Antwort. Ich habe das einmal geträumt. Es war der schlimmste Traum meines Lebens. Und die größte Erleichterung, als mir beim Aufwachen aufging, dass es nicht wahr war.«

Lina nickte. »Ich könnte nie wieder unbeschwert sein. Oder gewöhnt man sich vielleicht auch daran? – Ich mag nicht mehr an diese schweren Themen denken. Am liebsten möchte ich am Montag gar nicht ins Büro gehen. Raffaela und Carlo werden mich ausfragen, das halte ich nicht aus. Raffaela wird sicher traurig sein, sie mochte Mario und hat manchmal versucht, ein bisschen mit ihm zu flirten. Aber wenn Carlo eine einzige grobe Bemerkung macht, dann laufe ich einfach davon.«

»Kannst du dir nicht ein paar Tage freinehmen?«, schlug Valerie vor. »Vielleicht könntest du dich sogar krankschreiben lassen. Ich könnte dich zu Lorenz schicken, ich habe jetzt ja Beziehungen.« Sie hatte Lina natürlich von ihrer Begegnung mit Lorenz erzählt.

Aber die manchmal zu pflichtbewusste Lina schüttelte den Kopf. »Es geht mir ja schon besser. Morgen gehe ich für zwei Tage nach Bern zu Hannes, dann werde ich es am Montag schon wieder schaffen.«

Wie zum Beweis fing sie jetzt an, mit etwas mehr Appetit zu essen. »Habe ich schon gesagt, dass es sehr lecker ist, was du mir da aufgetischt hast?«

»Nein. Kein Wort hast du bis jetzt gesagt.«

Lina musste lachen. »Entschuldige. Ich bin heute ein ganz schlechter Gast. Aber erzähl mir jetzt mehr von Lorenz. Hat er sich wirklich so verändert?«

Es wurde spät, bis Lina aufbrach.

»Wie ist es denn jetzt für dich, um diese Zeit hinauszugehen?«, wollte Valerie wissen.

»Ach, ich hab das Fahrrad dabei. Es wird schon gehen. Ist ja nicht weit.«

»Ich begleite dich. Seppli muss ja eh noch kurz hinaus«, bot Valerie an.

Lina gab es nicht zu, aber sie war sehr erleichtert. Die Nacht hatte für sie ein anderes Gesicht bekommen, sie fühlte sich ausgesetzt und allein. Wenn sie im Dunkeln hinter sich Schritte hörte, brach ihr der Schweiß aus.

SAMSTAG

Adrian Dürst besah sich im Spiegel. Er fand seine Aufmachung ganz zufriedenstellend. Turnschuhe, Jeans, eine dunkle Mütze. Und ein bunter, dicker Wollpullover. Er sah, fand er, perfekt aus für einen Flohmarktbesuch. Das war doch viel besser, als mit dem Pullover über dem Arm von Stand zu Stand zu gehen und zu fragen, ob jemand eine Person mit einem solchen Pulli kannte, unweigerlich als Polizist erkannt zu werden und einen abschlägigen Bescheid zu erhalten. Stattdessen würde er sich jetzt quasi als Versuchskaninchen ins Getümmel werfen und schauen, was passierte. Dürst hatte das weder mit seinem Chef noch mit Streiff besprochen. Natürlich war ihm klar, dass sich die Situation seit dem Tötungsdelikt an Angela Legler grundlegend geändert hatte. Das war seine eigene Mission, er ging ja quasi als Privatperson an seinem freien Tag dorthin. Konnte ihm wohl schlecht jemand verbieten. Anita, seine Frau, war unterwegs zu einem Patienten. Sie hätte keine Freude gehabt und Dürst war froh, der Diskussion mit ihr ausweichen zu können. Er machte sich auf den Weg.

Auf dem Flohmarkt schlenderte er von Stand zu Stand, befingerte da ein Handy, dort eine Pelzjacke. Er ließ seinen Blick über die Menge schweifen. Hatte er nicht dort hinten etwas Buntes aufblitzen sehen? Nein, das war ein farbenfrohes Plüschtier eines kleinen Jungen. Dürst wühlte in einer Kiste mit alten Vinylplatten, nicht weil sie ihn wirklich interessierten, und dann kaufte er an einem Stand einen Krimi, dessen Titel, Schrottreif, ihm gefiel. Er selbst las keine Krimis, er regte sich zu sehr darüber auf, wie fehlerhaft die Polizeiarbeit meist beschrieben wurde. Das vorliegende Buch war darin sicher keine Ausnahme. Aber Anita verschlang Krimis.

»Bilde dir nur nicht ein, etwas über unsere Arbeit zu erfahren«, sagte er, wenn er sie, in ein Buch vertieft, mit roten Ohren auf dem Sofa antraf.

»Will ich gar nicht«, gab sie jeweils zurück, »stör mich nicht, jetzt ist es gerade so spannend.«

Nach einer halben Stunde begann er, sich zu langweilen und beschloss, sich einen Kaffee zu gönnen. Auf dem Weg zum Kaffeestand tippte ihm plötzlich jemand auf die Schulter.

»Hallo, Bruno.« Dürst drehte sich um.

Hinter ihm stand ein Mann, jünger als er, ähnlich gekleidet, aber nicht so bunt.

»Oh, entschuldige, hab dich verwechselt«, sagte er, »du siehst von hinten genauso aus wie ein Kumpel von mir. Vor allem wegen des Pullis.«

Dürst schaltete rasch. »Ach, du meinst den Bruno, äh, wie hieß er doch gleich, den kenne ich.«

»Trümpy«, ergänzte der andere bereitwillig, »der mit den Musikanlagen.«

»Genau, Trümpy«, wiederholte Dürst, innerlich frohlockend. »Klar, bei dem hab ich kürzlich einen CD-Player gekauft. Ist der heute da?«

»Hab ihn noch nicht gesehen. Hast du dir von ihm den Pulli ausgeliehen?«

»Nein«, sagte Dürst stolz. »Von diesem Modell gibts zwei. Und ich habe den zweiten.«

Er ging davon, trank dann, an einen Baum gelehnt, seinen Kaffee und fühlte sich einfach großartig. Er hatte mit großer Wahrscheinlichkeit den Steinewerfer vom vergangenen Samstag ausfindig gemacht. Vielleicht sogar einen Mörder?

Lina ging neben Hannes die Aare entlang. Die Zeit der bunten Blätter war schon vorüber, am Boden lag feuchtes, braunes Herbstlaub, das Wasser des Flusses schien grau, obwohl durch die Wolken eine blasse Sonne schien. Lina liebte diese Flusslandschaft inmitten der Stadt. Sie waren bei der Lorrainebrücke hinter dem Bahnhof ans Ufer hinuntergestiegen und folgten dem U-förmigen Verlauf der Aare, die die schmale, langgezogene Altstadt umschloss. Lina fühlte sich wie befreit, seit sie Zürich verlassen hatte und in Bern aus dem Zug gestiegen war. Sie hörte die Leute Berndeutsch reden, einen weichen, runden, glänzenden Dialekt, in dem alles ein bisschen freundlicher klang als in Zürich. Auch Französisch hörte sie, eine Sprache, die ihr eigentlich nicht besonders gefiel, aber die jetzt das wohltuende Gefühl verstärkte, in einer anderen Welt angekommen zu sein. In einer Welt, in der sie zu Besuch war, in der es keinen Anlass gab, dass das Leben die Schrecken, die es bereithielt, an ihr ausprobierte. Sie fühlte sich in dieser Stadt unerkannt und geschützt. Die vergangenen Tage waren ein Alptraum gewesen. Jeden Tag war etwas neues Erschreckendes auf sie eingestürzt, Dinge, mit denen sie eigentlich gar nichts zu tun hatte. Es war, als hätte das Leben aus unerfindlichen Gründen sie, Lina, ausgesucht als Adressatin seiner bösartigen Einfälle. Der schlimmste Augenblick war gewesen, als sie Mario fand und wusste, dass er tot war. Das Gefühl von Einsamkeit, das in diesem Moment langsam in ihr hochgestiegen war und das über die Trauer, einen guten Freund verloren zu haben, hinausging, hatte sie noch nicht verlassen, trotz des Abends mit ihrer Freundin und obwohl sie jetzt bei Hannes war, der behutsam mit ihr umging, ohne seine üblichen kleinen, automatisierten Komm-mir-nicht-zu-nahe-Kapriolen.

Die Schwellung an ihrer Stirn war zurückgegangen, aber die Stelle war violett verfärbt. Natürlich schauten die Spaziergänger, die ihnen entgegenkamen, als Erstes auf diese Verletzung, und dann erntete Hannes einen argwöhnischen Blick, was ihm ziemlich unangenehm war.

»Sehe ich etwa aus wie so ein Schlägertyp?«, beschwerte er sich.

Lina lachte. »Da musst du jetzt durch. Aber im Notfall werde ich bezeugen, dass ich gegen die Kellertür gerannt bin.«

»Klar, das ist das, was geschlagene Frauen immer sagen«, gab Hannes zurück. »Hat die Polizei eigentlich herausgekriegt, wer dich so malträtiert hat?«

»Sie haben es mir jedenfalls nicht gesagt. Die Tasche habe ich ja mit dem ganzen Inhalt zurückbekommen, also war es kein gewöhnlicher Straßenräuber. Ich bin sicher, der Raub hatte mit meiner Entdeckung der 7000 Franken zu tun. Und da laufen die Ermittlungen ja noch. Jedenfalls hat Herr Dürst, der Polizist, der mir die Tasche zurückbrachte, gesagt, ich bräuchte mir keine Sorgen zu machen. Wenn ich erfahre, wer es gewesen ist, werde ich mir die Person noch vorknöpfen. Valerie und ich hatten so eine Idee, aber das ist natürlich absurd. Falls sich Angela Legler wirklich bestechen ließ, könnte sie ja auf mich losgegangen sein. Die Gestalt, die ich davonrennen sah, war jedenfalls klein und schmal wie sie. Aber es ist natürlich gemein, das zu sagen, vor allem, da sie tot ist. Aber erzähl jetzt von dir. Wie war deine Woche?«

Hannes arbeitete im Finanzdepartement und jetzt, während der Wintersession des eidgenössischen Parlaments, in der das Budget für das nächste Jahr beraten wurde, hatte er sehr viel zu tun. Sie hörte Hannes gern reden. Er war Deutscher und ihr gefiel sein gepflegtes, dialektfreies Hochdeutsch. Sie verstand nicht, dass es zunehmend mehr Schweizer gab, die sich an den deutschen Zuwanderern störten. Ein bisschen schönes Hochdeutsch konnte diesem Land nur guttun. Schrecklich fand sie die Forderung, die Deutschen sollten Schweizerdeutsch lernen. Sie hatte es Hannes praktisch verboten, sich daran zu versuchen. »Das können wir selbst besser«, hatte sie ihm beschieden. »Deine Mission ist eine andere, du sollst ein schönes Standarddeutsch in dieses Land tragen.« Hannes, ein Banker, der in Frankfurt gelebt hatte, war seit gut drei Jahren in der Schweiz. Die Beziehung mit Lina war seit Jahren eine Fernbeziehung und das hatte nur bedingt mit den getrennten Wohnsitzen zu tun. Sie hätten es wohl auch fertiggebracht, innerhalb der gleichen Stadt eine Fernbeziehung zu führen, denn beide taten sich schwer mit allzu viel Nähe.

Sie waren beim Nydeggstalden angekommen. »Willst du lieber weiter den Fluss entlang oder noch durch die Altstadt bummeln?«, fragte Hannes. »Wir müssen auf jeden Fall noch einkaufen fürs Abendessen.«

Lina, die fröstelte und etwas hungrig war, entschied sich für ein Altstadtcafé. »Wir können ja dann über die Kirchenfeldbrücke zu dir nach Hause gehen. Und einkaufen können wir in der Migros im Quartier. Was wirst du denn für mich kochen?«

Hannes musterte sie streng. »Irgendwas mit einer Rahmsauce. Du hast abgenommen, du bist zu dünn. Wahrscheinlich hast du nichts gegessen seit Dienstag.«

Das stimmte mehr oder weniger. Lina konnte kaum essen, wenn sie bedrückt oder aufgewühlt war.

»Überhaupt wäre es das Beste, du würdest dir eine Woche freinehmen und hierbleiben«, fuhr Hannes fort. »Du musst wieder zu Kräften kommen.«

Lina war bass erstaunt. Hannes wollte sie bei sich haben? In seiner Wohnung? Eine ganze Woche? Dann war er wirklich besorgt um sie. Offenbar machte sie einen ziemlich mitgenommenen Eindruck.

»Es geht nicht«, wandte sie zögernd ein. »Am Montag ist doch wieder Kantonsratsitzung.«

»Kantonsratsitzung. Wenn ich das schon höre. Ein Grund mehr, hier zu bleiben. Sonst stolperst du mir wieder über eine Leiche. Soll doch dein Kollege die Sitzung übernehmen. Eigentlich könntest du dich krankschreiben lassen, nach dem, was du in den letzten Tagen erlebt hast.«

Lina überlegte. Ein paar Tage weg sein von Zürich. Nicht im Büro sitzen, wo die noch nicht reparierte Pultschublade immer noch vom Einbruch zeugte. Nicht Marios leeren Schreibtisch neben sich haben. Es war ein verführerisches Angebot.

»Es geht nicht«, sagte sie nochmals. »Wir sind zu wenig Leute. Raffaela hat die Schweinegrippe, und, und Mario ist, ist nicht mehr da.« Sie brach ab, fühlte wieder einen Kloß in der Kehle, kämpfte die Tränen nieder.

Während Hannes kochte, lag Lina in einem Schaumbad und hörte Musik. Niemand weiß, wo ich bin, dachte sie. Niemand kann mich erreichen. Das Handy hatte sie ausgeschaltet. Aus der Küche erreichten sie Essensdüfte. Wenn sie zusammen waren, war es nie sie, die kochte, nicht einmal, wenn sie bei ihr zu Hause waren. Hannes kochte ausgezeichnet und mit Liebe. Zudem war das Kochen für Lina für ihn ein ungefährliches Terrain, ein Bereich, in dem er geben konnte, sie verwöhnen konnte, ohne sich abgrenzen und immer wieder Distanz markieren zu müssen.

Am frühen Nachmittag war Streiff nochmals ins Büro gegangen. Er hatte bereits vorher ein paar Lammkoteletten, ein Pack Dörrbohnen und kleine Kartoffeln gekauft. Heute Abend wollte er Valerie bekochen. Im Polizeigebäude war er dem jungen Kollegen Adrian Dürst begegnet, der strahlend auf ihn zugekommen war. Einen Moment lang war er verwirrt, weil er nicht wusste, wer da vor ihm stand. Er hatte sich an Dürsts Gesicht nicht erinnern können, hatte dann aber aus seinem Bericht rasch geschlossen, wer er war.

»War heute Morgen auf dem Flohmarkt, rein zufällig, kam grad vorbei«, hatte er erzählt und dann von seinem Fahndungserfolg berichtet. »Das Beste ist, dieser Bruno Trümpy war nicht nur Flohmarkthändler, sondern ist auch ein Kleinkrimineller. Hat vor ein paar Jahren geklaute Ware auf dem Flohmi verkauft.«

Streiff lächelte auf den Stockzähnen. Brav apportiert, dachte er, rief sich aber gleich zur Ordnung und dankte Dürst. Schließlich hatte er selbst diese Spur vernachlässigt. Gut, dass ein anderer ihn darauf aufmerksam machte. Er versprach, sich Trümpy vorzuknöpfen. »Keine Eigenmächtigkeiten«, warnte er den jungen Kollegen.

Heute Abend wollte er Valerie endlich fragen, ob sie sich vorstellen könnte, mit ihm … Gegen 16 Uhr rief er sie an.

»Oh, tut mir leid«, rief Valerie, »heute Abend gehe ich mit Lorenz essen. Aber wie wärs mit morgen?«

»Klar, morgen geht auch«, gab Beat zurück, »kein Problem.«

Aber es war natürlich ein Problem. Hoffentlich hatte sie es seinem Tonfall nicht angemerkt, wie enttäuscht er war. Augenblicklich verlor er jede Lust auf diesen

Abend, der nun endlos vor ihm lag. Was ist bloß mit dir los, fragte er sich. Normalerweise genoss er freie Abende allein zu Hause. Er kochte sich etwas, hörte Musik dazu, mit Vorliebe Country oder Jazz, trank ein paar Bier, legte dann eine DVD ein oder machte es sich mit einem Buch auf dem Sofa bequem. Vor Kurzem hatte er sich den neuen Roman von Arnaldur Indridason gekauft, mit dem schweigsamen Kommissar Erlendur. Aber heute lockte ihn gar nichts. Er ordnete Papierstöße und kritzelte überflüssige Notizen auf einen Block, weil er sich nicht dazu überwinden konnte aufzubrechen. Es war schon nach 19 Uhr, als er auf die Straße trat. Er drückte kurzerhand einem Bettler die Tüte mit den Einkäufen in die Hand. Er warf einen Blick durch die Glasscheibe eines Restaurants, das voll war mit Leuten, die zu Abend aßen. Es wurde ihm bewusst, dass er nach Valerie Ausschau hielt. Das war sehr dumm. Und doch – wo konnte sie sein? Wohin war der Quacksalber mit ihr gegangen? Und mit welchen Hintergedanken, dieser Drecksack? Worüber unterhielten sie sich? Wärmten sie romantische Erinnerungen auf? Wie war Valerie angezogen? Sie würde doch wohl nicht das weinrot-olivgrün gemusterte Teil tragen, in dem sie so schön aussah? Ohne sich dessen bewusst zu sein, hatte Beat den Weg zu einem Lokal eingeschlagen, in dem sie ab und zu zusammen aßen. Er schämte sich und doch öffnete er die Tür und schaute hinein. Natürlich waren sie nicht da. Hör auf, dachte er, du Idiot. Er setzte sich an die Bar und bestellte ein Bier. Gedanken kreisten in seinem Kopf. Warum war er nur so verunsichert, bloß weil Valerie einmal mit einem anderen ausging? Das hatte doch nichts zu bedeuten. Valerie hatte nie angetönt, dass sie nicht glücklich war mit ihm, im Gegenteil, sie strahlte, wenn sie ihn sah, sie erzählte ihm, was sie tagsüber erlebte, sie hatte Pläne, wohin sie ihn in den Ferien entführen wollte, und wenn sie in der Stimmung war, ihn zu verführen, dann tat sie das, egal, ob es mitten in der Nacht oder am frühen Nachmittag war. Aber sie konnte sich ihm auch entziehen. Er war sich nicht sicher, wie viel er nicht von ihr wusste. Er war auch nicht sicher, wie tief ihre Gefühle für ihn waren. Sicher war er für sie ein anregender Gesprächspartner, ein guter Liebhaber, eine Begleitung für Unternehmungen – aber vielleicht war er auch zu ersetzen? Eine angenehme Variante aus einem breiten Angebot weiterer angenehmer Varianten? Sie war fröhlich, lebhaft, selbstständig. War sie vielleicht auch ein bisschen oberflächlich, unfähig, sich auf einen anderen Menschen tief einzulassen? Beat wechselte das Lokal. Eine andere Bar, ein weiteres Bier. Nur die Gedanken waren die gleichen. War Stucki ihre große Liebe gewesen und alles, was danach kam, er, nur ein Abglanz davon? An einem Grillstand im Niederdorf bestellte er ein Käseküchlein. Das tat er nur noch selten, seit er zehn Kilo abgenommen hatte. Früher hatte er ab und zu an diesem Grillstand eine kurze Mittagspause verbracht oder vor dem Nachhausegehen eine fettige Wurst gegessen, wenn er keine Lust hatte zu kochen. Seit er mit Valerie zusammen war, ernährte er sich gesünder. Er beobachtete die vorübergehenden Leute, Touristen, Alkis, Jugendliche aus den Vorortgemeinden, die es am Wochenende in die

Stadt zog, eine bunte Mischung von Menschen, für die das Wochenende begonnen hatte.

»Beat!«

Diese Stimme kannte er doch.

»So ein Zufall. Ewig her, seit wir uns gesehen haben.«

Anikó. Ausgerechnet. Seine frühere Freundin. Es war Jahre her, seit sie sich zuletzt über den Weg gelaufen waren. Sie hatten sich seinerzeit getrennt, weil sie es nicht akzeptieren konnte, dass er zur Polizei gegangen war. Natürlich war sie, wie er, 20 Jahre älter geworden. Ihre Haare waren immer noch pechschwarz – oder vielleicht eher wieder. Der Kontrast zu ihrer hellen Haut war jetzt zu hart, machte sie älter. Etwas zugenommen hatte sie, aber sie war, wie früher, eine gut aussehende Frau. Ob sie immer noch so kämpferisch war?

»Hallo, Anikó.« Sein Gruß war etwas gezwungen. Er war jetzt wirklich nicht in der Stimmung für Small Talk und wollte keinesfalls, dass sie etwas von seinem Zustand mitbekam. Hoffentlich verabschiedete sie sich nach ein paar Sätzen wieder. Sonst würde er eine Verabredung vorschützen. Er schob sich den letzten Bissen des Käseküchleins in den Mund und nahm einen großen Schluck Bier. Es sah nicht so aus, als ob sie gleich weitergehen würde. Sie lehnte sich an die Theke und lächelte ihn an.

»Es freut mich, dich wieder einmal zu treffen.« Sie bestellte ein Bier. »Ich war im Kino. Bist du im Dienst? Du ermittelst in den beiden Mordfällen im Parlament, nicht wahr?«

Aha. Offenbar hatte sie nicht vor, ihm vorzuwerfen, dass er bei der Kriminalpolizei war.

»Ich habe Feierabend«, sagte er.

Sie bekam ihr Bier und Beat stellte sich innerlich auf eine Viertelstunde Konversation ein. Erst ärgerlich, aber dann dachte er, stell dich nicht so an, etwas Ablenkung kann dir nur guttun.

»In welchem Film warst du denn?«, fragte er höflich.

»In dem ungarischen. Im Züritipp ist er furchtbar verrissen worden, aber mir hat er gut gefallen. Wunderschöne Landschaftsbilder, schweigsame Menschen und am Schluss die große Katastrophe. Aber das ist nicht so wichtig. Erzähl von dir.«

Beat biss auf die Zähne. Erzähl von dir. Das war eine Aufforderung, die er verabscheute. Er hätte viel lieber über Filme, die vorbeigehenden Leute oder das Wetter geredet. Erzähl von dir. Bloß nicht. Gerade jetzt nicht. Er riss sich zusammen.

»Willst du eine Kurzzusammenfassung meiner letzten 20 Jahre?«, fragte er mit einem Lachen. »Mir gehts gut. Ich jage Verbrecher und kriege sie meistens. Ich bin geschieden, habe mich nicht fortgepflanzt, fahre im Winter Ski und im Sommer tauche ich. Und jetzt du.«

Anikó lachte und nahm den Ball unbefangen auf. Beat atmete auf.

»Ich unterrichte an einer heilpädagogischen Sonderschule, habe zwei Kinder, bin nicht geschieden, spiele sommers wie winters Tennis.«

Sie begann, ausführlicher von ihrer Arbeit zu erzählen. Beat hörte zu, froh, dass er nicht reden musste. Sie fröstelte. »Hier ist es kalt. Wollen wir nicht irgendwo in einem Lokal noch was trinken? Ich habe auch noch nichts gegessen.«

Beat brachte die Energie nicht auf, eine Ausrede zu erfinden. Außerdem hatte das Käseküchlein nicht viel hergegeben. Sie gingen in eine Pizzeria.

»Wirst du nicht vermisst?«

»So klein sind meine Kinder nicht mehr. Und mein Mann«, sie machte eine Pause, »ich glaube nicht, dass er mich sehr vermisst. Wir sind ja auch schon lange zusammen. Du weißt wohl, wie das geht.« Sie zuckte die Schultern. »Aber jetzt mache ich mir mit dir einen gemütlichen Abend.«

So, dachte Beat irritiert. Anikó bestellte Lasagne, Beat ein Rindscarpaccio. Anikó orderte, ohne zu fragen, was er wolle, eine Flasche Wein. »Das müssen wir feiern, dass wir uns so zufällig getroffen haben – wenn es überhaupt Zufälle gibt.«

Blödsinn, dachte Beat. Hat sie jetzt eine esoterische Ader entwickelt? Anikó setzte zu einer längeren Erzählung über ihre Ehe an. Beat stocherte lustlos in seinem Carpaccio, gab die nötigsten Antworten und sprach dafür umso mehr dem Wein zu. Eigentlich, dachte er, ist sie ja ganz nett. Nicht mehr so naiv und selbstgerecht wie vor 20 Jahren, und sie hat sich ehrlich gefreut, mich zu sehen. Er war schon einigermaßen betrunken, als Anikó noch Grappa bestellte. Sie war auch ziemlich angetrunken, sie hatte nie viel Alkohol vertragen. Sie verschwand für ein paar Minuten.

»Weißt du«, kicherte sie, als sie zurückkam, »als ich heute ausging, nahm ich mir vor, einen Typen aufzureißen. Was mein Mann kann, kann ich auch. Und jetzt reiße ich dich auf.«

Sie legte einen Hotelzimmerschlüssel auf den Tisch. »Habe ich eben bei der Rezeption besorgt.«

Beat sah Valerie vor sich, im weinrot-olivgrünen Top, aber er sah sie Stucki gegenübersitzend, ihm zulächelnd, oder vielleicht saßen sie jetzt schon nicht mehr, vielleicht – aber dieses Bild wollte er sich nicht vorstellen. Er winkte dem Kellner, bezahlte die Rechnung und folgte Anikó. Einen kurzen Moment lang dachte er, was tust du da, verdammter Trottel, hau ab, aber dann ging er hinter ihr her die Treppe hinauf, sie schloss die Zimmertür auf und er ging hinter ihr hinein.

SONNTAG

Fritz Legler öffnete das Fenster und hakte die hölzernen Fensterläden auf. Angenehm kalte Luft strömte in sein Schlafzimmer. Die Sonne war schon aufgegangen, der Himmel war blau über dem Hochnebelfeld, das weit unter ihm lag und das Tal und den See verdeckte. Er schaute einige Minuten auf die gegenüberliegenden Berge, lächelte, dann stieg er die steile schmale Treppe hinunter in den unteren Stock des kleinen Chalets. Er ging ins Badezimmer, duschte und zog sich an. Auf dem Glasregal unter dem Spiegel lag ein Lippenstift. Legler nahm ihn in die Hand und legte ihn wieder hin. Er ging in die Küchennische und machte sich Frühstück. Nahm zwei Tassen aus dem Schrank und stellte dann eine wieder zurück. Bevor er zu essen anfing, faltete er die Hände und murmelte ein Gebet. Aus dem Radio klang klassische Musik. Nach dem Frühstück griff er zur Bibel und las ein paar Minuten darin. Er stellte das Frühstücksgeschirr in die Küchennische, stellte Milch und Butter in den Kühlschrank, legte das Brot in die Brotbüchse und wischte den Esstisch mit einem Lappen sauber. Auf dem Tisch lag sein Handy, ausgeschaltet. Er nahm es auf, betrachtete es, als ob er überlegte, es einzuschalten, dann legte er es wieder ab. Er stellte die Musik lauter. Aus dem Putzschrank nahm er ein paar Reinigungsmittel, alte Lappen, füllte einen Putzeimer mit heißem Wasser und trat vors Haus. Dort stand ein schmutzverklebtes Mountainbike, das er gründlich zu waschen begann. Ein zweites Mountainbike stand da, etwas kleiner und weniger schmutzig. Er wusch auch dieses, langsam und sorgfältig. Als er fertig war, betrachtete er es lange und schob es unter das Vordach. Danach setzte er sich, in eine warme Jacke gehüllt, mit einem Buch auf die Bank vor dem Chalet, die von fahlem Sonnenlicht beschienen wurde, und las. Wanderer gingen vorbei, man grüßte sich. Mittags ging er wieder ins Haus, briet sich in der Küche ein paar Spiegeleier, die er nach einem kurzen Gebet aß. Er stieg wieder in den oberen Stock, öffnete einen Schrank, nahm Frauenkleider heraus, eine Strickjacke, einige T-Shirts, zwei Pyjamas, etwas Unterwäsche, die er zusammenfaltete und in einem großen Rucksack verstaute. Er wusch in der Küche das Geschirr ab, nahm wenige Vorräte aus dem Kühlschrank und legte sie in den Rucksack. Dann verschloss er die Fensterläden und die Haustür und machte sich auf den Weg zur Luftseilbahn.

»Was hast du getan?« Valeries Gesicht war eine Mischung aus Ungläubigkeit und Entsetzen. Beat zog es das Herz zusammen.

»Es ist irgendwie passiert«, murmelte er.

»So etwas passiert doch nicht einfach?« Ihre Stimmung schlug in Wut um. »Das passiert nicht einfach, das passiert nur, wenn man mitmacht, wenn man es will.« Sie griff nach dem Glas Cola, das vor ihr stand, und schüttete es ihm ins Gesicht. Er zuckte zusammen, wischte sich das Gesicht ab.

»Valerie«, sagte er.

»Was heißt hier Valerie?«, schrie sie. Sie packte die noch fast volle Colaflasche und schmetterte sie an die Wand. Die Flasche zerbrach, Scherben überall, Cola überall, bräunliche, nasse Flecken an der Wand, Colabäche ergossen sich über den Fußboden. Der Hund, der ein paar Spritzer abbekommen hatte, stand auf und verzog sich in eine andere Ecke. Beat stand auf, ging hinaus, holte Besen und Putzlappen und begann aufzuwischen.

»Warum hast du das getan? Warum?«, schrie Valerie ihn an. »Du hast alles kaputt gemacht!«

»Lass uns ruhig reden«, bat er, während er die größeren Scherben auf die Kehrichtschaufel legte. Dabei schnitt er sich, Blut quoll aus einem Finger, mit einem unterdrückten Fluch fischte er ein Taschentuch aus der Jeanstasche.

»Ruhig reden? Wie bitte? Was meinst du denn mit ruhig reden?« Ihre Stimme wurde noch lauter. Beat hatte Angst vor ihr.

»Sollen wir etwa ›wie erwachsene Leute‹ darüber reden?« Sie wurde weiß. »Pass auf, was du sagst, pass bloß auf!« Sie zitterte.

Er kniete auf dem Boden, wischte die Flüssigkeit auf, sah zu ihr hoch. Ihr verdammtes Temperament, dachte er. Damit habe ich rechnen müssen. »Lass es mich dir erklären. Es hat nichts zu bedeuten, es bedeutet mir nichts, wirklich.«

»Warum hast du es dann getan? Und warum sagst du es mir?«

Das verwirrte ihn. »Ich bin nicht auf die Idee gekommen, es dir nicht zu sagen«, stotterte er, darauf gefasst, dass ihm gleich wieder etwas um die Ohren fliegen würde. Wenn sie mich jetzt umbringt, ging es ihm durch den Kopf, kriegt sie mildernde Umstände, weil die Tat im Affekt geschah. Seltsamerweise schien seine Antwort sie etwas zu beruhigen.

Sie waren bei Valerie zu Hause. Als Beat an diesem Morgen auf dem Sofa aufgewacht war, noch in den Kleidern, leicht verkatert, nach ein paar Stunden dünnen Schlafs, war sofort der gestrige Abend vor ihm erschienen. Mist, hatte er gedacht, ich habe Mist gebaut. Eigentlich hatte er es schon gewusst, als er Anikó ins Hotelzimmer gefolgt war. Wie konnte er bloß? Er hatte sich danach ziemlich schnell davongemacht, hatte ein Taxi genommen und daheim eine Weile auf dem Sofa gelegen, bevor er in einen Schlaf fiel, der von wirren Träumen gestört wurde. Am Morgen hatte er seine Wohnung in Ordnung gebracht, wenigstens das, wenn schon sein Inneres ein großes Durcheinander war. Er hatte sein Bett frisch bezogen, staubgesaugt, die Toilette gescheuert, die leeren Bierflaschen zum Entsorgen bereitgestellt. Dazu hatte er laute Musik gehört, Rock. Er wollte nicht nachdenken, aber der gestrige Abend war ihm in quälender Eindringlichkeit durch den Kopf gegangen, Bilder, Gedanken, seine ihm jetzt unverständliche Stimmung. Dann war er am Bahnhof einkaufen gegangen, Valerie würde ja zu ihm zum Essen kommen. Automatisch hatte er nochmals das Gleiche gekauft wie am Tag zuvor. Lammkoteletten, Dörrbohnen, Kartoffeln. Er hoffte, dass der Bettler, dem er seine gestrigen Einkäufe in die Hand gedrückt hatte, irgendwo über eine Kochgelegenheit verfügte. Nach dem Einkaufen war er einen Kaffee trinken gegangen, er hatte es nicht über sich gebracht, nach Hause zu gehen und dort alles für Valerie vorzubereiten, die gegen 18 Uhr kommen würde, schön und heiter, ausgeruht, mit Vorfreude auf einen gemeinsamen Abend. Sie war ja gestern mit Stucki aus gewesen, aber das, was ihn gestern so geplagt hatte, schien ihm jetzt ganz bedeutungslos. Er war scheinbar ziellos durch die Stadt gegangen, in der Hand die schwerer und schwerer werdende Einkaufstüte. Als es gegen 16.30 Uhr war, fand er sich in der Nähe von Valeries Wohnung und hatte geklingelt.

»Ich möchte es dir erklären«, bat er, »wirklich. Aber ich kann es nicht, wenn du so in Aufruhr bist.« Hastig fügte er hinzu: »Natürlich hast du Grund, wütend zu sein.«

Er brach ab und registrierte dankbar, dass sie nicht wieder ausrastete. Sie schaute ihn nicht an.

»Ich war so komisch drauf gestern«, sagte er. »So enttäuscht, dass du schon etwas vorhattest. Dass du mit Lorenz ausgingst. Ich war, ich weiß, es ist dumm, ich war eifersüchtig. Ich dachte, dass ihr vielleicht wieder miteinander …«

»So ein hirnverbrannter Blödsinn«, schrie Valerie. »Nichts war, gar nichts. Wir haben nur miteinander gegessen. Und was heißt das überhaupt? Wolltest du dich rächen, quasi vorbeugend? Spinnst du eigentlich?«

»Nein, natürlich nicht. Ich habe mich einfach treiben lassen. Ich habe zu viel getrunken. In der letzten Zeit war ich nicht sicher, ob du mich noch liebst.«

Alles klang so dumm, was er sagte.

»Habe ich dir dafür einen Grund gegeben? Nicht, dass ich wüsste. Ich war glücklich. Ich dachte, wir seien beide glücklich.«

»Bin ich doch auch. Mir ist selbst nicht klar, was mit mir los war.«

Plötzlich schlug sie die Hände vors Gesicht und begann zu weinen. Beat wurde wind und weh. Sollte er versuchen, sie in den Arm zu nehmen, oder würde sie ihn zurückstoßen? Während er noch überlegte, klingelte sein Handy. Er verfluchte den Erfinder der drahtlosen Kommunikation. Ignorieren konnte er das Gedudel nicht und um das Ding abzustellen, musste er einen Blick aufs Display werfen. Das Kommissariat. Scheiße. Er musste sich melden.

»Ja?«

Er hörte eine halbe Minute zu. »Okay. Ich komme.«

Valerie hatte sich umgedreht. Ihre Augen waren gerötet, die Wangen nass, ihr Blick nicht mehr so wild.

»Valerie, es war das Kommissariat. Fritz Legler ist wieder aufgetaucht. Ich muss hin. Es tut mir leid. Alles.«

»Es ist egal«, sagte sie müde, »ich will jetzt sowieso allein sein.«

»Ich ruf dich an, sobald es geht«, versicherte Beat. Er

zögerte, legte dann einen Moment seine Hand an ihre Wange. Sie ließ es geschehen. Er griff nach der Einkaufstüte und seinem Mantel und ging. Die Szene ging ihm durch den Kopf, als sie sich vor vier Jahren wiederbegegnet waren, nachdem sie jahrelang keinen Kontakt gehabt hatten. Damals, als im FahrGut ein toter Mann gelegen hatte. Keine romantische Wiederbegegnung, aber der Anfang ihrer Beziehung. Hatte er jetzt wirklich alles kaputtgemacht, wie sie ihm vorgeworfen hatte? Was war er nur für ein Trottel. Anikó hatte er nie betrogen, Liliane, die Frau, mit der er ein paar Jahre verheiratet gewesen war, ebenfalls nicht. Warum ausgerechnet Valerie?

An der Tramhaltestelle versuchte ein Surprise-Verkäufer, seine Zeitungen loszuwerden. Streiff drückte ihm seine Einkaufstüte in die Hand, bekam dafür vom überraschten Mann eine Zeitung und stieg in den Vierzehner.

Fritz Legler saß im Befragungszimmer, als Streiff eintrat. Es befand sich nichts darin als ein Tisch, zwei Stühle und ein Aufnahmegerät. Das Licht war kalt. Es gab keine Ablenkung, nichts, vorauf man seinen Blick oder seine Gedanken richten konnte. Es gab nur die zwei Personen. Fragen. Antworten.

»Was ist Ihnen eigentlich eingefallen, einfach abzuhauen?«, fuhr er ihn an. »Sie sind ein Verdächtiger in zwei Mordfällen.«

Legler zuckte zusammen. »Verdächtig? Und wieso zwei Mordfälle?«

»Wo waren Sie in den letzten Tagen?«

Legler legte die Hände ineinander. »Ich habe Ruhe gebraucht. Ich musste mich sammeln.« Er schaute Streiff in die Augen. »Meine Frau ist gestorben.«

»Wo Sie waren, habe ich gefragt.« Streiff war klar, dass seine unwirsche Art viel mit seiner persönlichen Befindlichkeit zu tun hatte. Aber es passte ganz gut zusammen. Jetzt würde man diesem undurchsichtigen Popstar-Pfarrer ein bisschen die Hölle heißmachen.

»Meine Frau und ich haben, hatten, also ich habe ein Häuschen in den Bergen. Ein Refugium. Ein Ort des Friedens und der Stille. Auf den Eggbergen, im Kanton Uri. Da bin ich gewesen.«

»Zeugen?«

»Nachbarn haben mich gesehen. Aber warum brauche ich Zeugen?«

»Weil Sie in Ihrem Hüttchen offenbar weder Radio noch Fernsehen noch Zeitungen haben. Donnerstagnacht ist Mario Bianchera, der Liebhaber Ihrer Frau, getötet worden. Und Sie hatten ein Motiv, ihn umzubringen.«

Legler verdaute das schweigend.

»Warum haben Sie mir verschwiegen, dass Sie von diesem Verhältnis wussten? Dass Bianchera am Vorabend bei Ihnen gewesen war, um Ihnen das zu sagen?«

»Ich dachte nicht, dass es wichtig wäre. Dass es etwas mit dem Tod meiner Frau zu tun hatte.«

»Das Denken überlassen Sie am besten mir. Was wichtig ist, entscheide ich. So viel sollten Sie wissen, dass in einem Mordfall alles auf den Tisch gehört.«

Legler richtete sich auf: »Ich habe auch noch meine Privatsphäre.«

»Wenn jemand getötet wird, gibt es keine Privatsphäre«, schnitt ihm Streiff grob das Wort ab. »Sie haben möglicherweise entscheidende Informationen zurückgehalten. Wie reagierten Sie auf Biancheras Mitteilung?«

Legler schwieg. »Ich habe ihn hinausgeworfen. Ich wollte es nicht glauben. Dann hat er mir einen Brief gezeigt. Ich liebte meine Frau. Aber was sie getan hat, ist unverzeihlich. Die Ehe ist ein unauflösliches Band zwischen zwei Menschen.«

Das tönte wieder so hohl, eine Phrase, von der Streiff nicht sicher war, ob sein Gegenüber sie wirklich glaubte.

»Aber Sie wissen schon, dass es Scheidungen gibt?«, warf er sarkastisch ein. »Ungefähr die Hälfte aller Ehen werden geschieden.«

»Das ist für mich nicht maßgebend«, konterte Legler ungerührt. »Vor Gott ist die Ehe ein unauflösliches Band.«

»Über etwas anderes haben wir uns auch noch nicht unterhalten. Über Ihr Alibi für den Abend, an dem Ihre Frau umgebracht worden ist.«

»Ich habe Ihnen doch gesagt, dass ich zu Hause war.«

»Eben. Und das ist kein Alibi. Herr Legler, ich nehme Sie in Untersuchungshaft, weil Sie beim Mord an Ihrer Frau der Hauptverdächtige sind.«

Legler schüttelte den Kopf. »Ich habe meine Frau nicht umgebracht.«

Streiff kam in Fahrt. »Nicht? Wollten Sie sie nicht bestrafen für ihren Sündenfall? Das würde doch zu Ihrem Bild vom strafenden und richtenden Gott passen? Vielleicht haben Sie sich als sein Stellvertreter, pardon, als sein Werkzeug gesehen, das die Sanktion vollzieht, die Er vorgesehen hat für die sündige Ehefrau?«

»Wie können Sie es wagen …«

»Sie haben es ja auch gewagt, Patienten im Triemli-Spital in Angst und Schrecken zu versetzen. Und Sie nehmen es sich heraus, junge Menschen um sich zu scharen und sie dann mit Ihren moralischen Vorstellungen unter Druck zu setzen. Das alles ist doch abgesegnet von Ihrem Gott. Dieser Gott würde doch Ihre untreue Ehefrau nicht ungestraft davonkommen lassen.«

Legler straffte sich. »Hat er auch nicht«, entfuhr es ihm. »Aber ich war nicht sein Werkzeug.«

»Na, sehen Sie, das ist genau Ihre Art zu denken. Gott hat sich ein Werkzeug genommen, um Ihre Frau zu bestrafen. Wie bringen Sie das aber zusammen mit dem Gebot ›Du sollst nicht töten‹?«

»Ich habe sie nicht getötet«, wiederholte er. »Sie können mich nicht in Haft nehmen, Sie haben keine Beweise.«

»Sie sind verdächtig, Sie haben kein Alibi und ich kann Sie schon wegen Fluchtgefahr in Haft nehmen«, konterte Streiff.

»Hören Sie, ich bin nicht geflohen, ich wollte einfach für mich sein, ich habe mir das gar nicht überlegt.

Verstehen Sie denn nicht, ich trauere um meine Frau. Wäre ich zurückgekommen, wenn mein Rückzug eine Flucht gewesen wäre?«

Er kämpft, dachte Streiff. Wofür kämpft er? Um seine Unschuld glaubwürdig zu machen oder um seine Schuld zu verschleiern?

»Hören Sie, ich habe ein Alibi. Ich hatte an jenem Abend Besuch.«

Streiff sagte nichts.

»Ich habe es nicht gesagt, weil ich jemanden schützen wollte. Ein junges Mitglied meiner Gemeinde. Es wollte einen Rat von mir. Aber seine Eltern sehen es nicht gern, dass es in meine Jugendgruppe kommt.« Streiff kam Linas Erzählung in den Sinn von der Tochter einer Bekannten von ihr.

»Es wäre gut, wenn Sie endlich begreifen, dass Ihre Lage ernst ist und dass Sie mit Diskretion und Privatsphäre nicht weiterkommen. Sie behindern damit die Polizeiarbeit. Name, Adresse?«

»Lena Rhyner. Bitte behandeln Sie das diskret. Und jetzt lassen Sie mich gehen. Ich habe seelsorgerische Pflichten. Ich kann meine Gemeinde nicht im Stich lassen.«

»Ich werde dieses Alibi sehr genau prüfen. Und wenn Ihnen diese Frau ein Gefälligkeitsalibi gibt, werde ich das herausfinden. Übrigens brauche ich auch noch Namen und Adressen der Nachbarn, die Sie in Ihrem Ferienhaus gesehen haben. Wenn ich Ihre Alibis geklärt habe, können Sie gehen. Solange warten Sie. Wenn Sie wollen, kriegen Sie Papier und Bleistift, um eine Predigt zu entwerfen.« Streiffs Sarkasmus war unüberhörbar.

Legler biss sich auf die Lippen.

Das Gespräch mit Lena Rhyner, die Legler am Mordabend angeblich besucht hatte, hinterließ in Streiff einen zwiespältigen Eindruck. Er war zu ihr nach Hause gefahren, etwas argwöhnisch. Fritz Legler hätte jedenfalls genug Zeit gehabt, sich mit ihr abzusprechen. Hatte nicht Elmer gesagt, er habe einen großen Einfluss auf seine Anhänger? Sie war eine 19-jährige, schüchterne junge Frau, die Tochter einer Freundin von Lina Kováts, die Leglers Jugendgruppe besuchte. Sie kannte ihn schon seit Jahren. Er hatte sie konfirmiert und als er die Landeskirche verlassen und sich dieser Freikirche angeschlossen hatte, war Lena ihm gefolgt. Sie lebte mit ihrer Mutter in einer Dreizimmerwohnung im Friesenbergquartier. Ihr Zimmer, stellte Streiff fest, als er einen Blick durch die offen stehende Tür warf, war noch eingerichtet wie ein Kinderzimmer. Plüschtiere auf dem Bett. Ein großes Poster mit einem jungen Elefanten an der Wand.

Lena Rhyner wirkte jünger, als sie war, ein bisschen unbeholfen. So als fühlte sie sich in ihrem Körper nicht ganz zu Hause. Das braune Haar hatte sie im Nacken zusammengebunden. Ihr Kleid war modisch, aber es stand ihr nicht. Sie möchte hübsch sein, dachte Streiff, aber sie weiß nicht, wie das geht.

Er fragte sie nach dem Mordabend.

»Ja, ich war bei Herrn Legler«, bestätigte die junge Frau. »Ich wollte ihn um Rat fragen wegen meines Studienfachs. Im Sommer mache ich die Matura. Ich weiß nicht, ob ich Theologie oder Religionswissenschaften studieren soll. Oder vielleicht Philosophie?«

Sie schien in dieser Frage immer noch ratlos zu sein.

»Meine Mutter meint, ich solle Fächer studieren, die ich später unterrichten kann. Aber … ich möchte nicht irgendetwas studieren, sondern Antworten bekommen auf die Fragen, die im Leben wirklich wichtig sind.« Sie brach ab. Nervös wickelte sie sich ihren dünnen Schal um einen Finger.

»Was sind denn diese Fragen?«, fragte Streiff.

»Warum wir leben. Was nach dem Tod sein wird. Und wie das Wissen darüber überliefert worden ist in den verschiedenen Religionen.«

»Wie ist Ihre Beziehung zu Herrn Legler? Warum haben Sie gerade ihn um Rat gefragt?«

»Er weiß sehr viel. Er ist gefestigt im Glauben.« Was für ein seltsamer Satz, dachte Streiff, ohne Lena zu unterbrechen.

»Er kümmert sich ein wenig um mich. Mein Vater lebt ja nicht bei uns. Er ist in England. Schon seit mehreren Jahren.«

»Was haben Sie gedacht, als Sie vom Tod seiner Frau erfahren haben?«

»Es war ganz furchtbar. Er hat mir so leidgetan. Gott will ihn prüfen, habe ich gedacht, und er wird diese Prüfung bestehen.«

Streiff gewöhnte sich allmählich an diese Terminologie. Er zuckte nicht mehr jedes Mal innerlich zusammen, wenn ein solch salbungsvoller Satz fiel.

»Kannten Sie Frau Legler?«

»Nur flüchtig. Sie war nicht oft dabei bei den Gottesdiensten.«

»Haben Sie eine Idee, wer sie getötet haben könnte?«

»Ich? Nein. Sie ist ja auf dem Flohmarkt angegriffen worden. Vielleicht war es ein politischer Extremist.«

»Was hat Herr Legler Ihnen denn geraten, was Sie studieren sollten?«, wollte Streiff wissen.

»Theologie«, gab sie zur Antwort. »Ich soll Theologie studieren. Er meint, es habe keinen Sinn, sich mit anderen Religionen zu befassen, die ja im Irrtum seien. Ich solle mich in die richtige Lehre vertiefen.« Sie spielte mit ihrem Kupferarmreif.

»Und Sie? Finden Sie das auch richtig?«

»Ja.« Plötzlich wirkte sie sicher. Dieser Pfarrer hat großen Einfluss auf sie, registrierte Streiff.

»Von wann bis wann waren Sie bei ihm?«

»Ich bin um 20.30 Uhr hingegangen und bis gegen 23 Uhr geblieben.«

»Haben Sie mit Herrn Legler an jenem Abend auch über anderes als über Ihr Studium gesprochen?«

»Er hat mir Bücher gezeigt, die ich lesen soll.«

»Und über Persönliches?«

Lena Rhyner sah ihn verwirrt an. »Warum fragen Sie das?«

»Sie sagten, Herr Pfarrer Legler habe sich ein wenig um Sie gekümmert. Ist er eine Vertrauensperson für Sie? Wenden Sie sich auch bei privaten Problemen an ihn?«

»Manchmal schon.« Ihr Gesicht verschloss sich.

»Sind Sie verliebt in ihn?«

Die junge Frau wurde rot. »Wie können Sie das fragen? Herr Legler ist – war verheiratet. Und die Ehe ist ein heiliges Sakrament.«

War ein heiliges Sakrament, dachte Streiff. Denn jetzt ist er ja Witwer. In allen Ehren wieder zu haben. Ob die Kleine so weit gehen würde, ihm ein falsches Alibi zu geben? Irgendwie tat sie ihm leid. Obwohl man kein falsches Zeugnis ablegen durfte? Gebote, sogar biblische Gebote, waren im Ernstfall immer dehnbar und interpretationsbedürftig.

»Vielleicht könnten Sie ja Philosophie im Nebenfach studieren«, sagte er.

Barbara Rhyner, Lenas Mutter, konnte zwar nicht bestätigen, dass Lena vorhatte, an dem Abend den Pfarrer aufzusuchen, aber das hatte nichts zu bedeuten. Sie fragte Lena nicht ständig, was sie tat, und Lena, die wusste, dass ihre Mutter es nicht besonders gern sah, dass sie in diese Jugendgruppe ging, hätte ihr kaum erzählt, dass sie den Pfarrer um Rat fragen wollte. Sie konnte auch nicht sagen, ob Lena an jenem Abend zu Hause gewesen war, da sie selbst ins Kino gegangen war. An Leglers Alibi für den Abend, an dem seine Frau umgekommen war, war erst mal nicht zu rütteln.

Es wurde 22 Uhr, bis Streiff Legler gehen ließ. Die Kantonspolizei Uri hatte einen Beamten mit einem Jeep auf die Eggberge geschickt, um die Bauernfamilie zu befragen, die nicht weit von Leglers Chalet lebte. Nach 21 Uhr kam die Antwort des Polizeibeamten Stadler aus Altdorf. Familie Küchler hatte bestätigt, dass man Fritz Legler seit Donnerstag ab und zu von Weitem gesehen hatte. Sie kannten ihn und seine Frau seit Jahren. Vom Mord in Zürich hatten sie gehört. Die Frau habe zum Mann gesagt, du, das sind doch die Leglers, die das Chalet da unten haben. Und dann habe der Mann berichtet, der Legler sei jetzt da. Vorbeigegangen seien sie nicht, was hätte man auch sagen sollen, der arme Kerl. Man wollte ja nicht neugierig erscheinen. Abends habe im Häuschen Licht gebrannt. Der Angestellte der Luftseilbahn hatte ausgesagt, dass der Pfarrer am Mittwoch mit der letzten Bahn hinaufgefahren und am Samstag am frühen Nachmittag wieder hinuntergefahren war. Beim Wirt des Restaurants, an das ein kleiner Lebensmittelladen angeschlossen war, hatte Legler am Mittwochabend Milch, Butter, Brot, Äpfel, Karotten, zwei Flaschen Wein und eine Packung Spaghetti gekauft. Die Eggberge gaben ein ausgezeichnetes Alibi ab. Die letzte Luftseilbahn fuhr abends um 18 Uhr. Dann gab es kein Herunter- oder Heraufkommen mehr, es sei denn, in einem drei- bis vierstündigen Fußmarsch durch den dunklen Wald.

Gegen 23 Uhr kam Streiff nach Hause. Er rief bei Valerie an, aber sie hob nicht ab.

Janine Bianchera saß im Wohnzimmer. Eine gedimmte Lampe spendete gedämpftes Licht. Rubina war im Bett. Sie war erschöpft. Die letzten Tage waren schlimm gewesen. Rubina hatte erst nicht glauben wollen, dass ihr Papa tot war.

»Du lügst«, hatte sie geschrien, »ich hasse dich, wenn du sagst, Papa ist tot. Bald wird er mich abholen. Und dann komme ich nie mehr zu dir zurück.«

Janine hatte sich hilflos gefühlt, überfordert. »Du musst jetzt ein großes Mädchen sein«, hatte sie es versucht. Aber die Kleine hatte nicht mit sich reden lassen. Schließlich hatte sie die Geduld verloren und Rubina in ihr Zimmer geschickt. Dort hatte sie sie weinen hören. Sie hatte zu ihr gehen wollen, aber die Tür war abgeschlossen gewesen.

»Rubina, mach auf«, hatte sie gedrängt.

»Geh weg«, hatte ihre Tochter mit tränenerstickter Stimme gerufen.

»Rubina, du machst jetzt sofort die Tür auf.« Sie hatte sich Sorgen gemacht, es ging nicht an, dass sich eine Achtjährige in aufgewühltem Zustand in ihrem Zimmer einschloss. Aber irgendwie hatte sie es doch falsch gemacht, sie war wütend geworden und das Ganze war in einen heftigen Streit ausgeartet. Schließlich hatte die Kleine gehorcht, Janine hatte den Schlüssel konfisziert, aber das war auch der einzige Erfolg der ganzen Aktion gewesen. Als Janine ihr Gute Nacht sagen wollte, hatte sich Rubina weggedreht und nichts gesagt, und später hatte sie sie wieder schluchzen gehört.

Am Samstag waren sie in der Stadt gewesen, um Trauerkleider für beide zu kaufen. Rubina hatte ihren Widerstand aufgegeben. Sie war stumm mitgetrottet mit vom Weinen noch verschwollenen Augen und hatte es nachher abgelehnt, im Sprüngli noch eine heiße Schokolade zu trinken. Zuhause hatte sie sich wieder in ihr Zimmer zurückgezogen und Janine hatte sie leise mit dem Meerschweinchen sprechen gehört. Ihr gegenüber hatte sie sich vollkommen verschlossen. Heute war es auch nicht besser gegangen.

Aber war es denn überhaupt jemals gut gegangen mit diesem Kind, diesem widerspenstigen kleinen Wesen, das nur beim Papa sein wollte und die Angebote und Annäherungsversuche der Mutter meist rundweg abgelehnt hatte? Alles war ganz anders gekommen, als sie es geplant hatte. Und dabei hatte sie doch gut geplant, was war bloß falsch gelaufen? Sie hatte gewusst, was sie wollte. Einen Mann, der für sie sorgte, und ein Kind, das sie liebte. Sie war Kellnerin im Café gewesen, in dem Mario meist morgens einen Cappuccino getrunken hatte. Er war nicht unbedingt ihr Typ Mann gewesen, aber von jener Sorte hatte sie schon genügend gekannt, die brachten es auf Dauer einfach nicht. Mario hingegen, vielleicht war er ein bisschen temperamentlos, mit der Zeit möglicherweise langweilig. Aber mit Sicherheit der richtige Vater für ihr Kind. Ein Kind wollte sie unbedingt. Einen hübschen Jungen oder ein süßes Mädchen, dem sie schöne Kleidchen und Spielsachen kaufen würde. Sie würden in einer schicken Wohnung leben. Mario verdiente genug, um ihr einen gewissen Lebensstandard bieten zu können. Es war nicht schwierig gewesen, ihn für sich zu gewinnen. An ihrem Hochzeitstag war sie überzeugt gewesen, dass sie alles richtig gemacht hatte. Nie mehr würde sie Kellnerin sein und anderen Leuten einen Kaffee bringen müssen. Nach einem Jahr war sie schwanger geworden. Alles war prima gelaufen.

Aber irgendwann war es schiefgegangen. Sie konnte nicht sagen, wann es begonnen hatte. Ab wann Mario nicht mehr so ganz der strahlend glückliche Ehemann und Vater gewesen war. Auch mit dem Kind war es von Anfang an schwierig gewesen. Rubina hatte als Baby stundenlang geweint, was hieß geweint, gebrüllt hatte sie. So hatte Janine sich das nicht vorgestellt. Und die Kleine bevorzugte ihren Vater mit einer Bestimmtheit, die Janine gekränkt hatte. Sie hatte es beiden übel genommen, als wäre es eine Verschwörung von Vater und Tochter gegen sie. Es hatte immer mehr Streit gegeben, und irgendwann waren Mario und sie übereingekommen auseinanderzugehen, auch dem Kind zuliebe.

Janine war willens gewesen, hart zu verhandeln. Ihre Existenzsicherung würde sie nicht aufgeben. Aber das war gar nicht nötig gewesen. Mario hatte ihr die geräumige Wohnung überlassen, für die er weiterhin die Miete bezahlte, und war in eine kleine Dreizimmerwohnung gezogen, in der ein Raum als Kinderzimmer eingerichtet wurde. Er war auch bereit, den nötigen Unterhalt für sie zu bezahlen, nur für ihre Extras musste sie selbst aufkommen. Dafür nahm er die Kleine jedes Wochenende zu sich. Kein schlechtes Arrangement, fand Janine schließlich. Dank des Jobs in der Bar würde sie wieder unter die Leute kommen, vielleicht einen neuen Mann kennenlernen, und wenn Mario nicht die ganze Zeit hier war, würde ihr kleines Mädchen sie vielleicht mehr zu lieben beginnen. Männer lernte sie tatsächlich kennen, auch wenn bis jetzt noch nichts Rechtes darunter gewesen war. Aber ihr kleines Mädchen machte ihr einen Strich durch die Rechnung. Sie verstanden sich zwar einigermaßen, Rubina fand auch Gefallen an hübschen Kleidchen und Barbiepuppen, aber am Freitagabend flog sie dem Papa jeweils nur so entgegen, während sie am Sonntag still und widerstrebend zurückkehrte. Oft war Janine im Geheimen wütend auf dieses kratzbürstige kleine Ding. Sie war doch die Mutter, hatte sie nicht ein Recht darauf, von ihrer Tochter geliebt zu werden?

Aber damit hätte sie leben können. Wenn es auch Risse und bröcklige Stellen gab, so machte ihr Leben im Ganzen doch etwas her. Von ihr aus hätte es so bleiben können. Es war noch nicht lange her, als ihr bewusst wurde, wie fragil die ganze Konstruktion war, wie sehr sie davon abhing, ob Mario mitmachte. Sie hatte ihn mit einer Frau gesehen. Nur kurz. Von hinten. Die beiden waren in einem Haus verschwunden. Aber Mario kannte sie auch von hinten und die Bewegung, mit der er seinen Arm um die Frau gelegt hatte, hatte keinen Zweifel offengelassen. Die Frau hatte kurzes dunkles Haar gehabt, sie war etwas kleiner als er. Janine war ins Grübeln gekommen. Damit hätte sie vielleicht rechnen müssen, dass er sich wieder verliebte, aber sie hatte diesen Gedanken immer ausgeblendet. Es konnte ihr eigentlich egal sein, aber was war, wenn er wieder heiraten sollte, wenn er weitere Kinder hatte? Sicher, er verdiente gut, vielleicht würde er nach Esther Jennys Pensionierung ihr Nachfolger, aber endlos würde auch dieser Lohn nicht reichen. Ich muss uns schützen, hatte sie gedacht, Rubina und mich. Der Gedanke hatte sie gestreift, dass es vor allem um sie ging, dass Rubinas Unterhalt wohl kaum gefährdet war, aber sie hatte ihn rasch weggeschoben. Ich muss uns schützen, uns schützen, hatte sie innerlich wiederholt. Jetzt war diese Frau tot. Aber das nützte ihr nichts mehr. Mario war auch tot. Und ihr Kind strebte weg von ihr. Ihr Leben lief aus dem Ruder. So war das vor zehn Jahren nicht geplant gewesen.

MONTAG

Lina saß am Schreibtisch, unschlüssig, was sie tun wollte. Die morgendliche Ratssitzung war kürzer ausgefallen als gewöhnlich und Carlo und sie teilten sich das Redigieren. Sie war also nicht in Eile mit dem Protokoll, aber sie hatte einfach keine Lust zu arbeiten. Sie fühlte sich müde, obwohl sie sich am Wochenende ausgeruht hatte. Zürich hatte sie wieder in sich hineingesogen, so kam es ihr vor. Wieder war sie in diesem Gespinst von schrecklichen Ereignissen; auf dem Weg vom Paradeplatz zum Limmatquai klopfte ihr Herz, auch tagsüber. Ein wenig bereute sie es, dass sie Hannes' Angebot ausgeschlagen hatte. Wie angenehm wäre es, jetzt in Bern zu sein, entweder in seiner Wohnung mit einem Buch oder unterwegs in der Altstadt unter den Arkaden, in Bern Lauben genannt, die die ganze Altstadt hinaufführten. Gegen Abend würde sie ein Schaumbad nehmen und dann mit Hannes in die nahe gelegene Pizzeria essen gehen. Wobei – wer weiß, vielleicht wäre es Hannes dann auch schon wieder zu viel, dass sie da war. Es war doch besser, dass sie zurückgekehrt war. Raffaela war immer noch krank. Carlo war da, aber er hatte sich in sein verbissenes Schweigen zurückgezogen, das nur ab und zu von einem unterdrückten Fluch unterbrochen wurde. Zweifellos ärgerte er sich wieder maßlos über verunglückte Satzkonstruktionen.

Um irgendetwas zu tun, begann Lina, ihren Schreibtisch zu ordnen. Sie räumte die Schubladen aus und schaute den ganzen Papierkram, der sich angesammelt hatte, durch, sortierte, bündelte den Wust und warf einiges weg, eine Karte fiel ihr in die Hände, schon fast ein Jahr alt: Sehr geehrte Frau Kováts, vielen Dank für Ihre ausgezeichnete Arbeit. Moment, diese Schrift hatte sie doch vor Kurzem gesehen. Das war doch – nervös durchsuchte sie eine andere Schublade. Streiff hatte ihr eine Kopie des handschriftlichen Zettels gegeben, der bei den 7000 Franken gelegen hatte. Hier, da war er. Lina legte die beiden Schriftstücke nebeneinander und verglich sie. Kein Wunder, war ihr die Schrift bekannt vorgekommen. Ja, das war dieselbe Schrift. Und die Karte an sie war unterschrieben. Allerdings war es kein Name, der mit P begann. Ihr Herz klopfte heftig. Sie wählte Streiffs Handynummer.

Streiff klatschte die beiden Blätter vor dem Mann auf den Tisch. »Können Sie mir das erklären? Das ist Ihre Schrift, das haben beides Sie geschrieben.«

Der große, massige Mann schluckte, besah sich die Blätter. »Ja, das habe ich der Frau Kováts geschrieben. Ich glaube, sie hatte ein Protokoll, das ich dringend haben musste, sehr rasch fertiggestellt.«

»Und das andere?«, fiel Streiff scharf ein.

»Keine Ahnung mehr. Für irgendetwas habe ich mich da wohl bedankt.« Er verwarf die Hände, zuckte die Schultern. Er schwitzte.

»Aber ich weiß es. Dieser Zettel war angeheftet an

sieben Tausendernoten, die in einer Kartonmappe von Angela Legler entdeckt wurden.«

Der Mann schwieg. Er fuhr sich mit der Hand durch seinen Bürstenschnitt. »Hören Sie«, begann er, »kann das unter uns bleiben? Ich werde es Ihnen sagen, aber ich schwöre Ihnen, mit dem Mord an Angela Legler habe ich nichts zu tun.«

Heinrich Leuzinger atmete tief durch. Sie waren im engen, peinlich aufgeräumten Büro seines Sanitärgeschäftes im Kreis sechs. Als Streiff aufgetaucht war, hatte Leuzinger die Verkäuferin angewiesen, Laden und Telefon zu übernehmen und ihn nicht zu stören. Seit Tagen hatte er befürchtet, dass die Polizei bei ihm auftauchen könnte. Seit Angela Legler tot war. Vom Verschwinden und Wiederauftauchen des Geldes hatte er nichts gewusst, er hatte nur gehofft und gebangt, dass Angela den Zettel entsorgt hatte. Jetzt war es so weit. Es hatte keinen Zweck zu leugnen, Leuzinger wusste, wann er verloren hatte. Nun galt es zu retten, was noch zu retten war. Also packte er aus.

Er war der Initiant einer Gruppe von Gewerblern und Geschäftsinhabern der Stadt Zürich, alle Mitglieder der bürgerlichen Parteien, die sich zusammengetan hatten, um das Velowegkonzept kritisch im Auge zu behalten. Ihnen war es wichtig, dass ihre Betriebe und Geschäfte für Kunden und Lieferanten mit dem Auto gut erreichbar waren. Diese Fahrradförderung war ihnen ein Dorn im Auge. Besonders im Seefeld mit seinen vielen Läden fanden sie das eine Schnapsidee. Im Seefeld, einem schmalen, langgezogenen Quartier, gab es einfach keinen Platz für eine gesonderte Velospur. Leuzinger als Kantonsratsmitglied hatte im Rat lobbyiert und war Mitglied der AG KVK. In seiner eigenen Partei, der SVP, und bei den FDP-Mitgliedern war es kein Problem gewesen. Bei den Linken und Grünen hatte er es gar nicht erst probiert. Das Zünglein an der Waage würde die unberechenbare CVP sein, die mal nach rechts, mal nach links pendelte. Legler, selbst Radfahrerin, hatte eher zur Pro-Veloweg-Fraktion geneigt. Allerdings lag ihr auch daran, es sich mit der Rechten nicht zu verderben. Leuzinger war zweimal mit ihr essen gegangen, hatte argumentiert, sich alle Mühe gegeben, ein wenig bodenständigen Charme zu versprühen. Aber sie hatte einen harten Kopf. Erst mit der Zeit hatte sie durchblicken lassen, dass sie für eine Gegenleistung mit sich würde reden lassen. Leuzinger hatte das wiederum mit einem Ausschuss der Gewerblergruppe besprochen und schließlich hatte man sich auf diese kleine Morgengabe geeinigt, die Leuzinger Legler am Montag zugesteckt hatte.

»Das kann Ihnen jetzt doch eigentlich egal sein«, sagte er beschwörend zu Streiff, »wo sie tot ist. Wichtig ist, dass Sie ihren Mörder finden. Es wäre unerhört peinlich für mich, wenn das rauskäme. Ich habe ein Geschäft, bin in der Politik, ich muss auf meinen Ruf achten.«

Streiff verkniff sich einen Kommentar. »Wer hat alles von diesem Deal gewusst?«, wollte er wissen.

»Nur drei Mitglieder der Gewerblergruppe. Aber

von denen hat sie keiner umgebracht. Wozu auch? Was hätten wir denn zu gewinnen gehabt?«

»Wussten Sie, dass Angela Legler ein Verhältnis hatte mit Mario Biancheria, dem Kommissionssekretär der Parlamentsdienste?«

Leuzinger schien ehrlich verblüfft. »Mit Biancheria? Der letzte Woche tot aufgefunden worden ist? Ein Verhältnis? Nein, davon hatte ich keine Ahnung.«

»Könnte Biancheria von dieser Abmachung gewusst haben?«, schlug Streiff vor. »Das wäre sehr unangenehm für Sie gewesen, nicht wahr?«

Leuzinger schwieg. Dumm war er nicht. Ihm war klar, was Streiff damit andeuten wollte. »Angela Legler hätte ihm das sicher nicht gesagt«, wandte er hilflos ein.

»Einem Geliebten erzählt man viel«, gab Streiff mitleidlos zu bedenken. »Biancheria war ein Moralist, ein Wahrheitsfanatiker. Er hätte ein solches Spiel kaum gedeckt. Jedenfalls nicht mehr nach dem Tod seiner Freundin. Hat er sich an Sie gewandt? Wo waren Sie gestern Nacht?«

»Nein, hat er nicht. Der hat das sicher nicht gewusst. Ich war zu Hause. Allein. Ich bin Junggeselle. Und vorher hatten wir Sitzung. Die Gewerblergruppe.«

»Ich brauche eine Liste mit Namen und Adressen dieser Leute.« Leuzinger nickte, blätterte in einem Ordner und reichte Streiff die Liste.

»Übrigens, warum haben Sie mit ›P.‹ unterschrieben?«

»Pluto«, murmelte Leuzinger, »mein Pfadiname. Ich war mit Frau Legler seinerzeit bei den Pfadfindern.«

»Kiwi«, ging es Streiff auf. Leuzinger war der Mann gewesen, der Legler im Rathaus mit Kiwi begrüßt hatte, an jenem Montagmorgen, als Streiff sie wegen der Drohbriefe aufgesucht hatte. Wieder einmal verfluchte er im Stillen seine Prosopagnosie. Er hatte ihn natürlich nicht wiedererkannt.

»Ja, Kiwi war Angelas Pfadiname«, bestätigte Leuzinger. »Wie ist es jetzt, kann diese Sache unter uns bleiben? Ich kann mich gern erkenntlich zeigen, wenn Sie Ihr Badezimmer neu …«

»Herr Leuzinger, es geht um zwei Morde. Wir kehren gar nichts unter den Teppich, was damit zu tun haben könnte. Und mein Badezimmer ist völlig in Ordnung. Guten Tag.«

Streiff verließ Leuzingers Sanitärgeschäft.

Als Nächster war Bruno Trümpy an der Reihe. Streiff hatte sich das alte Vernehmungsprotokoll von vor vier Jahren angeschaut. Jene Befragung hatte Zita Elmer gemacht. Sie hatte ihm damals, beim Tötungsdelikt an Hugo Tschudi, zum ersten Mal assistiert und war mit großem Eifer bei der Sache gewesen.

Es war inzwischen 18 Uhr und Streiff hatte Glück. Trümpy war zu Hause. Er wohnte in der Anwandstraße, einer ruhigen Wohnstraße im Kreis vier, ganz in der Nähe des Kanzlei-Areals, im fünften Stock eines Altbaus. Streiff stieg endlose Treppen empor, durch ein Treppenhaus, in dem die Farbe von den Wänden blätterte und die Stufen knarrten. Trümpy kannte Streiff und freute sich nicht, ihn zu sehen.

»Was wollen Sie? Meine Waren sind sauber«, ging er gleich in die Offensive.

»Ihr Pullover auch?«, gab Streiff zurück und Trümpy schaute irritiert an sich hinunter. Streiff grinste. »Ich habe nur ein paar Routinefragen.«

Er bluffte. »Ich habe Sie am Samstag vor einer Woche auf dem Kanzlei-Flohmarkt gesehen. Sie erinnern sich. Ich musste eine Zürcher Politikerin aus einer Menge herausbegleiten, die sie bedrohte.«

»Was habe ich damit zu tun?«

»Ein Mann in einem farbenfrohen Wollpulli warf einen Stein auf sie, der sie verletzte. Und das waren Sie. Wenn Sie unerkannt hätten bleiben wollen, hätten Sie gescheiter etwas Dunkelgraues angezogen.«

Bruno Trümpy war unsicher. Er bluffte ebenfalls: »Wenn Sie mich erkannt hätten, hätten Sie nicht mehr als eine Woche gewartet, bis Sie gekommen wären.«

»Abklärungen«, gab Streiff knapp zurück. »Eigentlich habe ich Glück. Ich brauche keinen Wohnungsdurchsuchungsbeschluss anzufordern, um festzustellen, ob Sie einen solchen Pullover besitzen. Denn Sie haben ihn ja an.«

Das ließ sich nicht abstreiten. Trümpy schwieg.

»Und Sie haben Pech. Denn inzwischen ist die Politikerin, die Sie angegriffen haben, umgebracht worden.«

»Das können Sie nicht mir anhängen«, fuhr Trümpy auf.

»Ich will niemandem etwas anhängen. Ich will lediglich wissen, wo Sie am Dienstag spätabends waren, was Sie taten und wer das bezeugen kann.«

Trümpy gab an, mit ein paar Kollegen in der Sport-Bar gesessen zu haben. Bei sich glaubte Streiff nicht, dass Trümpy Angela Legler getötet hatte. Sein Motiv, der Ärger über ihren Vorstoß, war zu gering. In einer plötzlichen Aufwallung von Zorn einen Stein zu werfen, umgeben von einer Masse von Leuten, die ebenfalls aufgebracht waren, das traute er ihm zu. Vor den anderen ein bisschen den Helden spielen, das ja. Aber nicht, der Politikerin mit einem Messer in der Hand aufzulauern. Es sei denn, er hätte sie zufällig angetroffen und sie wären in Streit geraten. Aber das war sehr unwahrscheinlich. Dennoch, Dürst hatte sehr gute Arbeit geleistet. Falls Elmer sich weiterhin aufs Kindermachen und In-Mutterschaftsurlaub-Gehen kaprizierte, könnte er ihn vielleicht bei der Abteilung Einbruch abziehen und für sich einsetzen. Von dieser Idee werde ich Elmer bei Gelegenheit erzählen, dachte er brummig, so als Schuss vor den Bug. Damit sie sich überlegt, wie sie ihre Prioritäten setzen will.

Zu Hause rief Beat bei Valerie an. Sie hob nicht ab. Er hinterließ eine Nachricht.

DIENSTAG

Vor Beckenried öffnete sich der Blick auf den Vierwaldstättersee. Streiff verlangsamte die Fahrt und warf einen Blick auf die Seelandschaft. Es war früher Morgen. Der Himmel war grau, das Wasser ebenfalls. Hochnebel hatte schon über Zürich gelegen und hockte auch dick und hartnäckig über der Innerschweiz. Dennoch gefiel Streiff das Bild, es strahlte Ruhe aus; diese Landschaft wusste nichts von zwei Mordfällen in Zürich, nichts davon, was einen Kriminalbeamten innerlich umtrieb. Hier spielten sich andere Dramen ab, von denen wiederum Streiff nichts ahnte und nichts erfahren wollte.

Streiff war vor 7 Uhr früh losgefahren, einem plötzlichen Entschluss folgend. Fritz Leglers Alibis für beide Tatzeiten schienen wasserdicht. Und doch traute er dem Mann nicht. Leuzinger, Heer, Janine Bianchera, Trümpy – diese Möglichkeiten überzeugten ihn nicht. Waren alle zu weit hergeholt. Jetzt war Streiff auf dem Weg auf die Eggberge, wo Leglers Ferienhäuschen lag. Der Weg führte über Luzern, dem Vierwaldstättersee entlang, durch den Seelisbergtunnel bis nach Flüelen. Streiff kannte die Gegend von früher. Als Kind hatte er Sportwochen auf der Klewenalp verbracht und einmal war er mit Liliane ein paar Tage in Brunnen, auf der anderen Seeseite, gewesen. Er hatte keine Vorstellung davon, was er auf den Eggbergen zu finden hoffte. Ohne die Arbeit der Urner Polizei anzuzweifeln, wollte er sich ein eigenes Bild vom Ort und von den Auskunftspersonen machen. Vielleicht fiel ihm irgendetwas auf, das die Urner, die den Fall nicht kannten, nicht bemerken konnten. Bei Altdorf verließ er die Autobahn und lenkte den Wagen in Richtung Flüelen.

Wenn er ehrlich war, war die Ermittlungsarbeit nicht der einzige Grund, warum er heute Morgen losgefahren war. Seit zwei Tagen, seit seiner Beichte, hatte er nichts von Valerie gehört. Während der Arbeit gelang es ihm, die Gedanken an sie beiseitezuschieben, aber sobald er sein Büro verließ, stand das Ganze vor ihm, jener unselige Abend mit Anikó, nein, es hatte schon vorher begonnen, sein Argwohn Valerie gegenüber, die dumme Eifersucht, diese böse kleine Unsicherheit, die sich in ihn hineingefressen hatte. So etwas hatte er früher nie erlebt. Mit Anikó war er zusammengekommen, als sie beide 18 gewesen waren. Sie hatten sich geliebt, aber im Laufe der Jahre hatten sie sich auseinanderentwickelt, andere Vorstellungen gehabt vom Leben, einander nicht mehr akzeptieren können. Ob Anikó ihn je betrogen hatte? Er hatte sich diese Frage nie gestellt. War er je eifersüchtig gewesen? Vielleicht auf jenen Studienkollegen, mit dem sie Seminararbeiten geschrieben hatte? Er konnte sich nicht mehr erinnern. Dann hatte er Liliane kennengelernt. Mit ihr hatte ihn vor allem die gemeinsame Arbeit verbunden. Vielleicht hatte er ihr Unrecht getan, weil er sie zwar gern gehabt, aber nicht tief geliebt hatte. Ihre Gemeinsamkeiten hatten nur einige Jahre ausgereicht. Mit Valerie hatte er erst nur eine kurze Affäre gehabt und sie dann ziehen lassen. Nach ein paar Jahren hatte er eine zweite Chance bekommen. Hatte er das jetzt kaputtgemacht? War er einfach ein unfähiger Idiot, was Liebesbeziehungen anging? Die Vorstellung, diese Frage mit ja beantworten zu müssen, erschreckte ihn.

Er stoppte den Wagen, fast wäre er vorbeigefahren, und bog zwischen den Dörfern Altdorf und Flüelen rechts ein zum Parkplatz der Luftseilbahn, die auf die Eggberge fuhr. Er war noch leer. Es war fast 8 Uhr morgens, zu früh für Ausflügler. Er kaufte sich ein Billett und studierte die Aushänge – Wanderrouten, Ausflugsvorschläge, Restauranttipps –, bis die Glastür aufging und er in die kleine Gondel steigen konnte. Er trug leichte Wanderschuhe, eine Windjacke und einen kleinen Rucksack; niemand hätte in ihm den Polizisten vermutet. Zwei einheimische ältere Männer mit Rucksäcken, die sich in einem fast unverständlich urwüchsigen Dialekt unterhielten, und eine Frau mit einem jungen Boxerhund stiegen ebenfalls zu. Der Hund reckte den Kopf, warf einen Blick hinaus und als er merkte, dass draußen die Landschaft vorüberzog und kein Boden in Sichtweite war, begann er entsetzt zu winseln. Die beiden Männer lachten auf den Stockzähnen, die Frau streichelte den Hund. Streiff nahm es gelassen. Er kannte das, Seppli machte auch immer so ein Theater.

In dieser Gondel ist also Fritz Legler am Mittwochabend hinaufgefahren, dachte Streiff, nachdem er vermutlich die gleiche Strecke gefahren war wie ich und sein Auto auf demselben Parkplatz abgestellt hatte. Er schaute zurück auf die kleiner werdende Seelandschaft unter ihm. Plötzlich verschwand sie. Die Seilbahn war eine Minute lang im dichten Nebel, dann hatte sie ihn durchfahren und sie waren über dem Hochnebel. Hier schien die Sonne, fast schockierend gelb war sie, der Himmel fast übertrieben blau, nur der Boden erinnerte daran, dass es November war, er war mattgrünbräunlich; weder grün wie im Sommer noch weiß wie im Winter. Unter ihnen lag das Nebelmeer, aus dem Berggipfel ragten, darunter eine versunkene Welt. Die beiden Urner nickten zufrieden, die Frau rief: »Wie schön«, und Streiff musste sich erst einen Moment daran gewöhnen. Sie stiegen aus, die anderen wandten sich nach links. Die beiden Männer stiegen in ihrem bedächtigen Berglerschritt den Weg hinauf, die Frau ließ den Hund von der Leine.

Streiff ging nach rechts ins Restaurant und bestellte einen Kaffee. Er zeigte seinen Dienstausweis und fragte nach Leglers Chalet. Die Polizei sei doch kürzlich schon da gewesen, meinte die Wirtin, eine jüngere Frau in Jeans und einem mit kleinen Kühen und Alpenblumen bestickten Hemd. Ja, sie habe Legler am letzten Mittwochabend im Laden dies und jenes verkauft. Da habe sie noch nicht gewusst, dass seine Frau tot war. Umgebracht. Sie schauderte. Ob man schon wisse, wer es gewesen sei. Aha ja, natürlich nicht. Sonst wäre er jetzt wohl nicht hier. Was für einen Eindruck ihr Legler gemacht habe? Schon anders als sonst. Normalerweise sei er gesprächig, er sei ja ein gut aussehender Mann, groß, braun gebrannt, mit einer tiefen Stimme. Und er habe auffallende Augen, so einen Blick, wissen Sie, der in einen hineinschauen kann, irgendwie durchdringend. Aber an dem Mittwoch sei er schweigsam gewesen, sie habe sich noch gefragt, was dem über die Leber gekrochen sei, aber gesagt habe sie natürlich nichts. Nein, Bibelsprüche habe sie eigentlich nie von ihm gehört, aber von Gott habe er schon geredet, er sei ja Pfarrer gewesen; von Gott, der diese herrliche Landschaft geschaffen habe, habe er geredet. Dass man dankbar sein müsse. Da habe er recht gehabt, das sehe sie auch so. Die Wirtin beschrieb Streiff den Weg zum Chalet, einfach den Weg hinauf, dann bei einer kleinen, schiefen Tanne scharf links, die paar Chalets seien nicht zu übersehen. Das von Legler sei das dritte von links. Eine gute Viertelstunde sei es zu Fuß, sie musterte Streiffs Schuhe. Die Mountainbiker seien natürlich schneller. An schönen Tagen kämen sie fast scharenweise, die meisten mit der Luftseilbahn, die sportlichsten aber sogar von unten herauf. Dann fuhren sie hinauf zum Fläschseeli, zur Hüenderegg und weiter, über das Biel bis auf den Klausenpass und über den Urnerboden bis hinunter nach Linthal. Eine schöne Tour, übrigens auch zu Fuß. Aber eben, er sei ja nicht zum Wandern gekommen, er sei im Dienst. Es war ihr anzumerken, dass sie gern erfahren hätte, was er denn genau vorhatte. Die Leglers seien auch sehr sportlich gewesen, kam sie auf das ursprüngliche Thema zurück, aber Streiff ging nicht darauf ein.

Er bezahlte und machte sich auf den Weg. Plötzlich fühlte er sich gut. Eine Spannung ergriff ihn, aber nicht unangenehm, jetzt war er der Fahnder auf der Spur eines

Verdächtigen. Sie würde ihn irgendwohin führen, er war sicher, dass er etwas erfahren würde, was ihm weiterhalf. Wieder schob sich der Gedanke an Valerie dazwischen. Aber nicht mehr bedrückend, nicht mehr sein Schuldbewusstsein stand im Vordergrund. Du hast Mist gebaut, Streiff, dachte er, das hast du wiedergutzumachen. Ich werde sie zurückerobern, dachte er, und der Gedanke gefiel ihm. Wie sollte er es am besten anstellen? Rote Rosen? Schmuck? Eine Einladung zu einem Wochenende in Mailand? Alles miteinander? Er würde nicht nur als reuiger Sünder vor sie treten, sondern ihr zeigen, dass er sie liebte. Es würde ihm nicht schwerfallen, sich dafür ins Zeug zu legen. Er kannte sie, das würde sie nicht unberührt lassen. Es gefiel ihr, verwöhnt zu werden. Streiff sah sich um. Die kleine moderne Kirche hatte er bereits hinter sich gelassen. Er ging an einigen Ferienhäuschen vorbei durch ein kurzes Waldstück, dann machte der Weg eine scharfe Biegung nach rechts und führte dem Hang entlang sanft nach oben. Rechts lag ein Bauernhof. Ein Hund kam bellend hervorgeschossen, um den Eindringling zu vertreiben. Streiff versuchte, ihn nicht zu beachten, aber der Hund war von der hartnäckigeren Sorte. Er stellte sich Streiff in den Weg und knurrte. Unten ging der Bauer über den Hof.

»Rufen Sie Ihren Hund zurück!«, rief Streiff ärgerlich. »Das hier ist ein öffentlicher Weg.«

Der Bauer kam hinauf. »Ja, schon gut, Bäri, komm.« Der Hund zog sich zurück.

Streiff fragte nach Leglers Chalet. Der Bauer reagierte misstrauisch. »Sind Sie von der Zeitung?«

Streiff zeigte seinen Dienstausweis. Der Bauer stellte sich vor, »Danioth«, und wies ihm den Weg. Er wollte sich schon abwenden, aber die Neugier siegte. »Ist es wahr, dass Legler seine Frau getötet hat?«

»Das wissen wir noch nicht«, sagte Streiff. »Haben Sie das Ehepaar Legler gekannt?«

»Ja, sie waren seit Jahren regelmäßig hier. Haben ab und zu Milch oder Käse bei uns gekauft. Oder Eier.«

»Haben sie sich gut verstanden?«

»Ich denke schon. Streit hat man nie gehört. Sie waren beide sehr sportlich. Machten Wanderungen und Mountainbiketouren. Nur den Garten hielten sie nicht so gut im Schuss. Ich bin ihnen jeweils das Gras mähen gegangen. An Blumen hatten sie kein Interesse. Der Nachbar hat sich manchmal aufgeregt, bei dem ist alles perfekt. Ein Rasen wie auf einem Golfplatz. Rabatten, Ziersträucher. Eigentlich passt das gar nicht hier herauf. Daneben dann die Leglers mit dem Haselstrauch, den sie nie schnitten, und dem verunkrauteten Rasen. Aber die waren eben lieber unterwegs, wenn sie hier waren, als dass sie im Gärtchen herumgewerkelt hätten.«

»Hatten sie auch manchmal Besuch?«

»Nein, sie waren immer für sich. Wenn sie sonntags da waren, kamen sie in die Kirche, mit den Leuten von hier hatten sie schon Kontakt.«

»Ist Ihnen vielleicht aufgefallen, dass sie in den letzten Monaten weniger häufig herkamen? Oder dass sie einzeln kamen oder mit jemand anderem?«

Danioth war nichts dergleichen aufgefallen.

»Haben Sie Herrn Legler letzte Woche gesehen?«

»Ja, er ist am Mittwochabend gekommen. Später haben wir dann in den Fernsehnachrichten gehört, dass seine Frau ermordet worden ist. Ich dachte noch, ob er sich hier vor der Polizei versteckt. Aber das geht mich ja nichts an. Vielleicht ist er auch hergekommen, weil er seine Ruhe wollte vor den Zeitungsleuten. Wenn es ein anderer getan hat, ist der Legler natürlich ein armer Kerl.«

»Haben Sie letzte Woche mit ihm geredet?«, wollte Streiff wissen. »Was für einen Eindruck hatten Sie von ihm?«

»Nein, ich habe ihn nur von Weitem gesehen. Und gehört. Nachts. Jedenfalls glaube ich, dass er es war.«

»Nachts?«

»Ja, Bäri hat angeschlagen in einer Nacht. Zweimal. Das tut er nur, wenn jemand vorbeigeht. Und jetzt, im November, ist ja niemand oben außer den Küchlers und die liegen nachts im Bett. Die ganzen Häuschen stehen leer, jedenfalls unter der Woche. Das muss Legler gewesen sein.«

»Haben Sie ihn gesehen?«

»Nein, ich habe nicht nachgeschaut. Habe mich nur gefragt, ob die Trauer ihn nicht schlafen lässt. Oder ob das schlechte Gewissen ihn umtreibt.«

»In welcher Nacht war das denn?«

Der Mann zuckte die Schultern. »Weiß ich nicht mehr.«

»Haben Sie mitbekommen, was Herr Legler tagsüber getan hat?«

»Mit dem Velo habe ich ihn nie gesehen. Er ist jeweils

frühmorgens zur Hüenderegg hinaufgegangen und im Laufe des Vormittags zurückgekommen. Dann hat er manchmal draußen gesessen. Abends hatte er Licht. Mehr weiß ich nicht, es hat mich auch nicht gekümmert.«

Streiff verabschiedete sich und ging weiter den Weg hinauf. Hinter sich hörte er Reifengeräusche und ein Keuchen. Zwei Mountainbiker zogen an ihm vorüber, beide trugen enge Sportdresse, schmale Schuhe, Helm auf dem Kopf. Ein Mann und eine Frau mittleren Alters, er in Grün, sie in Violett. So waren vielleicht auch Leglers jeweils unterwegs gewesen, dachte Streiff. Allzu schlecht konnten sie sich nicht verstanden haben. Offenbar hatten sie gemeinsam viel Freizeit hier oben verbracht. Auch noch, als Angela Legler bereits ein Verhältnis mit Mario Bianchera gehabt hatte? Hatten sie überhaupt Freunde gehabt? Pfarrer Legler hatte natürlich seine Anhängerschaft in der Kirche. Angela Legler hatte als Politikerin einen großen Bekanntenkreis. Aber Freunde? Offenbar hatten sie im Ferienhaus keine Gäste gehabt. Waren sie ein Paar gewesen, das zusammengehalten wurde von der Tatsache, dass sie ohne einander sehr einsam gewesen wären? Hatte die Frau mit Mario Bianchera aus dieser Isolation auszubrechen versucht? War das für den Mann bedrohlich gewesen, abgesehen von der Demütigung? Paare, dachte Streiff, sind etwas Seltsames. Man weiß nicht, was im Inneren einer solchen Konstellation vor sich geht. Man bekommt vielleicht mit, ob sie sich streiten oder Händchen halten oder mit anderen flirten. Man weiß, ob sie zusammenwohnen, ob sie verheiratet sind, Kinder haben, aber warum sie das alles tun, gerade die beiden miteinander – Liebe ist ein unscharfer Begriff. Liebe kann vieles heißen. Man kann jemanden heiraten, verlassen, umbringen, umsorgen, einsperren, alles aus Liebe.

Streiff blieb stehen. Er war so in Gedanken versunken gewesen, dass er die Umgebung gar nicht wahrgenommen hatte. Jetzt schaute er sich um. Über dem Tal lag immer noch Hochnebel. Streiff konnte sich schon nicht mehr vorstellen, wie es dort unten aussah. Die Namen der Berge, die sich aus dem Nebelmeer erhoben, kannte er nicht. Er hatte sich nie besonders für Geografie interessiert. Aber es war ein schönes Bild. Man müsste öfter aus der Stadt raus, ging es ihm durch den Kopf. Er war faul. Meist kamen Valerie und er mit dem Hund sonntags nicht weiter als bis auf den Üetliberg oder das Hörnli, wenn es hoch kam. Er könnte sie hierherführen, wenn der Fall abgeschlossen war, an einem grauen Tag, wenn es hier oben sonnig war. Wenn sie wollte. Ja, sie würde bestimmt wollen. Das würde er schon fertigbringen. Er drehte sich um und schaute den Hang hinauf. Vereinzelte Chalets, weiter oben noch ein Bauernhof, das musste der Hof der Familie Küchler sein, darüber ein Kreuz, dahinter begann der Wald. Das war wohl der Weg zu diesem Fläschseeli. Man könnte ein Feuer machen, Würste grillen und in Folie eingewickelte Kartoffeln in der Glut braten. Er klaubte sein Handy aus der Jackentasche und machte ein Foto vom Bergpanorama. »Kommst du mit mir hierher?«, tippte er ins Display und schickte das Ganze, ohne viel zu überlegen, an

Valerie. Würde sie reagieren? Sein Herz klopfte. Egal, das war jetzt Schritt eins seines Wiedereroberungsprojektes. Er ging weiter, bis er zu der kleinen Tanne kam, von der aus ein schmaler Pfad scharf nach links abbog. Streiff folgte dem Pfad, der zu einer kleinen Siedlung von Ferienchalets führte. Alle aus hellem Holz, zweistöckig, mit einem Sitzplatz davor. Sämtliche Fensterläden waren verschlossen. Traditionelle, langweilige Holzarchitektur, fand Streiff. Dabei gab es doch auch sehr eigenwillig schöne, moderne Holzhäuser, aber die Eggberge hatte diese Art Architektur noch nicht erreicht. Das dritte von links, hatte die Wirtin gesagt. Das mit dem verunkrauteten Garten, gleich neben dem mit dem Golfrasen. Streiff stand vor Fritz Leglers Häuschen.

Neben der Haustür befanden sich ein gedeckter Vorplatz mit Holztisch und Bank und daneben eine Art offener Schuppen, in dem Brennholz aufgestapelt war, zwei Liegestühle lehnten an der einen Wand, in einer Ecke stand eine kaputte Waschmaschine. An die andere Wand gelehnt waren zwei Mountainbikes, das eine größer, das andere etwas niedriger. Sie waren nicht abgeschlossen. Offenbar hatten Leglers wirklich Gottvertrauen. Streiff sah sie sich näher an. Sie waren beide blitzsauber. Ein Eimer, über dessen Rand Lappen zum Trocknen gehängt waren, und eine Batterie von Veloputzmitteln ließen darauf schließen, dass sie vor Kurzem geputzt worden waren. Streiff erinnerte sich daran, wie er seine Wohnung in Ordnung gebracht hatte an dem Morgen, nachdem er mit Anikó – da hatten Legler und er also eine Gemeinsamkeit: die äußere Umgebung in Ordnung bringen, wenn das Innenleben in Aufruhr war. An einem Nagel hing eine Windjacke. Einer Intuition folgend, nahm Streiff sie vom Haken, faltete sie zusammen und legte sie sorgfältig in eine Plastiktüte, die er in seinem Rucksack verstaute. »Das wäre dann wohl der erste Diebstahl in der Geschichte der Eggberge«, murmelte er vor sich hin.

Er setzte sich auf die Bank. An diesem geschützten Platz war es angenehm warm. Eine Weile dachte Streiff gar nichts. Es war still, von weit weg war das Geräusch einer Motorsäge zu hören, was aber die Stille eher betonte, als dass es sie störte. Der Nebel im Tal unten war daran, sich aufzulösen. Auf dem Wanderweg ging eine kleine Gruppe Menschen. Streiff versuchte, sich in Fritz Legler hineinzuversetzen. Er war am Mittwochabend gekommen. Am Vorabend hatte er erfahren, dass seine Frau einen Liebhaber hatte, seit noch nicht einmal 24 Stunden war sie tot.

Entweder hatte er sie umgebracht, dann musste er sich ein Alibi verschaffen. Hatte er das noch vor der Abreise getan? Oder wurde ihm das erst hier oben klar? Hatte er mit Lena Rhyner telefoniert?

Oder er hatte sie nicht getötet. Dann saß er da oben mit dem doppelten Schock, betrogen worden zu sein, seine Frau verloren zu haben und zu Unrecht des Mordes verdächtigt zu werden. In jedem Fall war seine Welt innerhalb von Stunden in Stücke gegangen. An derlei war er wohl nicht gewöhnt. Bisher hatte er Halt gehabt in einem – gelinde gesagt – gefestigten Weltbild, und es war nicht nur Gott gewesen, der ihm diesen Halt gab, sondern auch die Macht seiner eigenen Persönlichkeit, seine Fähigkeit, Menschen für sich einzunehmen, sie zu beeinflussen, ihnen auf eindringliche Weise mitzugeben, was er selbst für richtig hielt. Er hatte versucht, seine Umgebung nach seinen Grundsätzen zu formen, was ihm immer wieder gelungen war. Aber jetzt, so musste er es wohl empfunden haben, lief ihm alles aus dem Ruder, und das ging von seiner Frau aus, dem Menschen, der ihm am nächsten stand, der am wenigsten das Recht hatte, sich ihm zu entziehen. Würde ein Mensch wie Fritz Legler so weit gehen, durch einen Mord seine Ordnung wiederherzustellen?

Streiff nahm eine Wanderkarte des Gebietes hervor und studierte sie sorgfältig. Er kramte ein Notizbuch aus der Innentasche seiner Windjacke und machte sich Notizen. Er hatte eine Idee, aber er war sich nicht sicher. Wen könnte er fragen? Er tippte eine Nummer ins Handy, wartete, stellte eine Frage. Hörte längere Zeit zu. »Danke. Hat mir sehr geholfen.« Er legte auf. Endlich konnte man den einmal brauchen. Kritzelte weiter ins Notizbuch. Es war nur eine Idee. Aber so könnte es funktioniert haben. Wenn er zurück war, musste er noch einmal mit Lena Rhyner sprechen.

Streiff stand auf. Er warf einen letzten Blick auf den Schuppen, das Haus, den in der Tat ungepflegten Garten und ging langsam davon. Auf dem Rückweg stellte sich ihm wieder der Hund in den Weg, aber Streiff beachtete ihn nicht. Bei der Bergstation der Luftseilbahn wandte er sich diesmal zur anderen Seite und ging ins zweite Restaurant. Er bestellte sich ein Schinkenbrot und eine

Cola und anschließend einen Kaffee und einen Nussgipfel. Er hatte nicht vor, hier noch Fragen zu stellen, aber der Wirt war bereits informiert, wer er war. Er sei doch der Polizist aus der Stadt, nicht wahr. Streiff nickte ergeben. Er wolle nichts gesagt haben, aber dieser Legler, das sei ein ganz komischer Typ gewesen, das habe er immer gefunden. Es würde ihn bei dem nichts wundern. Streiff hatte keine Lust zuzuhören, er blätterte eine Lokalzeitung durch. Aber der Wirt, ein älterer, dicker Mann, ließ nicht locker. »Haben Sie irgendetwas Konkretes gesehen?«, fuhr Streiff ihn schließlich an. Da sagte der Wirt nichts mehr. Streiff bezahlte und ging hinaus.

Wenn ich schon mal hier bin, dachte er, etwas Bewegung würde mir guttun. Ich habe in letzter Zeit drei Kilo zugenommen, der Nussgipfel hätte vielleicht nicht sein müssen. Er studierte die gelben Wegweiser und machte sich zu Fuß auf den Weg ins Tal, nach Flüelen. Es ging auf einem breiten Weg durch den Wald, mäßig steil bergab. Vereinzelte Sonnenstrahlen warfen ein Muster auf den Weg. Er begegnete niemandem. Noch immer fühlte er diese angenehme Anspannung in sich, er war auf einer Fährte. Jetzt ging es um mehr als um das pflichtgemäße Abarbeiten aller möglichen Hinweise und Spuren. Wie immer in dieser Phase der Ermittlungen fühlte Streiff sich großartig. Hochkonzentriert, selbstsicher und voller Energie. Das waren die Momente, in denen er wusste, dass er den richtigen Beruf gewählt hatte. Seine Berufswahl und Ausbildung waren nicht geradlinig verlaufen. Nach ein paar Semestern Jurisprudenz hatte er das Studium abgebrochen, nachdem er, halb mit Absicht, durch eine Zwischenprüfung gefallen war. Dann hatte er mehrere Jahre als Judolehrer gearbeitet, wusste nicht, was er wirklich wollte. Neben ihm hatte seine Freundin Anikó zielbewusst ihr Pädagogikstudium absolviert und mit Bestnoten abgeschlossen. Erst mit Ende 20 war er zur Polizei gegangen, eine Entscheidung, die er nicht nur Anikó, sondern auch anderen Freunden gegenüber endlos hatte verteidigen müssen. Bereut hatte er es nie, auch wenn ihn die Routine ab und zu langweilte. Aber es gab sie immer wieder, die Momente, in denen dieses Hochgefühl in ihm aufkam, die Sicherheit, einen verzwickten Fall lösen zu können, kurz vor dem Ziel zu sein, auch wenn er die Lösung noch nicht gefunden hatte.

Nach zwei Stunden, kurz nach dem Mittag, stand er auf dem Parkplatz bei der Luftseilbahn, stieg in den Wagen und fuhr Richtung Autobahn. Als er sich Zürich näherte, schob sich Valerie wieder in seine Gedanken. Auf sein MMS hatte sie nicht reagiert. Vielleicht hatte sie es noch nicht gesehen, während der Arbeit ließ sie ihr Handy im Büro. Schritt zwei, dachte er und hielt vor einem Blumenladen. Nach längerem Überlegen wählte er einen Strauß kleiner Rosen in allen Farben. Das würde ihr gefallen. Nichts Pompöses, kein Pathos, sondern harmlose kleine Blumen, das war das Richtige. Er fuhr bei ihr vorbei und legte ihr das Geschenk vor die Wohnungstür. Kurz nach 19 Uhr würde sie es wahrscheinlich finden.

Im Büro der Parlamentsdienste im Kaspar-Escher-Haus war es still. Raffaela Zweifel, die ihre Erkältung überstanden hatte, Carlo Freuler und Lina Kováts saßen an ihren Pulten an der Arbeit. Auf Marios Schreibtisch brannte eine Kerze. Das war Raffaela gewesen. Lina war gerührt gewesen, als sie es gesehen hatte, das hätte sie ihrer Kollegin gar nicht zugetraut. Sie hatte auch eine Karte für Marios Ex-Frau und seine Tochter gebracht, die alle unterschrieben hatten. Wann die Beerdigung stattfinden würde, wusste man noch nicht, Mario lag noch immer in der Rechtsmedizin. Auch das Datum von Angela Leglers Beerdigung war noch nicht bekannt. Das würde sicher eine größere Veranstaltung werden. Inzwischen ging der Ratsbetrieb weiter und im Büro war so etwas wie eine sehr fragile Normalität eingekehrt. Die Arbeit musste gemacht werden.

Carlo schrieb am Ratsprotokoll der gestrigen Sitzung. Er hatte Mühe, sich zu konzentrieren. ›Ich möchte den Punkt für die Zukunft legen‹, hörte er Simon Heftis Stimme aus dem Kopfhörer. Ärger wallte in ihm auf. Er hörte den Satz nochmals ab. Dann den Satz vorher und den Satz nachher. Das Gebilde machte immer noch keinen Sinn. Carlo fiel es schwer, sich zu beherrschen. Am liebsten hätte er alles hingeschmissen und wäre gegangen. Für immer. In seine Mansarde, um dort zu schreiben. Schöne, sprachlich vollkommene Sätze, die eine Bedeutung hatten, eine Tiefe. Das wäre die Erlösung, dachte er. All diese unförmigen Sprachgebilde, diese sinnlosen Aneinanderreihungen von irgendwelchen Wörtern, diese Sprachklumpen, die umzuformen so unverhältnismäßig viel Kraft kostete, das alles einfach hinter sich zu lassen und zu gehen. Es war schlimmer geworden in der letzten Zeit. Seit dem Tod von Angela Legler. Und noch mehr, seit Marios Leiche gefunden worden war. Sein Widerwille gegen diese Arbeit hatte sich verstärkt, sein Widerstreben, diesen sinnlosen Worthülsen einen Sinn abzuringen und sie in eine Form zu zwingen, wuchs. Es war ihm fast unmöglich geworden, seine Aufmerksamkeit zu bündeln und die Arbeit zu bewältigen. Schlimmer noch: Auch abends, in seiner Mansarde, fand er die Ruhe nicht mehr. Das Tagesgeschehen drängte sich hinein, schob sich zwischen ihn und seinen Text, seine Gedanken. Die letzten Abende hatte er, wie immer, an seinem Pult verbracht, aber ohne vorwärtszukommen. Er war nicht einmal imstande gewesen, das vorher Geschriebene zu überarbeiten. Er hatte auf die Fensterscheibe gestarrt, in der er sich undeutlich gespiegelt sah. Ein Schriftsteller, der nicht mehr schreiben kann, hatte er gedacht. Der Gedanke hatte ihn geängstigt. Was konnte er, wenn er nicht mehr schreiben konnte? Wer war er dann noch? Ehemann einer Frau, die ihn nicht brauchte. Vater von zwei Söhnen, für die er ein merkwürdiges Wesen war. Redaktor im Kantonsrat, dem die Politiker respektlos Satzfetzen wie angefaulte Früchte hinwarfen, die er zu polieren hatte. Ich möchte den Punkt auf die Zukunft legen. Wie würde seine Zukunft sein? Er musste das wieder voneinander trennen, seine Existenz als Rädchen in einem sinnlosen Betrieb, war das nun die Familie oder die Arbeit und sein eigentliches Leben, das sich auf den zehn Quadratmetern seiner Mansarde und in seinem Kopf abspielte.

Ich möchte den Punkt für die Zukunft legen. Der Satz brachte ihn zur Verzweiflung, es schien ihm, als ob damit seine Existenz in diesem Büro zum Stillstand käme, als ob dieser eine Satz ihn endgültig besiegte, indem er einfach unfähig war, einen Sinn zu erkennen und zu formulieren. Panik stieg in ihm auf. Er saß ganz still, niemand durfte das merken.

»Carlo, kannst du mir etwas helfen?« Linas Stimme riss ihn aus seinem Zustand. »Oh, entschuldige, ich wollte dich nicht erschrecken. Aber ich habe hier einen Satz, mit dem ich nicht klarkomme.« Sie sah ihn an. »Bist du krank? Du schwitzt ja.«

»Nein, nein, es ist nichts«, wehrte Carlo ab. »Zeig mal.« Zusammen beugten sie sich über das Blatt Papier. »Es braucht ein anderes Bild«, erklärte Lina. »Man kann nicht ›Ausnahmen ins Trockene bringen‹. Hast du eine Idee?«

Carlo riss sich zusammen und machte einen Vorschlag. Lina warf einen Blick auf seinen Bildschirm. »Da hast du aber auch eine Stilblüte der besonderen Art«, kicherte sie, »was machst du daraus?«

Wieder schwappte in Carlo eine Welle von Wut hoch. Machte sie sich über ihn lustig? Er hielt sich gerade noch zurück, schwieg und zuckte die Schultern. Lina überlegte kurz. »Vielleicht: Ich möchte auf einen Punkt hinweisen, der die Zukunft betrifft?«, schlug sie vor.

»Hatte ich mir auch ungefähr so gedacht«, sagte Carlo gleichmütig und Lina ging wieder zu ihrem Platz hinüber. Innerlich zitterte er. Warum fiel ihr das bloß so leicht, was ihn an die Grenzen seiner Kräfte brachte?

Valerie hatte das MMS mit dem Bergpanorama, das am Morgen eingegangen war, sehr wohl gesehen. Sie hatte das Handy gleich weggesteckt, sie wollte gar nicht darüber nachdenken. In den vergangenen Tagen war sie in Aufruhr gewesen, zwischen Tränen und Wut und trotziger Kälte. Seppli hatte davon profitiert, indem sie lange Märsche mit ihm unternommen hatte. Sie würde nie mehr ein Wort mit Streiff reden. Sie würde ihn zusammenschlagen, wenn er ihr vor die Augen käme. Sie würde ihm ausführlich und ungerührt darlegen, dass er alles kaputtgemacht hatte. Dass es für immer aus war. Sie würde seinen Briefkasten in die Luft sprengen. Oder sein Auto abfackeln. Sie würde auf keinen Fall weinen, wenn er sie um ein Treffen bäte. Sie nahm den Anruf nicht an, wenn seine Nummer auf dem Display ihres Telefons erschien. Aber sie hörte augenblicklich die Combox ab. Er wollte mit ihr reden. So. Sollte er sich ruhig noch ein wenig darum bemühen. Der Text zum Foto, das er ihr schickte, kam anders daher. Nicht so schuldbewusst. Gelöster. Was hatte das nun zu bedeuten? Auf keinen Fall würde sie antworten.

Seppli entdeckte die Blumen zuerst. Im Treppenhaus ließ sie ihn von der Leine und er trabte vor ihr die Treppe hinauf. Sie hörte das Rascheln von Seidenpapier, als sie um die Ecke kam. Der Hund schnupperte am Strauß, ließ aber enttäuscht davon ab. Blumenduft bedeutete ihm nichts. Valerie nahm die Blumen auf, schloss die Tür auf und ging in die Wohnung. Sie entfernte das Papier, schaute die Blumen an. Ich müsste sie jetzt wegschmeißen, dachte sie. Stattdessen ging sie zum

Spülbecken, schnitt jeden einzelnen Stängel an, füllte eine Vase mit Wasser und stellte die Blumen ein. So viel zum Thema Konsequenz, bilanzierte sie.

Das Telefon klingelte. Lina. »Lina, was würdest du tun, wenn Hannes dich betrügen würde?«, fragte Valerie ohne Einleitung.

Am anderen Ende der Leitung blieb es einen Augenblick still. »Hat Beat einen Blödsinn gemacht?«, fragte sie dann direkt zurück.

»Ja«, murmelte Valerie erstickt und kämpfte mit Mühe die Tränen nieder.

»Bereut er?«, forschte Lina. »Hat er sich entschuldigt?«

»Er ist daran, glaube ich«, gab Valerie zu.

Linas Antwort kam schnell: »Wegstecken. Lohnt sich nicht, eine große Geschichte daraus zu machen. Er liebt dich. Natürlich soll er bluten, aber Schluss machst du deswegen nicht, klar?«

»Wie konnte er?«, rief Valerie.

»Keine Ahnung. Das musst du ihn fragen. Aber wenn er sich um dich bemüht, musst du nachgeben.«

»Er hat alles kaputtgemacht.«

»Unsinn. So schnell geht das nicht kaputt.«

Valerie berichtete Lina, was Beat am Sonntag zu seiner Entschuldigung vorgebracht hatte. Erwähnte zögernd das MMS und die Blumen. Lina tröstete.

»Hat Hannes denn schon mal …?«, erkundigte sich Valerie mit dünner Stimme.

»Ich weiß es nicht und ich will es auch gar nicht wissen«, sagte Lina resolut. »Ich habe schon mal. Es hatte gar nichts zu bedeuten und ich habe es Hannes auch nicht gesagt. Übrigens hast du auch schon mal, wenn ich dich daran erinnern darf.«

»Das war etwas ganz anderes«, wehrte sich Valerie. »Lorenz und ich haben uns ein Jahr später getrennt.«

»Eben, Beat und du braucht euch wegen dieses Ausrutschers nicht gleich zu trennen. Nimm Vernunft an.«

Nach dem Telefonat fühlte Valerie sich ruhiger. Sie schob eine Fertigpizza in den Ofen, gab dem Hund zwei Kekse und hörte sich zum Essen eine CD von Stockhausen an. Ziemlich laut.

MITTWOCH

Streiff hatte Fritz Legler auf 7 Uhr morgens zu einer weiteren Vernehmung bestellt. Auf dem Weg hatte er Valerie ein SMS geschrieben: Guten Morgen, meine Schöne. Schritt drei, hatte er gedacht. Mittags würde Schritt vier folgen. Er selbst funktionierte am frühen Morgen ausgezeichnet und profitierte oft vom erst halbwachen, verunsicherten Zustand seines Gegenübers. Irgendwie schien es den Leuten bedrohlicher vorzukommen, wenn sie in aller Herrgottsfrühe bei der Polizei antraben mussten, als wenn sie im Laufe des Vormittags eintrudeln konnten. Aber bei Pfarrer Legler schien das nicht zu verfangen. Er erschien ausgeschlafen, leger, aber sorgfältig gekleidet, nicht im Mindesten eingeschüchtert. Geradezu entgegenkommend saß er ihm im kahlen Vernehmungszimmer gegenüber und schien sich nicht speziell unbehaglich zu fühlen.

Streiff beschloss, ihn zu bluffen. Er traute dem Alibi, das Lena Rhyner ihrem Pfarrer gegeben hatte, noch immer nicht und hatte vor, erst einmal darauf herumzuhacken. Hatte er Erfolg, umso besser, falls nicht, würde sich Legler in Sicherheit wiegen und wäre nicht gefasst auf den zweiten Angriff.

»Sie wissen, Herr Legler«, begann er, »dass man sich strafbar macht, wenn man jemanden dazu auffordert, eine falsche Aussage zu machen.«

»Ich nehme es an«, sagte Legler höflich.

»Warum haben Sie Lena Rhyner dazu angestiftet, Ihnen ein falsches Alibi zu geben?« Streiff beobachtete sein Gegenüber scharf.

Auf Leglers Gesicht zeigten sich weder Angst noch Wut, sondern blankes Unverständnis. »Wie kommen Sie denn darauf? Das Alibi ist nicht falsch. Frau Rhyner war bei mir.«

Streiff platzierte seinen nächsten Satz, eine glatte Lüge, sorgfältig. »Sie hat diese Aussage zurückgenommen.«

»Was?« Leglers Überraschung schien echt. Langsam dämmerte ihm, was das bedeuten konnte. Nun wurde er wütend. »Was haben Sie mit ihr gemacht?«, rief er. »Sie haben das Kind unter Druck gesetzt, sonst hätte sie niemals …«

»Sie ist kein Kind mehr«, unterbrach ihn Streiff, »Lena Rhyner ist eine erwachsene junge Frau.«

»Sie war bei mir an jenem Abend«, beharrte Legler. »Wenn sie jetzt etwas anderes sagt, habe ich keine Ahnung, warum. Aber sie lügt. Lassen Sie mich mit ihr reden. Sie müssen ihr irgendetwas eingeredet haben.« Legler schwitzte, obwohl es im Raum nicht besonders warm war.

Streiff beobachtete ihn. War das nun eher die Reaktion eines Menschen, der aufgebracht war, weil sein Schützling sich seinem Einfluss entzogen hatte, zur Wahrheit zurückgekehrt war und ihn damit im Stich gelassen hatte oder war es eher die ehrliche Verblüffung und Enttäuschung über einen unverständlichen Verrat? Streiff tippte auf die zweite Möglichkeit. Trotzdem, er wollte noch eins draufgeben.

»Wie gesagt«, wiederholte er ungerührt, »Lena Rhyner ist eine erwachsene junge Frau. Ist sie verliebt in Sie? Wollte sie Sie deshalb schützen? Hatten Sie eine Liebesbeziehung mit Lena Rhyner?«

Der Pfarrer schaute ihn fassungslos an. »Behauptet sie das? Es stimmt nicht.« Dann ging die Wut mit ihm durch. »Dieses pummelige Ding ist doch überhaupt nicht mein Typ. Falls sie sich etwas eingebildet hat, ist das nicht meine Schuld.« Er schwieg einen Moment. »Es kann ja sein, dass sie in mich verliebt war.« Ein Funke Eitelkeit blitzte in seinen Augen auf. »Sie können sich ja vorstellen, wie das ist.« Ach ja?, dachte Streiff. »Frauen. Sie machen sich unbegründete Hoffnungen und sind dann enttäuscht, wenn sie sich nicht erfüllen. Wollen sich rächen. Sie können die Kleine nicht ernst nehmen.«

»Was soll ich denn jetzt nicht ernst nehmen?«, erkundigte sich Streiff. »Das Alibi oder dessen Rückzug?«

»Hören Sie, sie war bei mir. Sie fragte mich um Rat wegen ihres Studienfachs. Ist ihr bewusst, was sie anrichtet mit der Zurücknahme ihrer Aussage? Sie setzt mich dem Verdacht aus, meine Frau umgebracht zu haben. Haben Sie das gewollt? Kommen Sie nicht voran mit Ihren Ermittlungen und brauchen einfach, koste es, was es wolle, einen Mörder?« Er ließ seine Hand auf den Tisch fallen.

Legler war genügend verunsichert, Streiff beschloss, das Thema zu wechseln.

»In der Nacht des zweiten Mordes waren Sie ja auf

den Eggbergen«, stellte er fest. »Oder möchten Sie hier Ihre Aussage ändern?«

Legler schüttelte den Kopf. »Wie könnte ich? Wie hätte ich denn da herunterkommen sollen? Die Nachbarn haben mich ja gesehen.«

»Die Nachbarn haben Sie gesehen«, bestätigte Streiff. »Sie haben gesehen, dass Sie am Mittwochabend heraufgekommen sind und am Sonntagnachmittag wieder gegangen sind. Aber am fraglichen Abend hat Sie eigentlich niemand gesehen.«

»Weil ich im Haus war. Das Licht brannte. Ich habe gelesen und Musik gehört. Lange, nachdem die letzte Bahn gefahren war.«

»Ich war auf den Eggbergen«, berichtete Streiff. »Gestern. Ich habe auf der Bank vor Ihrem Chalet gesessen.«

Der Mann starrte ihn an.

»Ich habe darüber nachgedacht, in welchem Zustand Sie wohl gewesen sind in jenen Tagen. Sie haben Ihre Umgebung gern unter Kontrolle, nicht wahr? Und jetzt waren Dinge geschehen, die sich Ihrer Kontrolle entzogen. Ihre Frau hatte eine Liebesbeziehung mit einem anderen Mann.« Legler zuckte zusammen. »Und Ihre Frau wurde getötet. Sind Sie der Typ, der sich in dieser Situation einfach still zurückzieht? Sie sind doch der Macher, der Typ, der handelt. Warum sind Sie auf die Eggberge gefahren? Was hatten Sie vor?«

»Das kann Ihnen doch egal sein. Ich war einfach oben. Ich wollte meine Ruhe. Warum waren Sie dort? Hofften Sie, ein Messer zu finden oder was?«

»Nein, ich habe kein Messer gefunden«, gab Streiff freundlich zu. Dann fuhr er fort: »Leiden Sie unter Schlaflosigkeit? Gehen Sie nachts spazieren?«

Legler schwieg.

»Und was taten Sie tagsüber? Lesen, Musik hören, Spaziergänge machen? Und Sie haben Ordnung gemacht, nicht wahr, Sie haben zwei Mountainbikes geputzt.«

»Ja. Und?«

»Ich will Ihnen sagen, was ich mir überlegt habe, als ich auf der Bank vor Ihrem Häuschen saß, und später, als ich zu Fuß nach Flüelen hinunterging.«

Fritz Legler schaute vor sich hin.

»Ich bin auf den Gedanken gekommen, dass Ihr Alibi vielleicht doch nicht so hieb- und stichfest ist, wie es scheint. Sie sind ja ein sportlicher Mann, nicht wahr. Ich glaube, Sie sind am Donnerstag, spätabends, mit dem Mountainbike nach Flüelen hinuntergefahren. Von dort aus sind Sie mit dem Auto nach Zürich gefahren. Zu Mario Bianchera. Und haben ihn erstochen. Dann sind Sie zurückgefahren, haben das Auto wieder auf dem Parkplatz abgestellt und sind mit dem Bike wieder hochgefahren. Anstrengend, aber Sie sind ja fit. Und waren motiviert. Zeitlich könnte es hinkommen. Sie dürften zwischen 4 Uhr und 4.30 Uhr wieder oben gewesen sein. Bevor Bauer Danioth aufstand, um die Kühe zu melken. Später haben Sie das Fahrrad, das zweifellos ziemlich verdreckt war, gründlich gewaschen.«

»Das ist eine reine Fantasiegeschichte, die können

Sie erzählen, wem Sie wollen. Beweisen können Sie das nie. Ich lag im Bett.«

»Dumm nur, dass jemand Sie gesehen hat«, gab Streiff zu bedenken.

»Gesehen?«

»Oder gehört. Bäri. Bauer Danioths Hund. Er hat in dieser Nacht zweimal angeschlagen. Danioth ist aufgestanden, um nachzusehen. Und hat eine Gestalt auf einem Fahrrad erblickt.«

»Wer sagt, dass ich das war?«

»Es war in jener Nacht niemand auf den Eggbergen außer den beiden Bauernfamilien, die nicht Velo fahren, und Ihnen.«

»Sehen Sie, was Sie da erzählen, sind reine Vermutungen. Sie haben nicht den geringsten Beweis. Ich lag im Bett und schlief.«

»Haben Sie Herrn Bianchera gekannt, bevor er zu Ihnen kam und Ihnen eröffnete, dass er der Liebhaber Ihrer Frau war? Waren Sie je bei ihm zu Hause?«

Legler schüttelte den Kopf.

»Dann frage ich mich allerdings, wie Haare seines Zwerghasen an Ihre Windjacke kamen.«

Legler starrte ihn an. »Zwerghase?«

»Herr Bianchera hielt sich einen Zwerghasen für seine Tochter, die die Wochenenden bei ihm verbrachte. Ein tierliebes Kind. Ich habe mir erlaubt, die Windjacke, die im Schuppen an einem Nagel hing, mitzunehmen und auf Spuren untersuchen zu lassen. Sie wissen, die moderne Spurensicherung und -auswertung können vieles. Kleinste Partikel genügen. An Ihrer Jacke fanden sich ein paar Hasenhaare, die wir verglichen haben mit den Haaren von Biancheras Hasen. Treffer.«

»Meine Frau muss die Jacke …«

Streiff klemmte ihn ab. »Ihrer Frau wäre diese Jacke bis zu den Knien gegangen. Sie hätte darin ausgesehen wie ein Clochard. In diesem Aufzug hätte sie niemals ihren Liebhaber besucht. Hören Sie auf mit diesen Ausreden. Sie sind überführt.«

Legler war anzusehen, dass er fieberhaft überlegte. Es fiel ihm nichts ein. Dafür kam ihm wieder Lena in den Sinn. »Haben Sie Lena diese Räubergeschichte aufgetischt, damit sie ihre Aussage zurücknimmt?«, fuhr er auf.

»Wir teilen Zeugen keine Ermittlungsergebnisse mit«, stellte Streiff klar.

DNA, dachte Legler, da kann man nichts machen. Wie hätte ich ahnen können, dass dieser verdammte Softy einen Zwerghasen hatte. Ausgerechnet einen Zwerghasen.

»Gut«, sagte er. »Sie haben gewonnen. Bianchera hatte mir meine Frau weggenommen. Er war ein Ehebrecher. Und dann war sie tot. Ich habe sie nicht getötet, was auch immer Sie denken, was auch immer Lena Rhyner erzählt. Ich weiß nicht, was ich mit ihr gemacht hätte. Aber sie war tot, bevor ich mit ihr reden konnte. Ich stand unter Schock. Plötzlich war nichts mehr, wie es gewesen war. Ich war in einem Strudel von Ereignissen, von denen ich überhaupt nichts gewusst hatte. Und Sie haben recht, ich bin nicht der passive Typ, der sich zurückzieht. Ich bin der Typ, der handelt. Mario Bianchera hatte mir meine Frau weggenommen. Er hatte das Sakrament der Ehe beschmutzt. Vielleicht hatte er sie auch getötet. Das konnte ich nicht hinnehmen.«

»Sie haben den Mordplan noch in Zürich geschmiedet«, sagte Streiff, »und Sie sind absichtlich auf die Eggberge gefahren, weil das für Sie ein gutes Alibi abgab.«

»Ja«, gab Legler stolz zu, »es war ein guter Plan.«

»Es geht so«, stellte Streiff nüchtern fest. »Auf den Eggbergen wissen alle, wie sportlich Sie sind. Dass Sie Mountainbiketouren unternehmen. Es gibt auch sportliche Polizisten. Ein Kollege von mir brettert in seiner Freizeit ebenfalls mit dem Rad in den Bergen herum. Er kennt die Eggberge und ist auch schon von Flüelen aus hinaufgefahren. Sie kennen ihn übrigens. Haben ihm einen Tee gekocht, als er eine Magen-Darm-Grippe hatte. Zudem ist es fast unmöglich, sich irgendwo aufzuhalten, ohne Spuren zu hinterlassen oder irgendetwas Winziges mitzunehmen. Kommen wir auf Ihre Frau zurück. Sie war doch auch eine Ehebrecherin. Ist Ihnen bekannt, dass, rein statistisch gesehen, wenn eine Frau umgebracht wird, der Ehemann oder Freund der wahrscheinlichste Täter ist?«

»Die Statistik ist mir egal, ich habe meine Frau nicht getötet«, beharrte Legler. »Vielleicht war es der Freund, Bianchera. Ich sage jetzt nichts mehr, ich will einen Anwalt.«

»Gute Idee«, stimmte Streiff zu. Er ließ Fritz Legler abführen und holte sich einen Kaffee. Er hatte also recht gehabt. Legler hätte es nie zugegeben, aber der kleine

Bluff mit den Hasenhaaren hatte gewirkt. Dennoch wollte sich das Hochgefühl, ein Delikt aufgeklärt zu haben, nicht recht einstellen. Der zweite Fall war noch ungelöst. Streiff war geneigt, Legler zu glauben, dass er seine Frau nicht getötet hatte. Er musste nochmals bei Janine Bianchera, Fridolin Heer und Bruno Trümpy anknüpfen. War es doch ein versuchter Raubüberfall gewesen, bei dem der Täter gestört worden war? Oder gab es noch eine weitere Möglichkeit? Hatte er irgendetwas übersehen? Das quälende Gefühl kam wieder in ihm hoch, der Eindruck, dass er bei den Befragungen irgendeiner Kleinigkeit zu wenig Beachtung geschenkt hatte. Er zermarterte sich einmal mehr sein Hirn, aber ergebnislos.

Es ging gegen Abend. Streiff hockte am Küchentisch. Ihm gegenüber saß Zita Elmer, das Baby auf dem Arm. Die Küche war unaufgeräumt. Schoppenflaschen, Schnuller, Lätzchen lagen herum, auf dem Spültrog schmutziges Geschirr vom Frühstück. Zita Elmer war blass. Sie trug einen graugrünen Trainingsanzug, der ihr nicht stand.

»Zita, dieses Hausfrauendasein bekommt dir nicht«, meinte Streiff, während er das Durcheinander musterte.

»Das kannst du laut sagen«, seufzte Zita, »ich habs bis hier. Es ist so anstrengend und öd. Die Zeit geht vorbei, man hat nichts getan außer den Kleinen x-mal gewickelt und gestillt, und doch ist man müde. Abends räumt Linus auf.«

Das Baby öffnete die Augen, streckte die Ärmchen und zappelte mit kurzen Beinchen.

»Schon gut«, murmelte Zita und strich ihm übers Köpfchen, »alles ist fein, bald kommt Papa.«

»Ist das«, Streiff zeigte auf den Kleinen, »der einzige Mensch, mit dem du tagsüber redest?«

»Nein«, verteidigte sich Elmer, »ich rede mit dem Apotheker, mit der Verkäuferin am Marktstand und heute waren wir beim Kinderarzt.«

»Spannend«, meinte Streiff sarkastisch.

»Hör auf, deine schlechte Laune an mir auszulassen«, wehrte sich Elmer.

»Sorry«, lenkte er ein.

Mittags hatte Streiff Valerie ein SMS geschickt: Darf ich dich heute Abend anrufen? Ich möchte dich gern einladen. Schritt vier des Rückeroberungsplans. Er hatte zuversichtlich gedacht, es geht vorwärts. Mit Elan hatte er sich daran gemacht, die Alibis seiner Verdächtigen nochmals zu überprüfen. Vielleicht fand sich irgendeine kleine Unstimmigkeit, wo er nachhaken konnte, eine winzige Lücke in einer Geschichte. Nichts da. Lena Rhyner war bei ihrer Aussage geblieben. Nach längerem Überlegen hatte sie gesagt, es sei ihr so vorgekommen, als ob Herr Legler angespannt gewesen sei, nicht ganz konzentriert. Als ob ihm noch etwas anderes durch den Kopf gehen würde. Was ganz bestimmt der Fall gewesen war und kein neues Licht auf die Sache warf. Janine Bianchera war zu Hause bei ihrer Tochter gewesen. Das Mädchen hatte geschlafen. Konnte man glauben oder nicht. Als die Mutter ans Telefon ging, hatte Streiff die Kleine gefragt, ob sie manchmal nachts aufwache und zu ihrer Mama gehe. Ja, das kam vor, aber Rubina hatte nichts davon erzählt, dass sie kürzlich aufgewacht sei und die Mama nicht gefunden habe.

Fridolin Heer hatte, wie beim ersten Mal, ausgesagt, ohne Zeugen zu Hause gewesen zu sein. Konnte man glauben oder nicht. War jedenfalls kein Verbrechen, ein bisschen einsam zu sein. Bruno Trümpys Kollegen hatten mehr oder weniger zuverlässig ausgesagt, an jenem Abend mit ihm in der Sport-Bar zusammengesessen zu haben. Ob es wirklich jener Abend war? Ob Trümpy die ganze Zeit dabei gewesen war? Konnte sein, konnte auch nicht sein.

Jedenfalls bestanden gegen alle drei Personen zu wenige Verdachtsmomente, um ihnen weiter zuzusetzen. Die Befragungen hatten ihn ratlos und unzufrieden gelassen. Er musste sich mit jemandem besprechen.

Deshalb saß er jetzt bei Elmer in ihrem Babyhaushalt. Er unterdrückte den Impuls aufzustehen und in der vernachlässigten Küche Ordnung zu schaffen.

»Vielleicht stehen die beiden Tötungsdelikte tatsächlich in keinem Zusammenhang«, überlegte Elmer. »Wenn eine Verbindung bestände, hättest du sie doch finden müssen. Die Möglichkeit, dass sie miteinander zu tun haben, ist so naheliegend, dass man sich auf diese Schiene konzentriert und andere Optionen vielleicht außer Acht lässt.«

Er trommelte mit den Fingern auf den Tisch, der etwas klebrig war. Also wirklich, Elmer, dachte er.

»Mag sein«, gab er zu. Dann stand er auf, holte den Lappen, der in der Spüle lag, und wischte den Tisch ab.

»Ist was?«, fragte Zita konsterniert.

»Wo hast du saubere Lappen?«, fragte Streiff. Zita deutete stumm auf ein Küchenschränkchen. Streiff holte einen frischen Lappen heraus und wischte den Tisch nochmals gründlich sauber. Er trug den schmutzigen Suppenteller und die Babyfläschchen zur Spüle und räumte alles gebrauchte Geschirr in den Geschirrspüler ein. Zita schaute ihm stumm zu.

»Ist es so schlimm?«, fragte sie schließlich.

»Was meinst du, meinen Zustand oder deine Wohnung?«, gab Streiff zurück. »Wo hast du den Staubsauger?«

Sein Handy piepste. Ein SMS. Von Valerie, ein einziges Wort: Ja. Fast hätte er eine Melodie zu summen begonnen.

»Wenn du nicht weiterkommst«, sagte Zita, »musst du dich fragen, wo deine persönlichen Schwächen sind. In welchem Bereich es am wahrscheinlichsten ist, dass du etwas übersiehst, zu schnell über etwas hinweggehst.«

Streiff ging hinaus und kam gleich darauf mit dem Staubsauger wieder. Er begann, den Küchenboden zu saugen, langsam und methodisch, bis in jede Ecke hinein. Krümel und Staubflocken verschwanden.

»Meine Schwäche«, dozierte Elmer im Versuch, den

Staubsauger zu übertönen, »ist zum Beispiel, dass ich den Leuten nicht alle Fragen stelle, die ich stellen sollte. Ich vergesse Dinge. Also muss ich nochmals hingehen und diese Fragen auch noch anbringen. Bei dir ist es vielleicht etwas anderes.«

Streiff stellte den Staubsauger ab. »Du hast recht, das hilft mir sehr«, sagte er. »Wo hast du Putzeimer und Fegbürste?«

»Ich finde, du übertreibst«, murrte Zita, »eigentlich ist es sehr frech, was du da tust. Eine Grenzüberschreitung.«

»So kann ich am besten denken. Wo steht das Putzmittel?« Er begann, den Küchenboden zu wischen.

»Wo ist denn deine Schwäche?«, wollte Elmer wissen.

»Das sage ich dir nicht. Aber ich werde den Mörder von Angela Legler finden.«

Typisch, dachte Elmer. Das Baby begann sich in ihrem Arm zu regen, gab einen kleinen Versuchsschrei ab und setzte dann zu einem größer angelegten Weinen an.

»Er hat Hunger«, sagte Elmer, »ich muss ihn stillen. Du musst jetzt gehen. Danke fürs Kücheputzen.«

»Das Badezimmer …«, begann Streiff.

»Nein, raus jetzt. Wenn nötig, kannst du morgen wiederkommen.«

Streiff warf ihr eine Kusshand zu und verschwand. Zita schüttelte den Kopf. Was war denn in den gefahren? Sie knöpfte sich die Bluse auf und legte den Kleinen an die Brust. Während er hastig trank, die Hände zu winzigen Fäustchen geballt, sah sie sich in der Küche um. Eigentlich war es viel angenehmer so. Ob sie Linus die Wahrheit sagen sollte? Er sah sie jeweils abends so besorgt an, wenn er nach Hause kam. Bestimmt würde er sich freuen, wenn er den Eindruck hatte, dass ihre Lebensgeister zurückkehrten.

Streiff ging mit schnellen Schritten den Döltschiweg hinab. Elmer hatte recht. Es brachte ihm nichts, wieder und wieder mit den gleichen Leuten zu reden. Denn er bekam meistens schon beim ersten Mal aus ihnen heraus, was er wissen wollte. Im Fragenstellen, im Beobachten von Reaktionen war er gut. Er musste bei seiner Schwäche ansetzen. Bei seiner verfluchten Prosopagnosie. Nur war das leichter gesagt als getan. Hatte er jemanden gesehen und nicht wiedererkannt? War es das, was sein Unterbewusstsein ihm hartnäckig mitzuteilen versuchte? Dann sollte es sich doch, bitteschön, etwas deutlicher äußern. Mit dunklen Andeutungen war ihm jetzt nicht geholfen. Es sollte jetzt bitte eine Art SMS aus seinem Innern kommen, unmissverständlich wie jenes von Valerie, am besten mit einem Namen, einem Ort, einer Uhrzeit, mit verbindlichen Angaben jedenfalls.

Zu Hause würde er Valerie anrufen. Und etwas sehr Verbindliches mit ihr verabreden. Ein Geschenk wollte er noch besorgen. Was ihr wohl gefallen könnte? Nichts Übertriebenes, nicht dass sie gleich kopfscheu wurde. Er lenkte seine Schritte zur Haltestelle des Zweiunddreißigers, der ihn in die Innenstadt bringen würde.

Raffaela Zweifel hatte keine Lust, nach Hause zu gehen. Sie trödelte im Büro herum, stapelte herumliegendes Papier zu sinnlosen kleinen Bergen, spielte am Computer Solitär und checkte nochmals ihre Mails. Der Zugang zu Facebook war im Büro leider gesperrt. So konnte sie auch nicht nachsehen, ob sie eine Nachricht hatte von dem interessanten Typen aus Berlin, den sie online kennengelernt hatte. Aber Berlin war weit weg, es würde ohnehin nichts daraus werden. Sie war, fand sie, in letzter Zeit etwas zu sehr Single. Wurde Zeit, dass wieder einmal etwas lief. Und doch hatte sie meist keine rechte Lust auszugehen. Mario war tot. Mario hatte ihr eigentlich recht gut gefallen. Sie hatte ab und zu versucht, mit ihm zu flirten, aber er war nicht darauf eingegangen, was ihre Eitelkeit verletzt hatte. Jetzt hatte sie das Gerücht gehört, er habe mit der Legler was gehabt. Das war doch wohl nicht möglich. Mit dieser hässlichen Person? Wo er sie, Raffaela, hätte haben können? Mario, fantasierte sie, das hätte vielleicht eine richtige Beziehung werden können, mehr als eine kleine Affäre. Er hatte nicht besonders gut ausgesehen, aber er war lieb, und er hatte gut verdient. Es hatte jetzt keinen Zweck mehr, darüber nachzugrübeln. Mario war tot. Aber vielleicht sollte sie sich einen Mann wie Mario suchen? Bloß, wo fand man den?

Carlo neben ihr fuhr seinen Computer herunter. Es schien ihm ähnlich zu gehen wie ihr. Hatte er auch keine Lust, nach Hause zu gehen? Raffaela wusste nicht viel von ihm. Er war verheiratet, hatte zwei Söhne. Falls er zu Hause auch so bärbeißig war wie häufig im Büro, wartete seine Familie vermutlich nicht allzu ungeduldig auf ihn. Und auf sie wartete gar niemand.

»Carlo, hast du Lust, noch auf ein Bier wo hinzugehen?«, versuchte sie es.

Carlo schien erstaunt. Er zog den Reißverschluss seines kleinen Rucksacks zu und meinte dann nach kurzem Zögern: »Ja, warum eigentlich nicht.«

Sie gingen in die Commi-Halle und setzten sich an die Bar. »Ich bin irgendwie traurig, dass Mario tot ist«, begann Raffaela. »Macht dir das nichts aus? Du wirkst immer so cool.«

»Nein, ich finde es natürlich auch eine verdammt unangenehme Sache«, sagte Carlo. Das Gespräch war ihm unbehaglich. Wollte die Kleine ihm jetzt ihr Herz ausschütten? Dann hätte er ihren Vorschlag gescheiter nicht angenommen. Aber er hatte wirklich keine Lust heimzugehen und einmal mehr untätig in seiner Mansarde herumzusitzen.

»Meinst du, sie verdächtigen uns?«, wollte Raffaela wissen.

»Verdächtigen? Uns? Weshalb denn?«

»Ja, dich und mich. Weil wir uns doch so schlecht mit der Legler verstanden haben.«

»Du meinst, die denken, du oder ich hätten die Legler umgebracht? Unsinn. Die Polizei verfolgt ganz andere Fährten.«

»Welche denn? Weißt du etwas?«, fragte Raffaela eifrig.

»Nein, es kümmert mich auch nicht.«

»Wie kannst du so unbeteiligt bleiben? Ich muss immer daran denken.«

»Wieso? Hast du ein schlechtes Gewissen?«

»Ich? Sicher nicht. Glaubst du denn, ich könnte es getan haben?«, fuhr Raffaela empört auf.

Carlo lachte. Sie war doch ein naives Ding. »Wenn Blicke töten könnten«, sagte er sarkastisch. »So, wie du sie manchmal angeschaut hast …«

»Stimmt«, gab Raffaela zu. »Sie war eine dumme Kuh. Aber Blicke können nicht töten. Ein Messer wars. Und du hast sie auch immer böse angeschaut.«

»Ich habe sie überhaupt nicht angesehen, wenn es sich irgendwie vermeiden ließ«, präzisierte Carlo. »Nimmst du auch noch ein Bier?«

Raffaela nickte. Carlo wechselte das Thema. »Was wirst du tun, wenn deine Zeit bei uns abgelaufen ist?«

Sie zuckte die Schultern. »Ich bin dauernd daran, Bewerbungen zu schreiben. Übermorgen kann ich mich bei einer kleinen Firma vorstellen gehen. Ich habe Jenny als Referenz angegeben. Hoffe, sie wird mich tüchtig anpreisen.«

»Na, du machst deine Sache nicht schlecht«, meinte Carlo gönnerhaft.

Raffaela ärgerte sich. »Das weißt du gar nicht, dich interessiert das ja überhaupt nicht. Dich interessiert nichts, was bei der Arbeit abläuft. Du willst nicht dazugehören, und in letzter Zeit schon gar nicht.«

In der Tat, dachte Carlo, ich habe andere Sorgen. Aber das ging die Kleine nichts an.

»Hey, Raffaela«, hörte er eine Stimme. Ein Mann kam auf sie zu. »Ewig nicht gesehen, wie gehts dir?«

»Hallo Bruno«, sagte Raffaela ohne Begeisterung. »Gut, alles bestens.«

Bruno lachte. »So siehst du aus.«

Ach, dachte sie, vielleicht ganz gut, dass jemand dazukommt, das war keine gute Idee, mit Carlo Bier trinken zu gehen. Sie wandte sich ihrem Ex-Freund zu. Carlo leerte sein Bier und nutzte die Gelegenheit, sich davonzumachen. »Bis morgen, ciao.«

Raffaela hatte nicht vor, sich Bruno anzuvertrauen. Sie unterhielten sich über gemeinsame Bekannte, über Clubs, in denen sie verkehrten. Bruno war aufmerksam zu ihr, bestellte ihr statt eines weiteren Biers ein Glas Prosecco. Raffaela fragte sich nicht, warum, sie liebte Prosecco. Er schlug vor, noch woanders hinzugehen, und sie ging mit. In der Sport-Bar bestellte er ihr noch ein Glas. Eigentlich ist er sehr nett, ging es Raffaela durch den Kopf. Und offenbar hat er jetzt Geld. Nach einem dritten Glas führte er sie in seine Wohnung.

»Hör mal«, begann er, als sie im Bett lagen, und strich ihr eine Haarsträhne aus dem Gesicht, »könntest du mir einen kleinen Gefallen tun?«

Raffaela schaute ihn an.

»Die Polizei interessiert sich dafür, wo ich am letzten Dienstagabend war.«

Am Dienstag letzter Woche? Raffaela war alarmiert. »Warum?«

»Ist doch nicht so wichtig, Baby. Habe ich dir schon gesagt, wie schön du bist?« Er küsste ihre Schulter.

»Könntest du nicht sagen, du habest mich zu einer bestimmten Zeit irgendwo vorbeigehen sehen, das würde schon reichen.«

Sie richtete sich auf. »Du brauchst ein Alibi? Weswegen?«

So billig würde er also nicht davonkommen. Er erzählte ihr die Geschichte.

»Die Polizei glaubt, du habest Angela Legler erstochen?« Plötzlich begann Raffaela zu lachen. Es war zu absurd. Da hatte sie Bruno seit Jahren nicht gesehen, er lief ihr zufällig über den Weg – und sie waren in den gleichen Mordfall verwickelt. Nein, das konnte und wollte sie sich nicht leisten. Sie stieg aus dem Bett und begann, sich anzuziehen.

»Vergiss es, Bruno, danke für den Prosecco.«

»Was ist denn plötzlich los?«

»Ich werde der Polizei nicht sagen, dass du mich um ein Alibi gebeten hast. Aber so blöd wie früher bin ich nicht mehr. Dir gehe ich nicht mehr auf den Leim.« Sie fischte ihre Schuhe unter dem Bett hervor und schlüpfte hinein. Bruno fasste nach ihrer Schulter, aber sie schüttelte seine Hand ab.

»Nein, wenn du dich in irgendeinen Schlamassel hineingeritten hast, ist es dein Problem. Lass mich in Ruhe damit.«

Die Schlafzimmertür schlug zu und gleich darauf die Wohnungstür. Scheiße, dachte Bruno Trümpy. Früher war sie fügsamer. Er fummelte nach der Fernbedienung und schaltete den Fernseher ein.

Raffaela trat auf die Straße. Ihr Kopf war wieder klar.

Es ist immer das Gleiche mit dir, schalt sie sich. Ein bisschen Prosecco und du fällst auf irgendeinen Typen herein. Aber sie würde sich von Bruno in gar nichts hineinziehen lassen. Zum Glück kannte er ihre Handynummer nicht. Sie lenkte ihre Schritte in Richtung Ämtlerstraße. Mal sehen, ob der Berliner mir eine Nachricht geschickt hat, dachte sie, bereits getröstet. Ein Wochenende in Berlin, das wäre doch nett; es gibt ja so billige Flüge. Sie bemerkte einen jüngeren Mann mit Brille, der die Straße überquerte. Sie hatte ihn schon in der Sport-Bar aus dem Augenwinkel wahrgenommen. Nun schaute er ihr nach. Na also, dachte sie, geht doch. Aber für heute ist mein Bedarf an Abenteuern gedeckt.

Fridolin Heer sah sie um die Ecke biegen und verschwinden. Attraktiv, dachte er. Was die wohl mit diesem ungepflegten Typen am Hut hat, mit dem sie vorhin in der Sport-Bar war? Frauen hatten manchmal einen eigenartigen Geschmack in Sachen Männer. Angela Legler hatte, so munkelte man in der Fraktion, offenbar mit dem rundlichen intellektuellen Secondo, der nun auch tot war, eine Affäre gehabt. Aber da war, fand er, eher die Vorliebe des Mannes etwas eigenartig gewesen. Ob er um sie getrauert hatte? Schwer vorstellbar. Er jedenfalls, gestand sich Fridolin Heer ohne Gewissensbisse ein, trauerte nicht um Angela Legler. Ihr Tod, da hatte dieser argwöhnische Polizist schon recht gehabt, war für ihn die Chance. Heute Abend hatte er im Celia mit der Fraktionschefin der CVP, die ihn bisher recht herablassend behandelt hatte, gegessen und sie hatte ihn ein bisschen in seine Aufgaben eingeführt. Ob er Leglers Sitz in der Verkehrs- und Umweltkommission erben würde, war noch unklar. Vielleicht würde ihn eines der alteingesessenen Ratsmitglieder beanspruchen. Das war ihm egal. Als Ökonom wäre er in der Wirtschafts- oder der Finanzkommission in seinem Element. Jedenfalls war der Kantonsrat eine Plattform, von der aus er wieder ins Leben starten würde. Es waren ja nicht nur die montägliche Ratssitzung und die Kommissionsberatungen. Er würde ein ganz neues Ansehen genießen, vielleicht würde ihm irgendein Verwaltungsratssitz angeboten, irgendwelche bezahlten Ämter in Organisationen. Er war wieder jemand, er würde Leute kennenlernen, tonangebende Leute, und er würde Frauen treffen, attraktive Frauen. Er hatte es gar nicht nötig, spätabends einer Frau auf der Straße hinterherzuschauen. Es wurde Zeit, dass er wieder einmal eine Freundin hatte. Nun kam endlich wieder Fahrt in sein Leben. Leglers Tod war für ihn geradezu ein Segen. Der Polizist hatte sich nicht mehr gemeldet, er war offenbar, trotz des fehlenden Alibis für den Tatabend, nicht verdächtig. Heer winkte übermütig ein Taxi heran.

DONNERSTAG

Streiff ging den Schanzengraben hinauf in Richtung Stauffacher. Es war dunkel. Er war mit Valerie in der Helvti verabredet. Es war kein Zufall, dass er diesen Weg gewählt hatte. Es war der Weg, den vor einer guten Woche der Mörder von Angela Legler gegangen war. Er war hinter ihr hergeschlichen. Streiff hörte seine Schritte auf den Holzplanken. Hatte nicht Angela Legler auch die Schritte ihres Mörders hören müssen? Hatte sie sie gehört, war sie schneller gegangen und er hatte aufgeholt? Sie war sportlich, hätte sie nicht rennen und entkommen können? Oder hatte sie sie nicht gehört? Warum nicht? Vielleicht war sie in Gedanken versunken gewesen, möglicherweise hatte sie telefoniert. Aber mit wem? Ihr Handy war nicht gefunden worden. Das war eigentlich seltsam. Wenn der Täter es mitgenommen hatte, hätte er doch sicher auch das Portemonnaie eingesteckt. Wenn sie telefoniert hätte, müsste die Person am anderen Ende den Überfall mitbekommen haben und hätte sich zweifellos bei der Polizei gemeldet. Oder konnte es einen Grund geben, das nicht zu tun? Hatte Angela Legler vielleicht mit Heinrich Leuzinger gesprochen? Der Täter war ihr nachgelaufen. Hatte er sie zufällig gesehen und war ihr gefolgt oder hatte er sie schon vorher beobachtet? Was hatte er gewollt? Geld, Rache? Was hatte er empfunden? Hass? Angst?

Streiff näherte sich der Treppe, die zur Sihlbrücke hinaufführte. Er schob die Gedanken an Tod und Verbrechen beiseite. Ihm war etwas mulmig zumute. Valerie hatte eingewilligt, ihn zu treffen. Dass sie damit einverstanden war, sich von ihm ausführen zu lassen, hielt er für ein gutes Zeichen. Wenn sie ihm eine Szene machen wollte, würde sie das eher zu Hause tun. Trotzdem würde er sich ordentlich ins Zeug legen müssen, um wieder gut Wetter zu machen. Er ging über die Sihlbrücke Richtung Helvti. Er war etwas zu früh dran, keinesfalls wollte er sie warten lassen. Er bestellte sich ein Bier und zerkrümelte nervös ein Stückchen Brot. Hunger hatte er überhaupt nicht, aber das war Nebensache. Dann sah er sie kommen. Sie lächelte ihm nicht zu wie sonst, aber sie schien auch nicht wütend zu sein. Distanziert, vorsichtig. »Hallo.« Sie setzte sich. Der Hund beschnupperte ihn und rollte sich dann unter dem Tisch zusammen. Valerie trug Jeans und ein violettes Strickjäckchen, an dem ein Knopf fehlte. Die braunen Locken fielen ihr auf die Schultern. Sie griff gleich nach der Speisekarte. Nach der Bestellung beschloss Beat, in die Offensive zu gehen. Er hatte sich diverse Einleitungen überlegt, obwohl er wusste, dass er, wenn es so weit war, dann doch improvisieren würde. Jetzt saß sie ihm so höflich und fremd gegenüber, das war einfach nicht auszuhalten.

»Valerie, ich habe Scheiße gebaut«, begann er ohne Umschweife, »aber ich will dich zurück. Ich will mit dir zusammen sein, ich liebe dich.«

Sie sagte nichts.

»Du willst das auch, sonst wärst du nicht gekommen«, behauptete er mutig.

Sie schaute ihm in die Augen. »Ich kann dir nicht mehr vertrauen.« Ihre Stimme klang kühl.

»Klar, aber das kommt wieder, das kann man flicken«, redete er drauflos. »In einem halben Jahr ist es bestimmt schon viel besser.«

Dreckskerl, dachte Valerie. Aber sie dachte es ohne rechte innere Überzeugung. Lina hatte ihr strenge Anweisungen gegeben. »Natürlich musst du ihn ein bisschen quälen, aber nicht zu sehr. Und zum Schluss versöhnst du dich mit ihm, verstanden?« Wollte sie sich denn mit Beat versöhnen? Hatten sie überhaupt Streit? Plötzlich kam ihr das Ganze so gegenstandslos vor, eigentlich hatte sich doch gar nichts verändert. Sie saßen sich beim Essen gegenüber wie schon oft und könnten sich jetzt doch einfach erzählen, was sie tagsüber erlebt hatten.

Das Essen kam und sie stocherten beide ein bisschen lustlos darin herum.

Warum sieht sie so traurig aus, dachte Beat, will sie wirklich nicht mehr? Er nestelte in seiner Jackentasche und zog einen Umschlag hervor.

»Hier, für dich«, sagte er und schob ihn Valerie zu.

Zögernd nahm sie ihn.

»Nur wenn du willst, natürlich«, rief er, »und wann du willst.«

Sie öffnete ihn. Es war eine Einladung zu einem Wochenende in den Bergen.

»Ich überlege es mir«, sagte sie. Und fügte hinzu:

»Wenn du so etwas noch einmal machst, dann bringe ich dich um.«

Erleichterung breitete sich in Beat aus. Er hatte gesiegt. »Klar«, stimmte er eifrig zu. »Auf jeden Fall. Aber es wird nicht nötig sein.«

»Eines möchte ich noch wissen«, fuhr sie fort. »Weshalb warst du in dieser komischen Stimmung?«

Beat wand sich zuerst. Aber dann erzählte er ihr, dass er schon längere Zeit gedacht hatte, er würde gern mit ihr zusammenziehen, sich aber nicht zu fragen getraut hatte. »Ich habe mich irgendwie darauf fixiert«, gestand er. »Und dann trafen wir diesen Stucki, mit dem du ja zusammengelebt hattest. Und ihr verstandet euch gleich so gut. Ich dachte, das mit euch sei für dich vielleicht die wichtigere Geschichte als die Beziehung mit mir.«

»Das ist Unsinn«, meinte Valerie, »du hast dich da wirklich in etwas verrannt. Ich wohne gern allein und will daran bis auf Weiteres nichts ändern. Aber deshalb brauchst du mich nicht zu betrügen.« Nochmals stieg eine Zorneswelle in ihr hoch. »Noch einmal und ich ersteche dich.«

»Ich will nicht, dass du nach Hindelbank musst. Und du würdest so unüberlegt handeln, dass du garantiert überführt würdest. Auch wenn ich es nicht mehr tun könnte.« Er versuchte ein Grinsen.

»Wollen wir uns versöhnen?«, bat er.

»Aber heute gehe ich allein nach Hause«, antwortete sie.

Sie wechselten das Thema und redeten von unverfänglichen Dingen. Valerie blieb zurückhaltend und vorsichtig, manchmal traf ihn ein abschätzender Blick, als würde sie sich fragen: Ist es dir wirklich ernst? Dennoch fühlte Beat sich gut. Sie hatte ihm nicht den Laufpass gegeben. Alles würde wieder gut. Im Laufe des Abends wurde die Stimmung zwischen ihnen entspannter. Valerie aß ihren Fisch immerhin halb auf und ließ sich sogar dazu überreden, einen Löffel von Beats Dessert zu versuchen. Es war nicht allzu spät, als Beat die Rechnung verlangte.

»Ich begleite dich ein Stück, ja?«, schlug er vor.

Sie nickte gnädig.

Draußen legte er den Arm um ihre Schultern. Er spürte, dass sie sich versteifte, aber sie entzog sich ihm nicht. Sie gingen in Richtung Paradeplatz.

»Hier sind wir doch vor zehn Tagen durchgekommen, an dem Abend, als der Mord geschah«, bemerkte Valerie.

Ja, dachte er. Und wie anders war die Stimmung damals gewesen. Heiter, lebhaft, unbefangen. Sie waren miteinander nach Hause gegangen und zusammen eingeschlafen. Sie blieben einen Augenblick auf der Sihlbrücke stehen und warfen einen Blick in den Schanzengraben. Er war dunkel und still.

»Ist doch eine eigenartige Idee, nachts allein da durchzugehen«, meinte Valerie.

Sie schlenderten weiter. Ein Mann kam ihnen entgegen, im Licht einer Straßenlaterne wurde einen Moment lang sein Gesicht beleuchtet. Valerie grüßte ihn beiläufig. In diesem Augenblick sah Streiff ein anderes Bild vor sich. Vor gut einer Woche auf dieser Brücke, ein großer, massiger Mann, der ihnen entgegengekommen war, leicht schwankend, betrunken oder auf Drogen, über der einen Schulter einen kleinen Rucksack. Das war doch derselbe Mann gewesen. Er drehte sich um, und auch der Mann warf einen Blick zurück.

»Wer war das eben?«, fragte er Valerie.

»Den solltest du doch kennen«, erwiderte sie. »Du hast ihn doch sicher befragt. Es ist Carlo Freuler, ein Arbeitskollege von Lina.«

Carlo Freuler. Jener arrogante Redaktor, der in der Befragung alles andere als entgegenkommend gewesen war. War das diese Kleinigkeit gewesen, die er übersehen hatte und die ihn seither gequält hatte? War es das, was ihm sein Unterbewusstsein seit Tagen hartnäckig zu signalisieren versuchte: dass der Mann, den er am Abend des Mordes ungefähr zur Tatzeit in der Nähe des Tatorts gesehen hatte, der gleiche Mann war, den er befragt hatte, der Angela Legler gekannt hatte? Er hatte ausgesagt, er habe jenen Abend zu Hause verbracht, er sei etwa um 20.30 Uhr heimgekommen. Jetzt sah Streiff sein Gesicht deutlich vor sich. Es gab keinen Zweifel. Carlo Freuler hatte gelogen.

»Valerie, kannst du dich an den Mann erinnern, der uns am Mordabend hier gekreuzt hat?«, fragte er eindringlich.

Sie schüttelte den Kopf.

»Er schwankte, trug den Mantel offen«, versuchte er ihrem Gedächtnis nachzuhelfen.

»Nein, ich habe wohl nicht darauf geachtet. Warum?«

Er antwortete nicht. Seine verdammte Prosopagnosie. Er beschleunigte seinen Schritt. Valerie spürte, dass er plötzlich ganz woanders war. Sie kannte das. Jetzt war er wieder Streiff, der Polizist. Auskünfte würde er ihr jetzt keine geben. Es war der erste Moment, in dem sie wieder eine Vertrautheit mit ihm empfand.

»Hör mal, ich kann schon allein zur Tram laufen, wenn du noch zu tun hast«, begann sie.

»Nein, wir sind ja gleich dort.«

Er küsste sie zerstreut, als der Dreizehner kam, und als die Tram losfuhr, sah sie, dass er bereits das Handy am Ohr hatte.

Staatsanwalt Welti war nicht begeistert von Streiffs spätem Anruf. Nachdem er den halben Abend Hemden gebügelt hatte, was er sehr gern und mit hervorragenden Ergebnissen tat, hatte er es sich vor dem Fernseher bequem gemacht und schaute eine neue Folge der Serie Kommissar Beck. Sie war der schwedischen Krimireihe von Sjöwall und Wahlöö nachempfunden, auch wenn die Fälle keine Ähnlichkeit mit jenen Krimis hatten. Aber Welti mochte den melancholischen Martin Beck und auch den manchmal unbeherrschten Gunvald Larsson, obwohl er fand, dass man den falschen Schauspieler für die Rolle gewählt hatte. Seine Katze schlummerte auf seinem Bauch. Als sein Telefon klingelte, drückte er seufzend die Aufnahmetaste des DVD-Players und meldete sich.

Streiff hatte sich in den Eingang der Confiserie Sprüngli zurückgezogen und erklärte dem leicht genervten Welti die Situation. Dabei umschiffte er sorgfältig die Tatsache, die ihn so beschämte und ärgerte, nämlich dass er wegen eines winzigen Defekts in seinem Gehirn ab und zu unfähig war, Gesichter wiederzuerkennen.

Welti meinte widerstrebend, dass die Sache wohl Zeit gehabt hätte bis morgen, aber Streiff ließ sich nicht vertrösten. Er wollte morgen möglichst früh Freulers Wohnung durchsuchen können. Der Mann vorhin auf der Brücke hatte sich umgedreht, im selben Moment, in dem Streiff ihm nachgesehen hatte. Ob er sich ebenfalls an die Szene am Dienstag vor einer Woche erinnerte? Vielleicht hatte er realisiert, dass Streiff in dieser Zehntelsekunde etwas begriffen hatte.

»Dieser Carlo Freuler hatte eine Woche Zeit, um Spuren zu beseitigen. Falls das überhaupt notwendig war«, gab Welti zu bedenken.

»Er ist arrogant, er hat sich sicher gefühlt«, wandte Streiff ein. »Wenn er der Täter ist, ist er die Sorte, die überzeugt ist, hundertmal gescheiter zu sein als die Polizei.«

Welti versprach, das Nötige in die Wege zu leiten.

FREITAG

Es war 7.30 Uhr. Ingrid Freuler setzte die Kaffeemaschine in Betrieb und verteilte Tassen und Teller auf dem Esstisch. Sie war geduscht, angezogen, leicht geschminkt, ausgeruht. Carlo saß am Tisch, unrasiert, im Morgenmantel, die schütteren Haare zerzaust, die Zeitung vor sich. Aus dem Badezimmer hörte man das Geräusch der Duschbrause. Das war Patrick. Fabian, der heute spät zur Schule musste, schlief noch.

Es klingelte. »Wer das sein mag?«, wunderte sich Ingrid. »Vielleicht Herr Landolt, dem die Milch ausgegangen ist.« Das war ein alter Nachbar, der seinen Haushalt nicht immer ganz im Griff hatte. Sie öffnete. Draußen standen drei Männer.

Streiff stellte sich, Zwicky und Dürst vor.

»Eine Hausdurchsuchung?«, rief Ingrid Freuler, »aber warum denn?« Sie ließ die drei Polizisten eintreten. Carlo saß am Tisch.

Streiff schaute ihn an. Kein Zweifel, es war der Mann. Er wies den Durchsuchungsbeschluss vor. »Wir möchten uns ein wenig umsehen«, sagte er.

»Was soll das?«, rief Carlo.

»Sie haben uns angelogen. Sie haben behauptet, Sie hätten den Abend, an dem Angela Legler umgebracht wurde, zu Hause verbracht. Dabei wurden Sie ungefähr zu der Zeit, als der Mord passierte, in der Nähe des Tatorts gesehen.«

»Wer sagt das?«

»Ich. Ich habe Sie gesehen. Ich hielt Sie für betrunken. Aber vielleicht waren Sie ja aus einem anderen Grund so durcheinander.«

Er wandte sich an die Frau. »Sie bewohnen das ganze Haus?«

»Nein. Über uns ist eine andere Wohnung. Aber oben ist noch Carlos Mansarde …« Sie brach ab. Carlo starrte sie an.

Streiff gab Dürst ein Zeichen und der verließ die Wohnung.

»Was ist denn los, Carlo?«, rief Ingrid. »Ich verstehe überhaupt nichts.«

Patrick tauchte aus dem Badezimmer auf, ein Handtuch um die Hüfte geschlungen. »Besuch?«, erkundigte er sich verwundert.

»Schnell, zieh dich an. Weck Fabian«, sagte die Mutter. »Es ist, es muss sich um ein Missverständnis handeln. Das ist die Polizei.«

Patrick verschwand. Carlo stand auf. »Ich ziehe mich an.« Zwicky folgte ihm.

»Wann ist Ihr Mann am Dienstag vor einer Woche abends nach Hause gekommen?«, wandte sich Streiff an Ingrid Freuler.

»Das weiß ich nicht«, sagte sie. »Am Dienstag komme ich immer spät heim. Es war nach Mitternacht. Da war er schon da.«

»Ist Ihnen irgendetwas an ihm aufgefallen? War er anders als sonst?«

»Er schlief schon. Höchstens das war ungewöhnlich.

Aber nun sagen Sie mir doch bitte endlich, worum es hier geht.«

Dürst erschien. In einer durchsichtigen Plastiktüte trug er ein Messer. »Das habe ich in der Mansarde entdeckt«, meldete er. »Unter einem losen Dielenbrett.« Es war lang und gezackt. Wie es im Bericht der Rechtsmedizin beschrieben worden war.

Ingrid Freuler starrte auf den Gegenstand.

»Unter einem losen Dielenbrett«, wiederholte Streiff. »Blutspuren?«

»Auf den ersten Blick nicht. Aber das heißt ja nichts.«

Freuler erschien, begleitet von Zwicky. Seine Frau zupfte ihm automatisch den Kragen des Pullovers zurecht. »Nun rede doch«, drängte sie. Carlo schwieg.

»Wir müssen Sie leider mitnehmen, Herr Freuler«, sagte Streiff. »Wir haben in Ihrer Mansarde in einem Versteck dieses Messer gefunden. Können Sie uns das erklären?«

Freuler schwieg. Seine Söhne standen da, ungläubig und erschrocken. »Papa?«, fragte Fabian.

Ingrid fuhr dazwischen. »Halt, das geht nicht«, rief sie, »meinem Mann geht es nicht gut. Sehen Sie das nicht? Er ist krank, er braucht einen Arzt.«

»Vielleicht eher einen Anwalt«, meinte Streiff. »Er ist verdächtig, die Kantonsrätin Angela Legler getötet zu haben.«

»Unsinn«, erklärte Ingrid energisch.

»Gehen wir«, sagte Carlo müde, ohne seine Frau anzusehen.

Eine unangenehme Erinnerung stieg langsam in Ingrid Freuler auf. Das Messer. Sie hatte letzte Woche Carlo gebeten, ein neues Brotmesser zu kaufen. War das an jenem Tag gewesen? Jedenfalls hatte er es vergessen.

Dürst und Zwicky waren mit Carlo Freuler abgefahren. Streiff stieg in Freulers Klause hinauf und schaute sich um. Was für ein Mann hatte hier gehaust? Bald würde er ihn verhören, aber er wollte sich vorher ein Bild von ihm machen. Er sah sich die Bücherregale an. Werke von Philosophen, Romane von deutschen, französischen und spanischen Autoren, aber nichts Modernes. Freuler schien in einer anderen Zeit gelebt zu haben, wenn er sich hierhin zurückzog. Streiff schaltete den Computer an, aber er war passwortgeschützt. Er überflog die Notizzettel. Freulers Handschrift war ausgreifend, eckig, groß, aber fast unleserlich. Er zog die Schubladen heraus, fand indessen nichts Bemerkenswertes. Notizblöcke, Schreibhefte, Kugelschreiber, Füller, auch Briefmarken und Adressstempel. Den bemerkenswerten Gegenstand hatte Dürst gefunden. In Rekordzeit. Chapeau. Hier hatte er vorerst nichts mehr zu tun. Streiff ging hinunter.

Streiff überflog den Bericht. Das Ergebnis der Untersuchung des Messers war eindeutig: Blutspuren, die von Angela Legler stammten. Carlo Freuler war zweifellos ein cholerischer, unbeherrschter Mensch. Aber was war sein Motiv gewesen, die Frau zu töten? Streiff machte sich auf den Weg in den Verhörraum.

Freuler saß schon da, bewacht von Zwicky. Streiff machte ihm ein Zeichen, ihn mit Freuler allein zu lassen. Zwicky gehorchte enttäuscht. Streiff setzte sich.

»Warum haben Sie Angela Legler getötet?«, fragte er.

Freuler richtete sich auf. »Ich habe sie nicht getötet.«

»Nicht?«, Streiff blickte verwundert auf. »Wie kam dann das Messer mit Leglers Blut in Ihr Arbeitszimmer?«

»Von diesem Messer weiß ich nichts.«

Streiff wurde deutlicher. »In Ihrer Mansarde wurde, versteckt unter einem Dielenbrett, ein Messer gefunden, an dem Blutspuren festgestellt wurden, die von der Ermordeten stammten. Wer außer Ihnen könnte es dort verborgen haben?«

Freuler zuckte die Schultern.

»Wenn Sie es nicht waren, muss es wohl jemand aus Ihrer Familie gewesen sein«, mutmaßte Streiff gemütlich. »Dann muss ich Ihre Frau und Ihre beiden Söhne in die Mangel nehmen.«

»Sie können nichts beweisen«, versteifte sich Freuler.

»Es gibt auch Indizienprozesse«, konterte Streiff, »und dieses Messer an diesem Ort ist ein verdammt starkes Indiz. Sie sind doch zu intelligent, um das zu leugnen. Also, warum haben Sie es getan?«

Freuler schwieg.

»Sie denken vielleicht, das gehe mich nichts an, es könne mir egal sein. Stimmt. Aber Ihnen kann es nicht egal sein. Denn das Motiv und der Ablauf der Tat sind entscheidend für das Strafmaß. Es ist in Ihrem eigenen Interesse, mit uns zu kooperieren.«

Freuler dachte darüber nach. Streiff ließ ihm Zeit und beobachtete ihn. An seinem Gesicht ließ sich nichts ablesen. Streiff fühlte sich sicher. Er sucht einen Ausweg, dachte er, aber er wird keinen finden. Ich habe meinem Gegenüber zumindest eines voraus, dachte er, mir ist diese Situation vertraut; ihm hingegen nicht. Diesen stillen Zweikampf hatte er schon oft ausgefochten, er kannte das Ringen um Verbergen oder Preisgabe einer Geschichte. Er hatte ihn letztlich jedes Mal gewonnen, auch wenn es eine zähe Angelegenheit war. Dumme Täter leugneten länger als intelligente. Aber es gab auch intelligente, die sich selbst überschätzten, die sich ihm überlegen fühlten. Er konnte nicht abschätzen, zu welcher Sorte Carlo Freuler gehörte. Er war hochintelligent, arrogant, empfindlich. Die Überlegenheit, die er ausstrahlte, ging wohl nicht sehr tief. Freuler war angewiesen auf Anerkennung, aber er bekam sie nicht oder viel zu wenig. Hatte er sich Anerkennung von Angela Legler gewünscht? Bekam er Anerkennung von seiner Frau? Die Stille im Raum wurde schwer.

»Hatten Sie die Tat geplant?«, fragte Streiff.

Nun reagierte Freuler. »Nein«, sagte er, »es war ein«, er suchte nach dem richtigen Wort, »ein Zufall.«

Streiff verkniff sich einen Kommentar. »Erzählen Sie mir, wie es abgelaufen ist«, forderte er Freuler auf.

»Wir hatten eine Auseinandersetzung an jenem Tag«, begann der Mann.

»Worum ging es?«

Freuler winkte ab. »Immer dasselbe. Sie kritisierte an meiner Arbeit herum. Völlig inkompetent. Lachhaft geradezu. Ratslektorin und kann ein Komma nicht von einem Punkt unterscheiden. Aber macht auf Autorität. Hat mich gedemütigt. Lächerlich gemacht.«

»Und dann beschlossen Sie, sie umzubringen?«, fragte Streiff.

»Nein. Ich ging ein paar Bier trinken. Hatte keine Lust, nach Hause zu gehen.«

Pause. Dann fuhr er fort: »Ich kam aus der Commi-Halle, ging zum Central. Da sah ich sie, wie sie die Straße überquerte, in Richtung Bahnhof. Ich hatte eigentlich die Tram nehmen wollen. Aber dann folgte ich ihr. Ich wusste selbst nicht, warum. Sie ging die Löwenstraße hinauf. Ich hinterher.«

»Was hatten Sie für Gefühle?«, fragte Streiff. »Hassten Sie sie? Oder fürchteten Sie sich vor ihr? Wollten Sie mit ihr reden?«

»Ich weiß es nicht, ich war etwas angetrunken.«

»Bemerkte Frau Legler, dass Sie ihr folgten?«

»Nein, die Löwenstraße war um diese Zeit noch belebt. Und ich hielt Abstand.«

»Aber als sie zum Schanzengraben hinunterging, muss sie doch gehört haben, dass ihr jemand nachging, dort sind keine Leute mehr um diese Zeit.«

»Sie telefonierte«, stieß Freuler zwischen zusammengebissenen Zähnen hervor.

»Verstanden Sie, was sie sagte?«

»Sie redete laut genug.«

»Bekamen Sie mit, mit wem sie sprach?«

Kopfschütteln.

»Was sagte sie?«

Pause. Dann, mit sichtlicher Überwindung: »Sie redete über mich.«

»Was sagte sie?«

Pause. »Sie machte sich lustig über mich.«

Streiff konnte förmlich sehen, wie der Zorn wieder in Carlo Freuler hochstieg. »Ja, ich hasste sie. Ich hasse sie alle, diese beschränkte Bande, diese hohlköpfigen Wichtigtuer, dieses eingebildete Pack!«

»Sie meinen die Politiker?«, fragte Streiff vorsichtig.

»Sie haben allesamt keine Ahnung von Kultur. Sie streiten sich über Radwege und Steuern und Glasfasernetze, weiter ist ihr Horizont nicht.«

»Ihrer schon?«

Freuler warf ihm einen misstrauischen Blick zu. »Ich bin Schriftsteller. Dichter. Und ich bin gezwungen, das Gestammel dieses Scheuklappenclubs zu redigieren. Und dann muss ich mir noch auf der Nase herumtanzen lassen. Mir anhören, ich sei ein neurotischer Loser.«

»Warum hatten Sie eigentlich ein Messer bei sich?«

»Ingrid hatte mich gebeten, über Mittag einkaufen zu gehen. Sie gab mir eine Liste mit. Darauf war auch ein Brotmesser.«

»Und das hatten Sie dann gleich so zur Hand?«

»Es hatte keinen Platz mehr im Rucksack, es war ziemlich lang. Deshalb trug ich es in einer Plastiktüte in der Hand.«

»Wie ging es weiter?«

»Ich ertrug es plötzlich nicht mehr, diese durchdringende Stimme zu hören. Das meckernde Lachen. Ich wollte nie mehr ihre Stimme im Ohr haben und schreiben müssen, was sie sagte. Nie mehr.«

Nie mehr, dachte er. In diesem Moment hatte er plötzlich nicht mehr nur Leglers Stimme gehört, sondern eine Kakofonie aus den Stimmen des gesamten Kantonsrats, alles redete auf ihn ein; Satzfetzen, scharfkantige Sprachtrümmer, sinnlose Wörterketten hatten sich übereinandergelegt, ein unverständlicher, unbewältigbarer Sprechchor, ohne Dirigent, ohne Rhythmus, lauter und schneller werdend und bedrohlich, hatte ihn umgeben, war immer näher gekommen. Der Schweiß war ihm ausgebrochen, um die Brust wurde es eng, der Chor füllte seinen Kopf und drohte ihn zu sprengen.

»Ich nahm das Messer hervor und holte sie ein.«

»Sie wollten sie töten?«

»Ich wollte sie stoppen. Die Stimme. Das Lachen. Es musste aufhören.«

»Und, hörte es auf?«

»Ja.«

»Hat Frau Legler Sie bemerkt?«

»Ich glaube, erst im letzten Moment. Sie wollte gerade das Handy einstecken.«

»Was war dann mit dem Handy? Haben Sie es an sich genommen?«

»Nein. Ich glaube, es fiel ins Wasser. Irgendetwas fiel ins Wasser.«

»War Ihnen klar, dass Sie die Frau umgebracht hatten?«

»Ich weiß es nicht mehr. Ich bin schnell davongegangen. Ich war völlig durcheinander.«

»Ich weiß«, bemerkte Streiff.

Freuler schien es nicht zu hören. »Ich bin ziellos durch die Stadt gelaufen. Irgendwann fand ich mich am Bellevue wieder und fuhr nach Hause.«

»Und das Messer trugen Sie in der Plastiktüte mit sich?«

»Ich packte es in den Rucksack rein, so weit, wie es ging, noch am Schanzengraben.«

»Warum haben Sie sich nicht gestellt?«

»Sollte ich mir von ihr mein Leben kaputtmachen lassen? Zu Hause war mein Kopf wieder klar, ich konnte wieder denken. Ich beschloss, dass das einfach nicht geschehen war. Dass es mich nichts anging.«

»Das glaube ich Ihnen nicht ganz«, intervenierte Streiff.

Freuler schaute erstaunt auf.

»Sie haben das Messer nicht entsorgt«, sagte Streiff. »Sie haben das Messer, dilettantisch genug, in Ihrem Arbeitszimmer versteckt.«

»Mir wurde erst zu Hause richtig bewusst, dass ich es noch hatte«, sagte Freuler. »Ich wusste, dass ich es wegtun sollte. Aber ich wollte nichts mehr mit diesem Gegenstand zu tun haben. Ich hatte Angst, es in die Hand zu nehmen, mein Haus damit zu verlassen. Ich schob es immer wieder auf.«

»Dachten Sie vielleicht, Sie könnten es sich leisten,

das Beweisstück zu behalten, weil wir Ihnen ohnehin nicht auf die Schliche kommen würden? Sie haben das Gefühl, gescheiter zu sein als die Politiker. Hielten Sie sich auch für intelligenter als die Polizei?«

Freuler schaute ihn an. »Wie sind Sie denn auf mich gekommen?«, wollte er wissen.

»Ermittlungsarbeit«, erwiderte Streiff knapp.

»Oder Kommissar Zufall«, gab Freuler mit einem abschätzigen Blick zurück.

»Fühlten Sie sich eigentlich erleichtert, als Sie erfuhren, dass Angela Legler wirklich tot ist? Dass Sie nie mehr für sie arbeiten müssen?«, wechselte Streiff das Thema.

»Ich hatte gesiegt«, sagte Freuler tonlos.

»Um welchen Preis?«, fragte Streiff rasch.

»Wenn Sie nicht dazwischengekommen wären …«, fuhr der Mann auf.

»Ich meine nicht das«, sagte Streiff ruhig. »Wie leben Sie mit der Tatsache, dass Sie einen Menschen getötet haben?«

»Kommen Sie mir nicht mit Moral, das steht Ihnen nicht zu!«

Streiff sagte nichts.

»Ich kann nicht mehr schreiben seither«, murmelte Freuler. Es war nicht klar, ob er es zu Streiff oder zu sich selbst sagte. »Ich habe nichts mehr geschrieben. Ingrid ist mir fremd, meine Kinder ohnehin. Aber auch meine Mansarde ist mir fremd geworden. Mein Arbeitstisch. Meine Bücher. Mein Manuskript. Es ist, als ob das alles zu einem anderen Menschen gehörte. Einem Menschen, der ganz nahe bei mir ist. Aber unüberwindbar getrennt von mir. Mir ist der Zugang zu all dem verschlossen. Ich bin«, sagte er langsam, »ein anderer Mensch geworden.« Und nach einer Pause: »Ich habe nicht geahnt, dass es so herauskommen würde.«

Nein, sie wissen es nicht, dachte Streiff. Sie finden sich, egal, ob sie bereuen oder nicht, in diesem Zustand wieder, in dieser entsetzten Verwunderung, dass sie nicht mehr dieselben sind wie vorher. Dass es nicht möglich ist, die Tatsache von sich zu schieben, dass sie einem anderen Menschen das Leben genommen haben. Sie haben Richter gespielt, Gott gespielt, und diese Grenzüberschreitung hat in ihnen Spuren hinterlassen, verändert die Struktur ihrer Persönlichkeit, verändert ihr Verständnis von sich selbst. Nicht einmal die Gescheitesten können das vorhersehen. Er schaltete das Aufnahmegerät aus und ließ Carlo Freuler abführen.

SONNTAG

Streiff hatte gut geschlafen. Die Anspannung, die ihn während der Arbeit an einem Fall nie ganz verließ, hatte sich gelöst. Dennoch war er nervös. Er trank Kaffee und hörte mit halbem Ohr die Nachrichten des Lokalradios, das über die Tötungsdelikte berichtete. Er schaute aus dem Fenster. Der Hochnebel war dabei, sich aufzulösen, bleich drückte die Novembersonne durch. In einem Radiokommentar wurde jetzt eine PUK gefordert, die die Arbeitsbedingungen in den Parlamentsdiensten durchleuchten solle. Beat schaltete das Radio aus. Er hatte noch etwas vor. Es war ihm unangenehm, aber es musste sein. Ich bin es ihr schuldig, dachte er. Es war später Vormittag, jetzt war sie bestimmt auf. Er griff zum Telefon. Den Rest des Vormittags verbrachte er damit, seine Wohnung einigermaßen in Schuss zu bringen, um sich abzulenken vom Gedanken daran, was er vorhatte. Was würde sie sagen? Endlich war es Mittag. Sie hatten sich am Escher-Wyss-Platz verabredet. Valerie war schon da, Seppli tanzte um sie herum, schnupperte an unappetitlichen Flecken auf dem Trottoir und zog an der Leine. Sie gingen die Treppe hinunter zum Flussufer. Valerie ließ den Hund von der Leine.

Beat war mulmig zumute. Sollte er erst ein bisschen Small Talk machen oder gleich mit der Sprache herausrücken? War sie ihm noch böse? Eine Weile gingen sie still nebeneinander her. Nein, dachte er, jetzt keine

Bemerkungen übers Wetter oder die Spaziergänger, das macht keinen Sinn.

Er holte tief Luft. »Ich wollte mich bei dir bedanken«, begann er.

»Wofür?«, fragte sie.

»Ich hätte ohne dich den Fall nicht gelöst, ich meine den Mord an Angela Legler.«

»Ohne mich?« Sie war verwundert. »Aber ich habe doch gar nichts gemacht. Diesmal habe ich mich nicht eingemischt.«

»Trotzdem.« Himmel, wie schwer ihm das fiel. »Auf der Sihlbrücke, am Donnerstag. Carlo Freuler ist uns entgegengekommen. Und du hast ihn erkannt.«

»Natürlich. Ich habe ihn einmal an einem Apéro bei Lina getroffen. Aber du hast ihn doch auch gekannt, von den Befragungen her.«

»Ja, ich meine nein, eben nicht. Ich habe ihn nicht wiedererkannt.« Beat verfluchte innerlich seine Unfähigkeit, sich klar auszudrücken. Valerie schaute ihn von der Seite an.

»Schau, ich habe eine Art Gesichtsblindheit. Nicht sehr stark ausgeprägt. Aber manche Gesichter kann ich mir nicht merken. Ich erkenne sie nicht wieder, wenn ich sie einmal oder auch mehrmals gesehen habe. Und das ist mir hier fast zum Verhängnis geworden. Prosopagnosie heißt das.«

Sie schaute ihn immer noch an.

»Als wir am Mordabend über die Sihlbrücke gingen, kam uns Freuler entgegen. Du hast ihn nicht gesehen, weil du auf die andere Seite geschaut hast. Wenn ich nicht gesichtsblind wäre, hätte ich ihn bei der Befragung wiedererkannt und gewusst, dass er log, als er erklärte, er habe den Abend zu Hause verbracht. Die ganze Zeit während der Ermittlungen hatte ich das Gefühl, irgendetwas übersehen zu haben, einen Hinweis nicht aufgenommen zu haben. Aber ich kam nicht darauf, was es war. Erst als du vor drei Tagen an der gleichen Stelle den gleichen Mann gegrüßt hast, ging mir plötzlich auf, dass es das gewesen war. Plötzlich sah ich die Gesichter vor mir: das des Mannes am Mordabend, das von Freuler und das des Mannes, den du grüßtest. Und die drei Gesichter waren identisch. Es war immer derselbe Mann.«

»Prosopagnosie?«, wiederholte Valerie.

»Es weiß kein Mensch, dass ich das habe. Ich habe bei der Arbeit meine Strategien, um es zu kompensieren«, rettete sich Beat in einen Fachjargon. »Aber in einer solchen Situation wie dort klappt das nicht, weil ich nicht darauf gefasst bin, mir etwas Wichtiges einprägen zu müssen.«

Valerie verdaute das schweigend. Das trug er also mit sich herum, der erfolgreiche Kriminalbeamte Beat Streiff. Eine kleine Schwäche, eine winzige Behinderung, die ihm jederzeit eine Falle stellen konnte. Und er war natürlich zu stolz, sie einzugestehen. Schlug sich durch mit doppelter Wachsamkeit, erhöhter Aufmerksamkeit, mit Tricks und Eselsbrücken.

»Bist du deshalb so zurückhaltend Lina gegenüber?«, fragte sie. »Weil sie immer wieder anders aussieht?«

Er nickte, dankbar, dass sie erfasst hatte, worum es

ging. »Ja, die wechselnden Haarfarben und Frisuren und Kleiderstile, da habe ich null Chance.« Er grinste ein wenig.

»Warum hast du es mir jetzt gesagt?«, fragte sie.

»Weil ich es dir schuldig bin«, gab er zur Antwort, »und weil ich dir vertraue.«

Valerie ließ sich nicht anmerken, wie sehr seine Antwort sie berührte. Plötzlich kam ihr der Traum wieder in den Sinn, an den sie sich beim Frühstück vor zwei Wochen kurz erinnert hatte. Sie hatte die Werkzeuge in ihrer Werkstatt nicht mehr voneinander unterscheiden können. Nach einer Schrecksekunde qualvoller Verwirrung hatte sie einfach nach einem gegriffen und streng Alban gefragt: »Wofür braucht man das?«, und er hatte es erläutert, ohne zu merken, dass es kein Test gewesen war. In diesem Moment hatte sie alles wieder gewusst und gedacht: Man muss sich nur durchtricksen können.

Sie erzählte Beat den Traum. Er nickte nur. Sie fragte: »Was hast du jetzt vor? Willst du es nicht wenigstens Zita Elmer sagen und den anderen, mit denen du eng zusammenarbeitest?«

Seine Antwort war dezidiert: »Keinesfalls.«

Man muss sich durchtricksen können, dachte sie. Vielleicht ist das in manchen Situationen das Richtige.

Seppli kam herangerannt, einen langen Ast quer im Maul, mit dem er Kinderwagen und stolpernde Zweijährige in Gefahr brachte. Valerie nahm ihn ihm weg und warf ihm dafür einen Keks hin, den er in Sekundenschnelle hinuntergeschlungen hatte. Sie überquerten die Limmat und gingen weiter in Richtung Bernoullihäuser und Werdinsel.

ENDE

DANK

Danke, Christian, für die sorgfältige Lektüre des Textes und die anregende Kritik.

GLOSSAR

117	Polizeinotrufnummer
Chalet	hölzernes Wohnhaus in den Bergen
Chapeau	Hut ab
Echo der Zeit	Informationssendung am Schweizer Radio
Elfer	Tram Nr. 11
ETH	Eidgenössische Technische Hochschule
Hindelbank	Frauengefängnis der Schweiz
Kantonsrat	Legislative des Kantons
Konfitüre	Marmelade
Legislatur	Vierjährige Periode zwischen zwei Parlamentswahlen
Nussgipfel	Blätterteiggebäck mit Nüssen; Nusskipferl
Pouletfleisch	Hähnchen
Prosopagnosie	Unfähigkeit, Gesichter zu erkennen
PUK	Parlamentarische Untersuchungskommission
Randen	Rote Beete
RAV	Regionales Arbeitsvermittlungszentrum
Regierungsrat	Exekutive des Kantons
Rote Fabrik	Kulturzentrum in Zürich

Sprüngli	Café in Zürich
Surprise	Arbeitslosenzeitung, die auf der Strasse verkauft wird
Tausendernote	1000-Franken-Schein
Triemli	Spital in Zürich
Tschuldigung	Entschuldigung
Vierzehner	Tram Nr. 14
Züritipp	Veranstaltungsmagazin

Zitat Seite 47 Grammatik der Moral. Von Roland Gysin. In: Unimagazin 3/2009. Zürich

Weitere Krimis finden Sie auf den folgenden Seiten und im Internet: www.gmeiner-verlag.de

ISABEL MORF
Schrottreif

230 Seiten, Paperback.
ISBN 978-3-8392-1022-2.

VERFAHREN Der Frühling hält endlich Einzug in Zürich. Doch Valerie Gut ist verzweifelt. In ihrem Fahrradgeschäft »FahrGut« im Stadtkreis Wiedikon ereignen sich mysteriöse Vorfälle: Immer wieder wird Zubehör gestohlen, in einer anonymen Zuschrift wird Valerie beschimpft, ein Kunde kehrt von einer Probefahrt mit einem teuren Rad nicht zurück, aus der Kasse verschwinden 4.000 Franken. Und dann liegt auch noch ein toter Mann im Laden. Erschlagen.

Eine echte Herausforderung für den erfahrenen Ermittler Beat Streiff von der Stadtpolizei Zürich und seine junge, energische Kollegin Zita Elmer. Wie sich herausstellt war der Tote eine mehr als zwielichtige Gestalt. Aber hatte er auch etwas mit den rätselhaften Vorkommnissen bei »FahrGut« zu tun? Valerie will die Wahrheit – um jeden Preis …

PAUL OTT (Hrsg.)
Zürich – Ausfahrt Mord

xyz Seiten, Paperback.
ISBN 978-3-8392-1137-3.

TATORT SCHWEIZ Alle zwei Jahre trifft sich die Schweizer Krimiszene zu den »Mordstagen«. 2011 feiert das renommierte Krimifestival sein 10-jähriges Bestehen. Die passenden Geschenke zu diesem wahrhaft »mörderischen« Jubiläum liefert der vorliegende Band: Kriminalgeschichten altbekannter und neuer Krimiautorinnen und -autoren aus dem In- und Ausland. Sie alle haben die sonst so friedvolle Schweiz zum Schauplatz ihrer ebenso spannenden wie abwechslungsreichen Kurzkrimis gemacht.

GMEINER

Wir machen's spannend

MARTIN MUCHA

Seelenschacher

371 Seiten, Paperback.
ISBN 978-3-8392-1133-5.

WIENER SEELEN Den schlecht bezahlten Wiener Universitätslektor Arno Linder plagen einmal mehr die Geldsorgen. Da kommt es ihm gerade recht, dass ihn ein alter Bekannter um einen Gefallen bittet. Bruder Erich, der Sekretär und Vertraute des Wiener Kardinals Gutbrunn, hat ein seltsames Anliegen: Ein kleines privates Kreditbüro akzeptiert die Seelen seiner Kunden als Sicherheit. Mutter Kirche ist natürlich beunruhigt und will sich informieren.

Die Aussicht auf ein Nebeneinkommen und die eigene Neugier drängen Arno dazu, den Auftrag anzunehmen. Nicht ahnend, dass er damit schon bald knietief in neuen Schwierigkeiten steckt …

CLAUDIA ROSSBACHER

Steirerblut

273 Seiten, Paperback.
ISBN 978-3-8392-1136-6.

AUF HEIMATBESUCH Als Abteilungsinspektorin Sandra Mohr vom LKA in Graz ausgerechnet in die steirische Krakau gerufen wird, um in einem rätselhaften Mordfall zu ermitteln, ist sie alles andere als begeistert. Schließlich hat sie ihrer Heimat nicht ohne Grund vor Jahren den Rücken gekehrt.

Die Suche nach dem Mörder der Journalistin Eva Kovacs, deren nackte, grausam zugerichtete Leiche im Wald aufgefunden wurde, gerät für sie zur Konfrontation mit einer verschworenen Dorfgemeinschaft, aber auch mit der eigenen Vergangenheit …

GMEINER

Wir machen's spannend

PETER PARADEISER

Himmelreich u. Höllental

324 Seiten, Paperback.
ISBN 978-3-8392-1121-2.

ÜBER DEN WOLKEN Der Himmel ist auch nicht mehr das, was er einmal war. Einzelzimmer, Roomservice, ewige Seligkeit – aber auch ein heftiger postmortaler Brummschädel. Zumindest bei Erwin Knautschke, dem Privatdetektiv aus Freiburg. Frisch verstorben, geht ihm das Gesäusel der Paradiesbewohner schon bald auf die Nerven, Nektar und Ambrosia sind auch nicht sein Fall. Wenn er wenigstens wüsste, wie er zu Tode gekommen ist! Und was soll dieser rätselhafte Zettel um seinen Zeh? Knautschkes Spürsinn ist geweckt. Und bald schon ahnt er: Antworten findet er nur auf der Erde …

SILKE PORATH / ANDREAS BRAUN

Klostergeist

227 Seiten, Paperback.
ISBN 978-3-8392-1124-3.

GEFALLENER ENGEL Pater Pius, Superior des Spaichinger Konvents, feiert mit seinen Brüdern die Morgenmesse auf dem Dreifaltigkeitsberg. Als die Mönche in den kühlen Novembermorgen hinaustreten, fällt ein Mensch vom Klosterturm, direkt vor Pius' Füße: Es ist Hans-Jürgen Engel, der Bürgermeister der kleinen Stadt.

Kommissarin Verena Hälble aus Rottweil und ihr Kollege Thorben Fischer leiten die Ermittlungen. Als dem neugierigen Pater Pius beim Trauergespräch mit der Witwe »zufällig« ein Kontoauszug in die Tasche seiner Kutte flattert, mischt auch er sich ein …

GMEINER

Wir machen's spannend

Alle Gmeiner-Autoren und ihre Romane auf einen Blick